宇宙人の独り言

至論 明恵井

東京図書出版

宇宙人の独り言

目　次

1　幼少期の思い出：買い物ゲーム

子供の頃、毎週買い物ゲームのテレビ番組をよく見ていた。兄弟の漫才師コンビが司会をしていた。毎回、一般の人たちから募った三組の家族が、それぞれチームとしてゲームに参加していた。

メインの買い物ゲームの前に、各家族は優先順位を決めるためにくじを引いた。一番になった家族は、合計七万円までの商品をできるだけ多く獲得できる可能性が与えられた。スタジオには衣料品や家具、当時魅力的だった電化製品など、様々な商品が並べられていた。二番目の家族は、合計五万円までの商品を獲得できる可能性が与えられ、三番目の家族は三万円までのものを獲得できる可能性が与えられた。

ゲームのルールは、各チームが制限時間内に値札のない陳列商品の中から欲しいものを複数選び、その合計金額が、それぞれ金額の許容範囲であれば持ち帰ることができるというものだった。七万円までの商品を貰える可能性を与えられた家族は、選んだ商品の合計金額が六万六千円から七万円の間であれば、その全てを持ち帰ることができた。それ以外だと失格になった。同様に五万円までのチームは総額が四万六千円から五万円、三万円までのチームは二万六千円から三万円であれば許容範囲内だった。

各チームが選んだ商品が、それぞれ七万円、五万円、三万円ちょうどになった場合は、更に特別賞も与えられた。それが何だったのかよく覚えていないが、海外旅行か七万円、五万円、または三万円の現金が併せて贈られるといったものだったと思う。

そのテレビ番組はかなり長く続いた。ある時点でインフレによる市場価格上昇のため、買い物ゲームの価格設定がそれぞれ十万円、七万円、五万円に変更された。

この番組の記憶はぼんやりしている部分もあるが、屈折した気持ちの幼い私は、テレビ番組をかなり斜に構えて見ていたと思う。しかし、多くの参加者は、失格してもただ笑ってスタジオを後にしていた。もしそれが自分だったら悔しくてたまらなくなるのに違いないのに、その人たちは、よく笑ってその結果を受け入れることができるものだと感心したものだ。その寛容性は、私には本当に信じられないことのように思えた。

一方で、私はある年配の男性参加者の様子をよく覚えている。彼はゲーム中ずっとむっつりしていて、微笑むことはなかった。私は彼が感じの悪い人だと思い、嫌悪感を抱いた。私は彼とその家族のチームが失格すればいいのにと念じながらゲームを見ていた。しかし結局、彼とその家族は商品を獲得することに成功したのだった。その直後、その男は満面の笑みを浮かべた。私は見たくないものを見てしまったと感じた。私は彼が自己中心的な人だと思った。当時は自分の感じた率直な気持ちを言葉にすることはできなかったものの、そのことを思い出してみると、私は彼が自分の父と共通点があると感じたのだと思う。

幼い頃から言語化はできなかったけれども、色々な感情が自分の中でどのように動いていたのか、またどれほど重く感じたかなどはよく覚えている。自分の感情を言い表すための自分の言葉を見つけ出すことは、私の精神的な回復にとって不可欠なものだった。非常に長いプロセスを要したが、小さな一歩一歩の積み重ねを通して、少しずつ気持ちが解放されてきたように思う。

このテレビ番組は、日本が高度経済成長期を迎えていた一九六〇年代に放送されていた。私がその特定の男性参加者に対して、訝しい気持ちを抱いて見ていたのはいつ頃だっただろうか。よく覚えていないが、私が七歳くらいの時だったと思う。

2 幼少期の思い出：雀

私は雀や他の種類の鳥を見るのが好きだ。私が子供の頃は、都市部にも今よりたくさんの雀がいた。日本以外の国々では、雀が人々になつきやすいところもあるようだ。テレビで公園のベンチに腰掛けた人の手に野生の雀が乗っているのを見たことがある。このような映像は、日本国内で撮影するのは難しいと思われる。日本では、米が主食になって以来、雀は稲作農家によって追い払われてきた。今でも収穫前に米の十%以上が、その小さな居住者たちに食べられていると言われる。この国では、雀が人を避けようとするのも無理もないことだと思う。

子供の頃、私は雀たちが私から飛び去っていくのを見た時は悲しかった。しかし、彼らは誰であれ人が近くにいると、いつもそのように振る舞うのだった。そのため、私は彼らが人を差別しないフェアな生き物だと思ったのだ。一緒に遊べる友達もあまりなく、大人も含めて人とどう付き合えばいいのか分からなかった私は、孤立しがちだった。しかし、雀たちは私のところに来なかったのにもかかわらず、私は関心を持った。

彼らは人間の目に似た小さな目を持ち、人間の家族に似たような群れを作って、お互いに会話をしている「別の形態の人々」であるように見えた。私は彼らが人間よりも優れているのではないかと思った。彼らが善良で正直だと感じたからだ。自分が雀のコミュニティの仲間に加わったつもりになって、「小さな良き人々のコミュニティの一員になること」などといった夢物語を作る能力もなかったが、雀の群れを見ると気持ちが楽になっていた。

3 幼少期の思い出：水たまり

私は、幼い頃近くの幼稚園に通っていた。私は非常におとなしく、そこで誰とも話すことはなかった。ある雨の日、幼稚園の園庭にたくさんの水たまりができた。その日は園児の保護者、特に母親が幼稚園の終了時間に子供を迎えに来る日だった。なぜ保護者が来る日だったのかは覚えていないが、先生が子供たちの家族に何か連絡することがあったのかもしれない。

母と一緒に家に帰る途中、たくさんの子供たちが長靴で園庭にできた水たまりの中で飛び跳ねて楽しんでいるのを見た。本当は、私も皆と同じことをしたかったのだと思う。しかし、母は私に「みんな悪い子だからあんなことしてるけど、あなたはそんなことしないでしょう」と言った。私は母に返事をしたかどうかは覚えていない。でも長靴を水たまりに浸すことはしなかった。

しかし家に帰った後、私は園庭に戻って他の子供たちがやっていたように水たまりで遊びたいという気持ちになった。幼稚園はすぐ近くだった。私は園庭に行ったが、誰もいなかった。そして、水たまりに長靴を突っ込んで遊び始めた。

すると程なく、「何をしてるの？　そんなことしちゃダメよ、すぐに家に帰りなさい！」と叫ぶ声が聞こえた。誰が叫んだのか分からなかったが、幼稚園の先生の一人だったかもしれない。私は恐ろしくなって青ざめて、恐怖で震え、泣きながら家に帰った。

母は私が泣いているのを見て、「あなたはお父さんのことが心配なんでしょう。雨もよく降るし、お父さんがいつも遅く帰ってくるから、悲しくなったのよね」私は母に何も言えなかった。その代わり私は、何も考えずにただ頷いた。私は母の言うことに同意する振りをする以外に、どうしたら良いか分からなかった。その頃までに私は、母の言うことに逆らわず、完全に服従することが、母に対して最も安全で簡単な対処法であることを既に学んでいたようだ。

実際は、私は父が嫌いだった。母がどのようにこんな非現実的な話を作り上げたのか、今も分からない。しかし母は、父と私との間の問題には気付いていなかったことは確かだと思う。その晩父が帰宅すると、母は父に、「この子（私）はお父さんが最近帰ってくるのが遅いから、心配して泣いていたのよ」と言った。父は母に「そうか」と答えただけだった。私は何か違和感があり心地悪かったが何も言えず、ただその誤解を呑み込んで、無かったこととしてしまったのだ。今思うと、その時既に私は、父と母に見えない糸で操られていたのだと思う。

4

幼少期の思い出：運動場

私はあまり友達がいなかった。近所には、父親が私の父と同じ仕事をしていた、私と同じ年頃の小さな女の子が数人いた。その職業は警察官だった。幼稚園では誰とも話さなかったため、その数人の女の子だけが私の友達だった。恐らく母は、私が信用できないと思われる子供たちと遊ぶことが嫌だったのだろう。それもあってか、私は非常におとなしい子供になった。

ある日、一人の友人と外で遊んでいる時に、偶然男の子のグループに出会った。私の友人は彼らを知っていた。友人とその男の子たちは、時々一緒に遊んでいるようだった。私は彼らの内の誰一人として知らないのに、友人がこんなにたくさんの友達をいつの間にか作っていたことにとても驚いた。

そして、他の子たちより年長の男の子が、私を指して私の友人に聞いた。「この子は誰？」私は少しばつが悪い感じがした。しかし、その出会いが私を新しい経験に導いた。私たちは皆、近くの運動場へ行った。年長の男の子が私たちにどういう遊びをするか提案した。まず、私たち一人一人の順番を決めるため、皆でじゃんけんをした。

運動場には、小さな穴が開いたビニール袋と水道の蛇口があった。まず、じゃんけんで一番になった子がビニール袋を水で満たし、その袋を持って運動場を歩き回った。他の子供たちは、その袋から滴り落ちる水で地面に描かれた線をたどり、リードする子に付いていった。

自分が水滴で線を描き、他の人たちがそれに従って付いてくるとは、どんなに楽しいことかと感じた。自分がリーダーみたいな存在になれると思うとワクワクした。残念ながらじゃんけんで一番負けてしまったために、私の順番は最後だった。しかし私は、リーダーになれるという希望を抱いて何度も運動場を歩き回りながら、辛抱強く自分の順番を待っていた。

しかし突然、予期せぬことが起こった。私の友人が、私がリードする順番の直前になってお手洗いに行きたくなったのだ。私たちの遊びはかなり時間が経過していたこともあって、自然に解散するような感じで終わってしまった。皆、運動場を去っていった。私はとてもがっかりして泣いた。その期待に胸膨らませた時間は、悲惨な結末になった。それはまるで、悪魔が私に「お前の望みは決して叶わない！　お前はいつだって負け犬だ、ハハハ！」とささやいているかのようだった。それは私を自信がなく不安の多い人間になるように仕向けられた、幾多の経験のうちの一つだった。

しかし何年も経った今、私は別の考え方を持っている。私が小さな子供として水滴で描かれた線をたどり、後で順番が来れば他の子供たちをリードすることを期待し、ワクワクする瞬間を持つことができたのは幸いだったと思う。私はリードする機会はなかったが、このような興奮する経験が他にはほとんどなかったのだ。これは無邪気に遊びを楽しむ子供であったという私の希少な経験の一つだったと言える。

5　幼少期の思い出：みかん

温州みかんは冬季の果物として、昔から非常に一般的なものだった。今も冬の果物として欠かすことのできないものの一つだが、数十年前の消費量は今日よりも、はるかに多かったことだろう。今より安く、豊富に出回っていた。当時は大人も子供もたくさん食べる人は、手のひらがオレンジ色に変わってしまうほどだった。今では私たちは、おやつで食べる果物や菓子の種類が増えて選択肢も広がった。今日では、冬場にみかんの過剰摂取で手のひらがオレンジ色になっている人を見つけるのは難しいかもしれない。

みかんが好きな人たちの多くは、今も昔も外皮を剝いて中の一つ一つの小さな袋ごと食べる。一方、数は少ないが一つ一つの袋をつまんでその背面から果汁と果肉を吸い取って、残った袋を外皮に包んで捨てる人たちもいる。

小さい頃私は、みかんの食べ方が分からなかった。私は指で外皮を剝いて、小さな袋を取り分けることしかできなかったと思う。よく覚えていないが、私はみかんを食べる時母に助けてもらっていたようだ。母は私が五〜六歳の時、私は一人でみかんを食べることができないと思っていたようだ。

私がみかんを食べようとすると、母は私に言った。「みかんをお獅子にしてあげよう」そして、小さい袋の皮を剝いて果肉を取り出し、それを私に与えた。ある時、子供と保護者の集まりがあって、皆でみかんを食べていた。他の子供たちは、問題なく一人でみかんを食べていたが、母はいつものように「お獅子にしてあげる」と私に言った。恥ずかしく思ったが、頷くほかなかった。

「お獅子にする」とは、みかんの小袋から果肉を取り出すことを意味するのかと想像していたが、私は母のその言葉以外、同じ言葉を聞いたことがなかった。割と最近、姉とこのことについて話す機会があった。姉は私に、それは昔使われていた表現だと言った。みかんの小袋から果肉を取り出すと、果肉は上下二つの部分に分かれた形になる。その割れた形が正月行事の獅子舞で、大きな口を開ける「獅子の面」のように見えることから来ているという。また姉は子供の頃、「あなたにはアレルギーがある」と母から言われていたと付け加えた。これは事実ではなかった。

更に母は、私がもう少し大きくなってからは、私が生魚が食べられないと思っていたようだ。家族が皆、刺身を食べている時、なぜか母は、私のために生のマグロを煮込み始めて「この子は生の魚が食べられない」と言っていた。私はどのように食べ物を食べるようになったのかは覚えていない。また、食べ物を食べることに抵抗した記憶もないが、食べられる物が限られていたのは事実だった。私は米、パン、肉、キャベツ、海苔、りんご、菓子など限られたものだけを食べていたことを覚えている。

私はよく、周りの人たちから痩せていると言われていた。母は、私がいろいろなものを食べることができるように努力することもなかったと思う。母からすると、私は食べられないものが多くて、姉はアレルギーがあるということになっていたようだ。子供の頃には、母の私に関する食べ物のことを聞くのは不愉快だったが、どうすることもできなかった。

みかんなどの柑橘類はカビが生えやすい。今私は、少数のみかんを買って大事に食べている。私は今も小さな袋ごと食べるのは好きではないが、誰にも煩わされずに食べることができるのは幸いだ。果物の価格は一般的に、数十年前よりもかなり値上がりしている。みかんを食べることは、贅沢な楽しみだと言えるだろう。今もみかんの小袋ごと食べる人が大多数だと思う。みかんの小袋ごと食べることは、栄養価が高いため健康に良いと言われる一方、消化されづらいとも言われている。

6 幼少期の思い出：指の隙間

七歳くらいの頃、私は繰り返し中耳炎を患っていた。母に連れられて、病院の耳鼻咽喉科によく行った。診察室は手術室の近くだった。

ある日、手術室で手術が行われていた。「手術中」と書かれた電光板が点灯していた。しばらくして、手術を受けた患者が部屋から出てきた。大きな両開きの扉が開き、中からベッドに横たわっている男性が現れた。周囲には耳鼻咽喉科の診察を待っている、子供を含む何人かの人たちがいた。母と私を除いて、この状況に対して特別な反応を示す人は誰もいなかった。

手術が終わる前に、母は私がそのような手術室から出て来る患者を見る勇気がないと心配しているようだった。母は怖いからその人を見ない方がいいと私に言った。私は母に言われるがままになっていた。そのベッドが目の前を通る前に、母は両手で私の目を覆って「怖いから見ない、怖いから見ない」と言った。

実は、私はそのベッドの様子を母の指の隙間から見ていた。その時の状況を思い出してみると、母が自分の思い通りに状況が進んでいると思っている限り、現実が母の考えていたことと違っていても、問題にはならないということを子供なりに理解することができたのだと思う。

いくら子供でも、手術を受けた患者が、ベッドに横たわり廊下を牽引されている間、手術の傷跡が剝き出しにはなっていないことぐらいは分かっていたと言える。私はまた、母と私がその人を気味の悪い物のように扱って無礼に振る舞ったと思い、その人に対して申し訳ない気がした。しかし、結局私は、本来好奇心旺盛な子供として、母の見せたくなかったものを実は見ていたということで勝利を収め、満足した気持ちだった。手術室から出て来るベッドを見るよりも、母の手を振り払う方が、よほど怖かったに違いない。

7

幼少期の思い出：週末

私が子供の頃、マイカーを持つことが流行の一つになった。一般庶民にとって車は手の届く物になりつつあった。私の父は軽自動車を買った。車の内部は非常に狭かったが、それでも四人の家族が乗り込むことができた。エンジンがかかると車内はガソリンのにおいがした。私は車に乗ると、においと狭い空間のために気持ちが悪くなることが多かった。父は休みの日、家族と車で買い物に行ったり、食堂で夕食を食べようと出掛けることがあった。

私たちが家を出て車がショッピングセンターの駐車場に着く頃には、私は実際に吐いたことはほとんどなかったものの、吐きそうになるくらい気持ちが悪くなったことが度々あった。父は私が弱っている状態を許容できず、私は休憩することもできなかった。否が応でも、私は家族と一緒に食堂に行かなければならなかった。父は自分の思い通りに振る舞わない幼い子供に苛立っていたようだ。

私がもう少し大きくなってからも、家族みんなが駐車場から徒歩で買い物に行く時に、私はよく車の中に一人で取り残された。母は決めつけたように私に言った。「一緒に買い物には行かないよね？　あなたはここにいた方がいいでしょ。そんな長い時間はかからないから」

ある夏の日、私はいつものように一人で車の中で待っていた。最初のうちは何事もなかったが、時間が経つにつれて太陽光が車中に差し込んできて、車内の温度が急激に上がった。私は父と母に車のドアや窓を開けることを禁じられていたため、仕方なく服を脱ぎ始めた。最後には下着だけになっていた。私は汗びっしょりになった。窓から車中の私を覗き込んで行く人がいるのに気付いて、嫌な気持ちになった。私は自分が展覧会の展示品のようになったと感じ、腹立たしくなった。

家族が車に戻ってきた頃には、太陽光は既に車から遠ざかっていた。その後のことはよく覚えていないが、私は父と母に何が起こったのかを説明しようと試みたと思う。しかし、彼らはそれを真剣に受け止めることはなかった。私の訴えは彼らに届かず、私の辛い経験は無視された。

何年も後になって、私が経験したのと同じような状況下での事故が次々と報道された。特に夏場に車中、一人で放置された赤ちゃんや小さな子供が熱中症になり、昏睡状態に陥って亡くなった子供たちもいた。保護者が買い物やパチンコをしている間、太陽光によって車内の温度が極端に高くなったためだった。それを聞いて私は、自分があの時、非常に危険な状況にあったことに気付いた。私は犠牲者になった子供たちより少し年上だったから、どうしても暑さに耐えられなければ、車の窓を開けていたのではないかという気はする。今思うと車を覗き込んだ人たちは、私のことを心配してくれていたのかもしれない。

実を言うと、いつでも私は家族、特に母と買い物をするのは嫌だった。母はバーゲンセール品にしか興味がなかった。割引になっていない商品は、母の目には全く映っていないようだった。バーゲンセールを見つけると、母はすぐにそこに引き寄せられた。子供服のバーゲンがあると、母は私の腕を引っ張って店に連れて行き、私に合いそうな衣服を探した。私がそれらを好きかどうか聞くこともなく、喜んで衣服を買った。いずれにしても、幼い頃は買い物が楽しいものではなかった。

8

幼少期の思い出：骨折

私の両親は私が弱くて病気がちで、厄介者だと思っているようだった。私は五歳くらいの時、家で一人で遊んでいて片足を骨折した。他の家族や家具などにぶつかったわけではない。私はただ倒れて、骨折してしまった。その時どういう状況でなぜ骨折したのか、今もって分からない。私はしばらく入院し病院から戻った後、母と一緒に何度か通院した。

硬いギプス包帯を何回かに分けて取り除いた。一番怖かったのは、医師が電動のこぎりを使って私の膝の周りの石膏を切った時だった。膝の周りに大きな穴が開いた。その時に、のこぎりの端が肌に触れて痛かった。更に、穴から覗く私の肌は随分変わってしまっていた。かさかさに乾燥して、しわが寄っていた。小さな子供にとって、それは衝撃的な出来事だった。私は怖くて泣いていた。その骨折の後、私はより内気になり、母に依存するようになったと思う。

私が幼少の頃、母は私が自分の言いたいことを言わないで従順である時や、私のことを不憫だと感じた時、私に満足しているようだった。母は他の人のことで煩わされるのが嫌いで、怠け者だったと思う。それにもかかわらず、母は私の世話を焼くことは多かった。果物を食べる時や服を着る時など、本来、私が自分でする必要があることの多くを母がやっていた。母はよく私に言ったものだ。「お母さんがやってあげる」その結果、私の身の回りのことをこなす能力はあまり上達しなかったようだ。大人になってからも、スピードが求められる仕事に就いた時は、うまくいかないことがあった。

母は自分の末子が自活した大人になるのを見たくなかったのだろう。私が永遠に小さくて取るに足らない、無能で力のない人間になることを望んでいたように思う。このような願いは、無意識の心に属しているように思う。したがって、そのような不健康な願いを抱いている人にとっては、それに気付くことは非常に難しいだろう。

母のこのような態度のもう一つの理由は、小さな子供が自分で身の回りのことができるように忍耐強く教えるよりも、母自身が子供のために何でもやってしまう方が時間もかからず面倒も少ないからだったように思う。それによって私は成長する機会を失い、スポイルされたと言える。

しかし、私がとても小さかった頃は、私と母の関係は、概して私が母に気の障るようなことを言わない限り平穏無事だった。ある意味、私の人生は容易で、母は優しい人のように思われた。しかし、自我の形成は誰にでも起こる。私はおとなしくて従順な子供だったけれども、成長するにつれて、否応なく自分自身の考えや価値観を持つようになっていった。そして、私が大きくなればなるほど、おのずと私と母との間には、より多くの葛藤が生じるようになっていった。

9

幼少期の思い出：父の郷里

小学生の頃夏休みの時期に、私は家族と父の郷里へ行くことがあった。それは数日間の旅行で、合計三〜四回は行ったと思う。父の実家の田舎の家の庭にある古い小さな木造のお手洗いと、私にとっては気味の悪い虫がいっぱいいたこと以外は、旅行のことをあまり覚えていない。

母は父の実家である義兄の家に泊まることを嫌がっていた。母は父の家族や親戚が気に入らなかった。実際は、親戚以外でも母はほとんどの人のことが嫌いだったのだと思われる。母はホテルに泊まりたいと言い張ったが、父はそれを許さなかった。

ある年の旅行で、私は非常に辛い体験をした。当時私は七〜八歳くらいだった。父の郷里へ向かう途中、食堂で昼食をとった。私たちは皆、鰻丼を食べた。食べている間に、私の喉にウナギの骨が突き刺さってしまった。骨は数日間、旅行している間、ずっと刺さったままだった。旅行から戻ってきて骨が喉から外れた後も、私は痛みを感じていた。

私は両親に痛みを訴えたが、彼らはそれを真剣に受け止めなかった。それどころか父は「お前、なんて馬鹿な奴だ！　ウナギの骨が喉に刺さったなんて、バーカ！　ハ、ハ」父は旅行中に繰り返しそう言って、私を嘲笑した。父は自分の家族や親戚にもこの話をし、私がどれほど馬鹿なのかを吹聴したいようだった。私にとっては、この旅行全体が台無しになってしまった。子供が苦しんでいたら、親は子供を助けようとしないだろうか。例えば、骨を取り除いてもらうために医者を探すとか、普通ならば何とかしようとするのではないだろうか。

しかし、父は普段から度々私を嘲笑するようなことをした。特別な理由はなかったと思うが、父は私に言った。「お姉ちゃんはお母さんから生まれたけど、お前はABC川から流れて来たんだ」（ABC川はその当時、その汚さで有名だった）また、父は「ドンブラコッコ、ギッコッコ、ドンブラコッコ、ギッコッコ……」と歌った。それは小さくてみすぼらしいいかだを漕ぐ音を表しているようだった。父は独特な節回しで、さも可笑しいというふうに歌った。父は、私も自分自身を可笑しいと、一緒に嘲笑することを望んでいるような感じだった。私はそれにならって自分自身を笑おうとしたかもしれないが、その代わりに私の目からは涙が出ていた。私は何が起こっているのか理解できなかった。

父は私に同じようなことをよくしていた。私の悪口を言い、私を嘲笑した。それに加えて父は、私を生意気で、悪い子で、馬鹿で、強情で、臭いなどと非難した。私は父にそんなに悪いことをしていたとは思わない。時々私は、父に普通の子供が両親に聞いたりするような、ありふれた質問をしたこともあったかもしれない。しかし、父は私の言うことを聞かず、代わりに私を馬鹿や犯罪者のように扱った。父と相互理解をしようとすることは非常に難しいと思われた。これは私と母との間でも同じだったが、父は母よりも暴力的だった。私はとても小さかった頃から、父にとっては玩具のようなものだったと言える。

父は帰宅すると、時折私を追いかけて捕まえた。私は捕まるのが嫌だったが、父は私よりもはるかに大きくて強かったため、私はいつも逃げ切ることができなかった。

当時の父の態度について考えると、愚かで、馬鹿げていて、変態のようでもあった。父は私を羽交い締めにして、「『お父さん、好き』と十回言え」、「『私はお父さんの子』と十回言え」などと私に無理強いをした。それらの言葉を十回言うまでは、私は決して解放されなかった。

更に、父は私に忌まわしいことをした。卑猥な笑みを浮かべ、なだめるような声で、父は私に「触らせて」と言った。私は何が起こっているのか分からなかった。しかし、父が私の下半身に関心があるようだということは気付いていた。私の臀部や太ももを何度もこすったりしていた。何で父は身体の汚い部分が好きなのだろうと戸惑ったことを覚えている。私は屈辱や嫌悪感に襲われ訝しく思ったが、状況は理解できなかった。それに父は、私が父の思い通りに振る舞わないと気に入らず、私の態度が父の期待するものと違っていれば、それは父には受け入れられぬものだった。父は私に対して異常なことをしていたにもかかわらず、私が父のやることを喜んでいると思っていたようだった。

父は時折、豹変するように態度が変わることがあった。父は可笑しな声と奇妙な笑顔で私に言った。「お前のことが、好きで好きでたまらないんだ」私は混乱した。父が私を好きだとは思えなかった。しかし、父は私の身体に触ることだけは好きだったのだろう。父に抱きしめられ、触られるのは嫌だった。父に強かんされたのかどうかは記憶にないが、父が私の口中に舌を突っ込んできたことは覚えている。

このような奇妙な関係は、私が非常に小さい頃からかなり長い間続いていたと思う。いつ頃終息したのかよく覚えていないが、恐らく私が思春期に達するくらいまで続いていただろう。父は出世した警察官だったが、私から見るといつも正気ではない感じで、気性が激しかった。父は付き合いでお酒を飲む程度だったため、酔っ払っていたことはあまりなかったと思うのだが、普段から父の様子は酔っ払っているようにも見えた。

私は父の八つ当たりの対象になってしまったようだ。父に対する母の態度にも問題があったのかもしれない。父が何か悪いことを言って母が腹を立てると、それは父にとっても厄介なことになったのだろう。父の職業はストレスがたまりやすいというのが、父の気性の激しさの主な理由だったのは確かだろう。

しかし、家族の中の最も小さな者にとって、父の八つ当たりの対象になることは耐え難いことだった。母も私を助けようとはしなかった。私が父の「おもちゃ」のように扱われている間は、母はそこにいることはなかった。私がとても小さい頃に構築されたこの種の家庭内の力関係は、変わることがなかった。私にできることは、ただ忍耐強くおとなしくしていることだけだった。

10 思春期前後：交通事故

私は九歳の時、交通事故に遭った。書道教室から帰る途中、道路を渡ろうとした時に車にぶつかったのだ。軽傷だったが、手足に何ヶ所か打撲傷を負った。二人の男性が車から降りてきて、私にぶつかったことを謝った後、彼らは走り去ろうとした。しかし、しばらくして彼らは私のところに戻ってきて、私を医者に連れて行くと言った。そう言われるままに、私はその車に乗り込んだ。

私は非常におとなしく自己主張ができる子供ではなかったが、一つの不安を感じた。この人たちは誘拐犯かもしれない……私も子供は見知らぬ人に気をつけなければならないということは聞いていた。しかし私は、彼らの申し出を断れば彼らを怒らせてしまうかもしれないと思い、言われる通りにした。

私の心配とは裏腹に、私は病院に連れて行かれ怪我の治療を受けた。その後、彼らと私は警察署に行き、私たちは交通事故の取り調べを受けた。思いがけず、長い一日を過ごすことになった。事故は私の友人に目撃されていた。友人のお母さんは私の母に電話をしてくれた。そして、母は私が車に乗せられて、その車が走り去ったということを知らされた。

私が二人の男性と一緒に家に帰ると、ちょうど母は警察署からの電話で話をしているところだった。母は私を見た途端、叫んだ。「何やってたの、あんたは！　いつもふらふらしてるから事故なんかに遭っちゃうのよ！」私は激しく泣いた。母は私に激怒したが、男性たちには、「どうぞお入りください、この子が大変な迷惑をおかけしてすみません」と言った。それは、母の最高に丁重な振る舞いだった。

その後、姉が「お母さんはあなたの顔を見て安心したから、怒ったんだよ」と言った。そうなのかもしれないが、私はなぜあのようなひどい扱いを受けたのか分からなかった。一方で、交通事故を起こした側の二人の男性は、非常に丁寧に扱われていた。また、母は事故の結果どうなってしまうのかが恐ろしくて、とても怯えていたように見えた。私にとって、それは母からの思いやりや愛のある態度ではなかった。それは容易に動揺しやすく、否定的な感情を引きずる傾向のある母に対して、私の不信感が更に強化される一因となった。

この出来事は私の一つの人生の転機となり、私の母に対する認識が変わったと言える。それ以前は、私は母のことを良い人だと思いたくて、良い点を見つけようとしていた。母を頼りになる人だと思いたかったのだ。しかし私は母に失望し、母を頼りにする価値はないのではないかと考え始めたと思う。

何年か後になって、一人の中年男性が我が家を訪れた。彼は事故が起こった時に助手席に座っていた男性だった。彼はこの町に来た時に、事故で怪我をした少女の家を思い出し、その少女が怪我の後遺症などで苦しんでいないか、確かめたかったのだと言った。彼は私のことを心配してくれていたらしい。私を見て安心したようだった。私は自分のことで心配を掛けていたことを申し訳なく思った。

このことで、ある意味私は世の中にはいろいろなタイプの人がいるということを知ったと言える。私の両親のように家族さえも気にかけないような人もいれば、関わりのない人のことも気にかける人もいるということだ。今思うと、世の中の人々が全て私の両親のようではないと知ることで、私の気持ちは少し明るくなったような気がする。

11 思春期前後：外耳炎

十一歳の頃、私は外耳炎にかかった。どちらの耳が痛かったのかは覚えていない。学校から帰ってきて、夕方近くになってから耳が痛くなり始めた。夜帰宅した父が、私の耳が痛むのを知った。父は耳を掃除すれば治ると言い張って、私に耳を見せるように強制した。耳はとても痛かったため、私は父に触れてほしくはなかった。私は抵抗したが、父は激怒して再度言い張った。「俺は戦争（第二次世界大戦）に行ったんだぞ。だから身体のことは何でも分かるんだ。掃除すればきれいに治るんだ！」結局、父は私の耳を「掃除」した。そして、私の耳は更に痛くなった。

翌日、私の耳は突っつきまわしたために悪化した外耳炎と診断された。その夜父が帰宅すると、母がそのことを父に伝えた。私は耳の痛さに苦しんでいたものの、あるいは父が私に謝罪してくれるかもしれないと期待していた。どんな場合でも、父が私に謝ったということはなかったが、この時私の耳が悪化したのは、明らかに父のせいだということがはっきりしていたからだ。

しかし、父は私の耳の痛みが増幅したことを聞いても何も言わず、黙ってしまっただけだった。私の痛みは無視され、それは既に終わったことのようにされてしまった。かすかな希望を持ったが、無駄だった。父は多くの点で私に対して虐待的だった。しかしこの外耳炎の炎症は、父が私に与えた唯一の肉体的損傷だった。父は警察官だったため、タバコによる背中の火傷など、子供の身体に現れる、昔からある児童虐待の兆候についても知っていたかもしれない。父はその職業のため、意識的にも無意識的にも家族に肉体的な損傷を与えることは避けていたものと思われる。

その一方で、私は心に多くの目に見えない傷跡があった。父にとっては、身体的傷跡がなければ、児童虐待は無いということだったのかもしれない。しかし、それは必ずしも真実ではない。一方で私は、身体的危害を受けることからは免れていたということは、感謝に値することだと思っている。もし自分の背中に火の付いたタバコを押し付けられるようなことがあったとしたら、それは想像を絶するほどの非常に辛い体験になってしまうだろう。

12
思春期前後：苛立ち

私は子供の頃、チック症、吃音、選択性緘黙症があった。実際にこれらの障がいがあると診断されたわけではないが、私がそういう状態であることは明らかだった。まばたきをし過ぎたり、話そうとしても特定の言葉が発音できなくて、話すことを諦めたりしていた。私は家の外ではとてもおとなしかった。私のある同級生の母親は、私の母に私がチック症なのではないかと言ったようだ。母はそのことを、私を責めるような口調で私に言った。このような子供の障がいは、子供が属している環境に由来する問題によって引き起こされると言われているが、母は私自身にその障がいの原因があると考えていたようだ。今はチック症と選択性緘黙症は無くなったが、私はいまだ吃音の克服に取り組んでいる。特に疲れていたり緊張していると、自分の言葉が詰まってしまうのを感じることがある。

小学校に入学した頃、原因不明の体調不良に陥った。時々、胸に激しい痛みが走った。ある晩、私は泣き叫んで胸の痛みを訴えた。父と母は唖然とし、固まってしまった。翌日、私は病院に連れて行かれたが、医者は私のどこが悪いのか診断することができなかった。今思うと、私にとっては辛い家で起きていた様々な出来事から来ているストレスが原因だったのではないかと感じている。

時々、私は家で気持ちが荒れていたが、あまりよく覚えていない。しかし、間接的に思い出せることはある。私は「ヒヤキオウガン」と呼ばれる市販されている薬を飲むように言われていた。それは疳の虫を起こす小さな子供のための薬だった。この薬のテレビコマーシャルがあった。画面には赤ちゃんや幼児が登場していたが、私は学校に行っている子供だった。両親と姉も一緒になって、「この子が疳の虫の発作を起こさないように薬を飲ませないと、ヒヤ（薬の名前の最初の部分）は、この子の叫び声みたいだ、ハハハ！」私は屈辱感に満たされて、更に憤った。

私が小学生の頃、ボウリングは一般の人たちの人気スポーツになっていた。日曜日には父と姉と私は、度々ボウリング場に行った。毎回、最初は私もやる気充分で、ゲームを楽しみにしていた。しかし、しばらくすると私は連続してガターを繰り返し、全然点が取れなくなってしまうことがあった。私は苛立って腹を立てた。どう振る舞っていたかはよく覚えていないが、全身で怒りを表していたに違いない。最初は、父は笑いながら片手でボールを転がすのではなく、私に重いボールを両手で持たせて、私が何とかうまく投げられるように助けようとしているようだった。しかし、私は更に癪に障って腹を立てた。自分がもっと小さな子供のように扱われていると感じたからかもしれない。しまいには、父も怒ってゲームオーバーになった。父は私の頭を手で叩き、私は泣きじゃくった。そして私たちは無言でボウリング場を後にした。

ボウリングの後、いつも同じことが起きていたかどうかは覚えていない。しかし、それは典型的なパターンで、私は悔しさと自責の念に苦しんだ。父を怒らせてしまったことを後悔していた。しかし今振り返ってみると、自分がストレスの多い状況下で容易に怒りを表していたのは理解できる。

私の感情は不安定になり、私の怒りは家にいる時に表れることが多かった。一方で、私は外にいる時はおとなしくて臆病になる傾向があった。選択性緘黙症だったことも原因だと考えられる。私は家では両親からよく「内弁慶」と言われた。外出すると臆病者なのに、家では攻撃的である人を意味する言葉である。私が苛立つと、父と母は私を批判し嘲笑し、「内弁慶！　内弁慶！　お前はしようもない奴だ！」と叫んだ。しかし、私から見ると特に母は本当の内弁慶のようだったと思う。年を重ねるにつれて、私は、その本人が自分自身と同じ欠点を持っていると思われる他人を殊更に批判する傾向のある人たちがいることに気付くようになった。

13 思春期前後：小学校

私は幼稚園や学校で他の子供たちと、なかなか馴染めなかった。どういう状況であっても、自分がどう振る舞ったらよいのか分からなかった。小学校一年生の終わりくらいまでは、クラスの誰とも話すことができなかった。少し話せるようになった後も、私は別の問題を抱えるようになった。私は小学校でおどおどしていて緊張状態にあった。私の悪口を言う人に言い返すことができなかった。そのためか、九歳くらいの時にいじめの標的になった。靴や定規などの私の私物はいじめっ子に隠され、その子たちは私をからかった。私は屈辱を覚え悲しかったが、どうすることもできなかった。

いじめの標的になる人はその人自身にも問題があるから、いじめっ子だけを責めるべきではないという意見もある。臆病でおとなしい人は、いじめっ子がいじめの標的とするように、引き寄せているように見えてしまうこともあるため、ある意味それは正しいのかもしれない。しかし多くの場合、いじめの被害者がいじめに抵抗することは難しいと思う。そもそも彼らの自信は、過去の家庭などでの不健全な力関係によって既に失われていると思われる。彼らはいじめの状況にどう対処すべきか、術を知らない。

一方で、かつていじめの被害者だったいじめっ子もいる。いじめの問題は複雑で、一筋縄では理解できないものだと思う。私の学校時代は、今ほど複雑な社会ではなく、いじめももっと単純だったと思う。現在、いじめはより巧妙になり、厄介なものになっている。私が今よりも平和な時代に学校生活を過ごしたことは幸いだった。

小学校生活が終わる頃には、いじめっ子たちも次第に落ち着いてきた。彼らは間抜けな同級生をからかうのは、愚かでつまらないことだと思い始めたのかもしれない。学校ではまだ、私はぎこちない状態だったが、初めての学校生活は静かに終わった。しかしその後、大人になってからも、私は度々いじめに出くわした。自分自身が再び犠牲者となったこともあり、他の人がいじめられるのを目撃したこともある。どちらの場合も同じように胸の痛む体験である。

14 思春期前後：ランドセル

私は小学校四年の時にクラスで奇妙な体験をした。学級担任は中年の男性教師だった。彼の教育の方法は風変わりだった。通常担任の先生は、児童の保護者のために学校に関するお知らせが書かれたプリントを印刷して、子供たちに配布していた。

その教師はプリントを配布する代わりに、彼自身が私たちに連絡事項を語り、その語った内容を私たちがノートに書き留めるという方法を取った。時折、彼の話は演説のように長く、文章の数は多くなった。彼はゆっくりと間を置きながら話した。そのため、彼が言った全ての言葉を許容時間内に書き留めることは可能だっただろう。しかし私は気持ちが焦り、書くのが間に合うかどうかいつも不安だった。そして、私は急いで言葉を走り書きしたため、私の字は読みづらいものになった。この経験のためなのか、私は手書きの字が下手になった。

連絡事項は保護者に向けたものだった。しかし、私はそのノートを母に見せた記憶がない。なぜ見せなかったのかはよく覚えていないが、字が殴り書きだったので母に見せるのを躊躇したのだと思う。連絡事項の詳細は、季節の挨拶のようなものが多かったような気がする。そのため、たとえ母にそれを見せなかったとしても、大きな問題ではなかったのかもしれない。

ある日、下校時にその教師が児童に、各自のランドセルに教科書や文房具を見ないで詰めるようにと指示した。つまり私たちは完全に目を閉じて、全てのものをランドセルに詰め込まなければならないということだった。私は言われた通りに従った。その結果、私の机の周囲には、たくさんのものが散乱してしまった。

他の子供たちは皆、詰め終わったランドセルを持って家に帰る準備ができていた。私は何が起こっているのか分からなかった。先生に言われた通りにしたのに、どうしてこんなに恥ずかしい思いをしなければならないのかと思った。私はひどく真面目過ぎたのかもしれない。私はそのような普通ではない状況にどう対処すべきか分からなかった。生まれてこの方、色々な人たちとの交流がもっとあったなら、こんなにおどおどした、ぎこちない少女にはならなかっただろう。更に悪いことには、同じことが二〜三度起きたのだ。最初の時点で、全ての状況を理解することができなかったほど常識が欠けていたのだろう。

また、その教師は競争が好きだった。ある時、遠足の写真コンテストがあった。彼が審査員だった。それは楽しい時でもあった。受賞者には賞品が贈られた。一等賞の子は文房具をたくさん貰った。二番目の子はそれより少し少ない物を貰うという感じで、十等賞まであった。私の写真は六等賞に選ばれた。何を貰ったかは覚えていないが、賞品を貰ったのはいい気分だった。バスの窓から撮った建物の写真で少しぼやけていたが、教師は皆に、「動く車から写真を撮るのは難しいんだ」と言ってくれた。それが評価の対象になったようだ。これはその教師が私を褒めてくれた、ただ一つの記憶になっている。

彼が担任のクラスでは、その他にも年間を通して別のコンテストがあった。漢字を書く宿題をどれだけたくさんやったかを競うものだった。競争は激しくなっていった。一ヶ月や一週間など、ある一定の期間に漢字をノートに何ページ書いたかを私たちは競っていた。彼は漢字の宿題をたくさんやった子供たちに賞を与えた。競争のルールは、ただどれだけ多くの漢字を書くかということだけだった。

よく一等になっていた男子がいた。彼は一晩で一冊のノートの全てのマス目を漢字で埋めて完成させた。しかし私は、彼のノートの全てのページに、画数の少ない同じ簡単な漢字が繰り返し書かれているのを見た。教師はその内容については何も言わず、いつもその子の頑張りを褒め称え、たくさんの賞品を与えていた。

その奇妙な光景を見た時、私は馬鹿馬鹿しいと思った。漢字を書くのは色々な字を書いて練習し、覚えるためのものではないだろうか。同じ簡単な漢字を何千と書くことに、何の意味があるのだろうか。たとえたくさん賞品が貰えたとしても、私はそういうことはしたくないと思った。漢字を書くのは宿題だったため幾らかは書いたが、私は無意味で無駄だと思われるレースには加わらなかった。今振り返ると、年齢に相応する常識のない臆病な少女が、自分なりの全うな考えを持っていたのは驚くべき事実だ。

そのクラスでは、更に珍しい現象が起きていた。三分の一の男子児童が学年末までに教室を離れていた。クラスは男子と女子それぞれ二十名くらいで構成されていたが、六～七人の男子が小学校と同じ地方自治体の運営する別の学校に移って行った。それは環境の良い郊外にある、健康上の問題があるために特別な関わりが必要な子供たちのための全寮制の学校だった。その学校に移った男子のうち一人は肥満の問題があったので移る理由があったと言えるが、その他の男子たちは、そこに移る必要があるようには見えなかった。

翌年、担任の教師が別の教師に交代になった。通常、四年生から五年生に進級する時は、その学校の担任教師は変わることはなかった。それは例外的だった。別の学校に移っていた男子たちは、その教師が厳しくて逃げ出していたようだったが、漢字の宿題で一番の子や五人きょうだいがいる男子はひいきされていた。教師はよくその子に、「君はきょうだいが多いから、たくましくていい」と言っていた。

別の学校に移って行った男子の保護者たちは、教頭先生に担任を変えるよう懇願したのに違いない。その教師のために、何人もの男子たちが辛い思いをしていたことには、私は気付かなかった。自分も彼から良く扱われなかったけれども、私は鈍感だったのかもしれない。

その教師は教えるのも上手ではなかったと思う。彼はしばしば脱線し、可笑しな話をした。実際に面白い話もあった。しかし、標準的なクラスの授業よりも頻繁に起こった脱線のため、時間が足りなくなって省略された学習単元もかなりあった。

母はその風変わりな教師に心酔していたようだった。彼が担任になることになった新しい四年生クラスの最初のＰＴＡ会合で、母は彼の発言に感銘を受けたのだ。母は感心したように父と私に、「今度の先生は本当に良い先生だ」と言った。母によると、彼はかつて中学校の先生だった時に、学力のない生徒をたくさん知っていたそうだ。だから、子供たちを鍛えるために一生懸命努力するようになったと言う。そして、彼の教え方は厳しいかもしれないが、彼の実際の体験に基づいたやり方なので、保護者は彼の方針を認めるようにと言ったそうだ。

私は母の感心した様子から、ある程度は良い先生なのかなと思っていた。しかし今思うと、そのような教育に関わる一方的な方針を聞いたら、そういう人を果たして信頼できるものだろうかと思う。私は様々な経験を通して、その教師に対しては肯定と否定の混ざり合った複雑な気持ちを抱いていた。新しい担任が来た後、教室から離れていた男子たちもクラスに戻り、普通の学校生活が戻ってきた。

私のランドセルに関わる出来事は、ある子供たちが私をいじめのターゲットにするように仕向けたと思う。しかし、新しい担任の男性教師は時々私のことを心配してくれていた。いじめはすぐには止まらなかったが、学校での日々は以前よりずっと楽になった。

風変わりな担任教師の年を振り返ると、クラスの雰囲気は不安定で落ち着きがなかったと思う。私はその状況の真っ只中にいた時は、その状態を認識することはあまりなかった。しかし、いずれにしてもそれが一年で済んだことは幸いだった。

オランダ語の「ランセル（背嚢）」に由来するランドセルは、半世紀以上にわたって小学生のシンボルとなっている。なぜあの大きな重い鞄が今も小学生の必需品なのだろうか。その材質が改善されて重量も減っているだろうけれども、幼い子供たちにとってランドセルは、今も重荷のように思われる。

15 思春期前後：母

私は人生の重要な時期である思春期をうまく通過することができなかった。私は母に監視されていると感じていた。母は、私が好きなことや興味のあることをするのを快く思っていなかった。いつも、私の行動が母の許容範囲内であるかどうか、非常に敏感だったと思う。

ある時、私がテレビでタレントが演じている面白いシーンを見て笑っていると、母が怒って「あんたは、そんなにくだらない低俗な番組が好きなの！」と蔑むように言った。同じような面白いテレビ番組を見て母も笑っていたことがあったから、私を批判するのは理屈に合わないことだった。しかし、何かやる毎に母に強く批判されると、そのことをやるのが怖くなり、やらないようになってしまったことが増えていった。

また、母は私が素行の悪い子供と友達になってしまうことが心配だったようだ。私は友達があまりいなかった。両親と有意義な会話をしたことがほとんどなかったことも一因だろう。私はいつも人と話す時に何を言ったらよいのか分からなかった。子供の頃の日常会話の経験不足もあってか、私は学校で孤立する傾向があった。

母はよその人が来るのを嫌がっていた。母は壊れた電化製品などを修理するために、知らない人に家に来てもらう必要がある時など、いつも過剰に反応した。知らない人が来る日の数日前から母はいらいらし始めた。不思議なことに、その人たちが私たちの家にいる間、母は普通の人のように振る舞うことができ、不適切なことを言うこともなかった。しかし、母の声がいつもより一オクターブ上がっていることが、母が内心とても緊張していることを表していた。

母は自分の子供の同級生の母親たちとも付き合うのが好きではなかった。それにもかかわらず、母は私の姉の中学校のクラスのＰＴＡ委員に任命されてしまった。他の委員の人から電話がかかってきて母が委員に選ばれたことを知らされた後、母は泣き出して愚痴をこぼした。母は委員に選ばれたくなかったため、翌年の委員選考のために開かれたＰＴＡの会合を欠席したようだった。母は委員になることのできない特別な理由はないと思われたため、他のＰＴＡの人たちは母が委員になるべきだと決めたのだろう。

母と他の委員のメンバーが一緒に行動するようになってから、母はその人たちと親しくなったようだった。しかし、母が他のメンバーと電話で話している時の声はいつもより甲高く、緊張していることが分かった。母がその委員会にどの程度貢献したのかは分からない。むしろ、母は他のメンバーの人たちにとって、お荷物であったかもしれない。

ある日、たまたま何らかの理由で、私は母と一緒にその委員の人たちの集まりに居合わせることになった。私と母、そして家族以外の人々が交わりを持つということは、非常にまれなことだった。母はほとんどしゃべらなかった。他の人が話している時には、母はいつも不自然なお愛想笑いをしていた。それは私がその会合の前から、こんなことであろうと予想していたことだったが、私は母の笑顔が不快で恥ずかしく、母は惨めで信頼できないと更に感じることになった。

しかし、人嫌いで気難しい人間であっても、他の人たちと何らかの関係を持ちたいと思うこともあるようだ。また、他の人たちからは良い人だと思われたいという気持ちも働くのだろう。このＰＴＡのグループは五〜六人で構成されていて、真剣で厳しい交渉事のようなものとは無関係だったのだろう。だからこそ、母は辛うじてこのグループに加わることができ、幾らか楽しむこともできたのだと思う。

しかしその後、母は私に自分は私のクラスのＰＴＡ委員には絶対にならないと言った。そして母は、その通り選出されないで終わった。どうやって避けて通ったのかは分からない。

家では母は気難しくなりがちで、簡単なことでよく怒った。時々、母の不機嫌な顔が数日間以上続くことがあった。姉と私は何で母が怒っているのか、お互いに話し合って考えた。例えば、私たちが些細な口答えをしたために、母が怒ったのだと想像がつく場合もあったが、いくら考えても理由が分からないこともあった。母は憂鬱な時が多かったかもしれないが、多くの場合は家庭内でのトラブルに向き合うこともなく、ストレスの少ない楽な生活を享受していたと思う。

16　思春期前後：中学校

私は小学校に入ってから、体育以外の科目を学ぶのにあまり苦労することはなかった。中学校を卒業するまではあまり努力しなくても、比較的良い成績を取れていた。なぜそうだったのかはよく分からない。しかしそのことで、私はより深刻な劣等感を持たないで済んだのだと思う。それなりの成績が取れていなかったら、私の子供としての自負心は、とっくの昔に完全に打ち砕かれていただろう。

私は運動が苦手だった。母が私にたくさんの子供と遊ぶことを許さず、私の行動をすごく幼い頃から制限していたことも一因だろう。母はいつも心配そうな表情を浮かべて「あなたのことを心配してるのよ」と言った。私はその母の言動に支配されていた。母は私への思いやりを示そうとしていたのかもしれないが、実際は私にとって望ましくない偽りの優しさだった。その時の私は、それに気付くこともなかった。

私の通った中学校の生徒は、無気力な上に、活動的でもなかった。ほとんどの生徒は一生懸命勉強することも、悪いことをすることもなかった。私はあまり話すこともなく、落ち着いて見えたためか「優等生」のように思われていた節がある。しかし、実際の私は自信がなく内心おどおどしていて、決してそういう生徒ではなかった。

同級生の一人は私に言った。彼女は私がある種のテレビ番組をくだらないと思っているに違いないと言って、私は自惚れているからそういうテレビ番組を見る人のことを軽蔑しているんだろうと言った。その時私は怒りを覚え、彼女に何か言い返したが、何を言ったのかは覚えていない。

私は非常に受身的だったためか、全く親しくもないある同級生に無理な頼まれごとをされた。彼女は受験する高校の説明会に付いて来てくれる人を探していた。その時は高校入試シーズンの直前で、誰も他人のために時間を割きたくないと思っていた。彼女は私に一緒に説明会に行ってくれと頼んできた。初めは断ろうとしたが、彼女が懇願したため、私は遂に彼女の要求を呑んでしまった。あの時の不愉快な後味の悪さは一生忘れることができない。私は自分が他の人たちから、馬鹿みたいなお人好しのように思われていることに気付いていた。このようなトラブルはあったが、中学校では長期的ないじめに遭うことはなかった。

私は十歳の時に英語を習い始めた。そのため、当時は中学校から始まっていた学校英語の授業には有利だった。母は私が小学生の頃に、バイリンガルの日本人の年配女性教師が指導する英語教室に通わせた。姉が既にその教室に通っていたからだ。週に一回の授業だったが、中学生になってからの英語の勉強の役に立った。それは母のしてくれたことで、数少ない私が感謝すべきことの一つだ。

クラブ活動では卓球部に所属した。スポーツは苦手だったが、何かスポーツをやってみたかったのだと思う。クラブ活動もその中学校ではあまり活動的ではなかったため、私にはちょうどよかった。特に思い出すのは、他校との試合に行った時のことだ。あまり長時間練習するクラブではなかったため、私たちはそれぞれシングルスの試合だけをした。私は時々、試合の前半で相手にリードすることもあった。しかし、いつも相手に追いつかれて勝つことはなかった。私たちのチームの練習不足もあったが、私の自信の無さの表れでもあったと思う。今思うと、それが私にとって長期にわたり取り組まなければならない実存的な問題だったと感じている。全体的に見れば、私の中学校時代は周囲も活動的ではない状況の中で、仄暗さに覆われているものの、他の頃と比べると、比較的穏やかで平和な時だったと思う。

17 子供の頃の良い思い出

私は子供の頃の良い思い出があまりない。しかし、それらについて、思い出せることを書いてみようと思う。

私の思い出せる限りの初期の記憶では、「真室川音頭」という恋愛感情を歌った民謡が好きだった。この歌の大意は、北日本のある町で真室川のほとりに植えられた梅の木の花と、そこに度々訪れる鶯の話だ。花は女性で、彼女が蕾の頃からいつ開花するかと待ちわびて見にやって来る鶯に語りかけている。歌詞の比喩的な意味は何も分からなかったが、私は歌うのが楽しくて人前でも歌っていたと思う。しかし私はある時、歌を歌うのを止めてしまった。何で歌わなくなったのか覚えていないが、私が歌っていた時に誰かが私をからかったのだろう。父か母が、あるいはその二人がそういうことをした可能性は充分あり得る。楽しく歌っていた頃の私は、その後の暗澹とした私と繋がりがあるようには思えない。しかし、歌っていた時の楽しさは今でも覚えている。

鶯と言えば、私たちが家で飼っていた文鳥を思い出す。その文鳥は、鶯の鳴きまねをするようになったのだ。鶯は早春にさえずり始める歌の名手で、「ホーホケキョ」のように鳴くので、私たちはその文鳥を「ホケキョ」と名付けた。当時は街中にも鶯がいたため、私たちの飼い鳥は上手な歌い手に倣って鳴き声を習得できたのだろう。今、都市部では本物の「ホーホケキョ」の鳴き声を聞く機会はほとんどないと思われるが、録音された音が駅やショッピングアーケードなどの場所で流されていることがある。

他にも何羽か鳥を飼っていた。私の姉が友人から貰った鳥もいたし、父が私のために買ったカナリアもいた。実を言うと、私はペットの世話は面倒なので買いたくなかった。ショッピングセンターの屋上にあるペットショップで、父が店員に私を指して、鳥はこの子のために買うのだと言った。私は買うことに抵抗したが、父は買ってしまった。父は家で鳥のさえずりを聞きたかったのかもしれない。私は父にカナリアを飼うための口実にされているような気がして不愉快だった。

一方で、そのカナリアは非常に良い声で鳴いた。ある日、私たちの近所の人が青菜を持って来た。その女性は、いつもきれいな声でさえずってくれている鳥にあげてくださいと言った。しかし、その女性は鳥のさえずりを聞いて本当にうれしかったのか、それとも実際は、その声が騒音として聞こえていたことを暗示していたのかどうかは分からない。

カナリアはあまり長く生きなかった。数年で死んでしまい、私は悲しくなってたくさん泣いた。姉は私をなだめようとしたが、私は姉に言った。「ただ泣きたいだけなのよ！　放っておいて！」なぜ姉にそんなことを言ったのか分からないが、泣いた後、私は気持ちがすっきりしていた。涙を流すことで悲しみが癒やされることがあると言われている。その時、私はそれを経験したようだ。

鳥を飼っていた期間はけっこう長かった。少なくとも一羽の鳥がいた期間は、十年ぐらいあった。私を含めて家族は、良いペットの飼い主ではなかった。第一に、私たちはペットの世話をするにはあまりにも怠惰だった。犬や猫のような他の動物と比べても、小鳥の世話をするのは比較的簡単なはずである。基本的に必要なのは、鳥籠の底に敷く新聞紙、水入れの水、エサ入れの雑穀、青菜挿しの野菜などを定期的に交換することだ。手乗りで慣れている鳥の場合は、頻繁に遊んであげることも重要である。飼い主がそれらのことを怠れば、鳥は不快な状況に耐えなければならなくなる。

カナリアは私の鳥ということになっていたが、その他の鳥は所有者が明確になっていなかった。姉または私の所有という感じではあった。私たち二人姉妹は、母がそうであったように掃除が苦手だった。そんな中、母がたまに鳥籠の掃除をした時には、あんなに汚い籠の中に鳥がいるのを見るのは可哀想過ぎたからだと言った。それは良い思い出ではない。私は後になって、良いペットの飼い主ではなかったことを後悔した。それでも私は、特に二羽の鳥、ホケキョとカナリアをよく覚えている。そして彼らの愛らしい仕草を思い出すと少し気が和む。

私はほとんど、何かに熱中したことはなかった。私が何かをやってみたいと思っても、母がそれを知ったら私を批判しただろう。母は私によく言った。「時間が無駄なだけよ、うまくいくことなんか絶対ないんだから！」母が叫んだ時の状況はよく覚えていないが、私が何か新しいことをしてみたかった時だと思う。

しかし、一つだけ子供の頃に夢中になったことがある。母が私にお手玉をくれたことがある。私への誕生日のプレゼントだったと思う。毎年、母から誕生日プレゼントを貰ったことを覚えているが、その時以外には何を貰ったのか全く覚えていない。いつもは文房具などの消耗品だったのだと思う。その小さな布の袋に豆を詰めたお手玉を使って、練習を始めた。私は両手で三個の玉を、右手で二個の玉を扱うことができるようになった。どのくらいの期間、熱中していたかは覚えていない。ほんの二〜三ヶ月くらいだったかもしれない。もう一個玉を追加してやろうとしたが非常に難しく、不可能に思えた。結局、それ以上練習するのを諦めた。母は、母自身が私にお手玉を与えたため、私がお手玉に熱中したことに文句を言えなかったようだ。

父に関しては父が私といる時に、正気でいるように思えた記憶が一つだけある。中学生の時父と私は、たまたま二人で一緒に旅行に行くことになった。その夏、母は病気になり、夏休みの行楽の予定はなかった。そのため、私はそれについて不平をこぼした。私の子供時代のイメージは、父や母に言いたいことが言えなかったということだが、必ずしもいつもそういうわけではなかった。私は両親にとってあまり気障りにも攻撃的にもならない部分では、自己主張を試みたこともあった。結局、父と私が父の郷里に行き、数日間滞在することになった。姉はその旅行の期間、何か用事があったため、同行することはできなかった。

旅行に出掛ける前、私が不平をこぼしたがための結果が恐ろしくなり、後悔した。父と二人だけで旅行したらどうなってしまうのだろうと思った。父にはいつも怒られていたからだ。しかし実際は、私が予想していたような悪いことは起こらなかった。なぜ父がその旅行中に普通の人のようだったのかは分からない。仕事のストレスから解放されていたためか、妻（母）から解放されていたためか、あるいはその両方が父に平常心を与えていたのかもしれない。また、普段あまり親しくない二人だけで旅行に行くという状況の中で、お互いにトラブルが起きないよう慎重になり、知らず知らずのうちに気を遣っていたことも影響したのだろう。

しかしながら、この珍しい出来事は、私が持っていた父に対するイメージを変えるのに充分な力はなかった。それに、年を経る毎に、私と父との間のトラブルはより複雑で深刻なものになっていった。しかし、この旅行の経験を通して、人間は周囲の人や職場など、周りの環境の影響を受けやすいものだということを学んだと思う。今私は、自分が父の問題行動の主な原因であったわけではないと信じている。

幼稚園に通っていた頃、幼稚園では恥ずかしがり屋なのに、家では威張っていると父と母から批判された。しかし幼稚園の先生たちは、私が異常なほどおとなしいのに、私を批判することはなかった。私はすごくおとなしい子供は、良くないのだと思っていた。両親の言動に深く影響された、一種の大人の価値観で自分自身を判断しているようだった。なぜ先生たちが私を批判しないのか不思議に思ったが、幼稚園で批判されなかったことは幸いだった。

ある日、園児たちがＢＣＧワクチン接種を受ける日が来た。事前に先生から、私は注射を受けなくていいと言われた。しかし、他の子供たちが列を作って辛い瞬間を待っている時、私は他の人がしなければならないのに、自分だけが注射をしなくてもいいはずがないと思った。先生にそう言われても、現実はそんなに甘いものではないと思った。私は良心の呵責にとても敏感な子供だった。少しでも、何か後ろめたいことをしたと感じる度に後悔する傾向があった。

小学生の頃、私はある年の運動会で奇妙なことをした。皆、徒競走に参加するが、私は苦手だった。スタートラインでは、数人の子供たちが内側から外側のレーンに並んでいた。スターターの銃の音で、皆、一斉に走り出した。外側のレーンからスタートした子供たちは、外側を走ると内側を走る子供たちよりも長い距離を走ることになるため、外側のレーンをはみ出して内側に向かって走ることができた。

私は一番外側のレーンからスタートした。しかし競走の間じゅう、一番外側のレーンから外れずに、同じレーンに沿って走り続けた。そのため、ゴールに到達するのにすごく時間がかかった。他の子供たちは、私に内側のレーンに向かって走っていいんだよ、と言った。誰かのお母さんが「あなたはとっても真面目なのね」と言った。内側のレーンに入ってもいいことは分かっていたけれども、どういうわけかそれができなかった。

私が子供の頃の不健全な考えを表すエピソードが他にもある。小学校に入学して間もない頃、クラスの子供たちがそれぞれこどもの日のために、紙で鯉の形を作る工作をした。先生は、色紙で作った鱗を魚の本体に貼るように指導した。前もって、色紙から鱗の形を切り取っておく必要があった。鱗を貼り付ける時、本物の鱗のように本体に貼り付けるようにという指示だった。つまり、色紙から多くの小さな鱗の形を切り抜き、鱗の端だけを本体に糊付けして魚の本体に鱗の層ができるようにするということだった。最初は言われた通りに、私たちは作業を始めた。

しかし、本体に鱗の層を作るには時間がかかった。他の子供たちは、本体に大まかに切った鱗をまばらに貼り始めた。図画工作の時間が終わりに近づいて、ほとんどの子供たちは、私がまだ鱗の半分も貼っていない時に作業を終えていた。三分の一くらいしかできていなかったし、授業が終わるまでに完成できないのではないかと不安になって、私は先生にどうしたらいいか尋ねた。

先生は魚の本体の空白の部分に鱗を描いてくれた。そして、私は作業をきちんと辛抱強くやったから良い作品ができたと言ってくれた。その後先生は、私の母に他の子供たちは手抜きをしていたのに、私は非常に正確で辛抱強く作業をしたと言ったらしい。時間内に作業が終わらないところだったのに、なぜ先生に褒められたのか不思議に思った。しかし、私はそれを聞いて嬉しかった。それ以来、自分が役立たずだと感じた時、その先生の言葉を思い出して慰めにしていた。

私はいつも心の中に、「お前はずるいことをしてはいけない！　お前は完全に従順で正直でなければならない！」という声がこだましていたと思う。なぜ自分がマゾヒストのようになったのかも分からなかった。そして、その不健全な姿勢を克服するために、数十年という時間がかかった。幼稚園での予防接種について言えば、接種を受ける前に、先生の一人が私が列に並んでいるのを見つけ、「あなたは注射しなくてもいいと言ったでしょ」と言って私を救出してくれた。それで私は、ワクチンの不適切な使用によって引き起こされたかもしれない副反応から救われた。私のツベルクリン反応が既に陽性だったからだ。してはいけないワクチン接種による副反応を防ぐことができたのは幸いだったと、大分後になってから気付いたのである。

私が小学校五年生の時、担任の先生は前年の風変わりな先生から代わった中年の男性教師だった。国語の授業でその先生は、当時の児童には馴染みのない、討論をするように指導した。当時のほとんどの日本人は「ディベート」という言葉を知らなかったと思う。しかし、先生は「ディベート」という言葉は使わなかったが、実際は「ディベート」形式の討論をするように私たちを導いた。クラスは二つのグループに分かれて、先生が決めたテーマについて討論することになった。

それは単純なテーマだった。平坦な場所に住むのと傾斜の多い場所に住むのと、どちらに住む方が良いかといったものだった。一方のグループは平坦な場所に住む方がいいという意見を支持する必要があり、もう一方のグループはその反対の意見を支持しなければならなかった。誰もが、たとえ自分のグループの支持する意見が自分自身の意見と異なっていても、グループに与えられた支持する意見に従わなければならなかった。

私は討論の詳細はほとんど覚えていないが、ある男子が年配の女性が傾斜した場所で重い荷物を運ぶのは難しく、転んでしまうかもしれないと言っていたことを覚えている。普段はおとなしい私が、討論することに魅了された。その男子が何度も同じ意見を繰り返し言ったため、私はもう同じことは話す必要はないと主張したことを覚えている。討論は先生が子供たちの意見に対して、何も評価したり判断したりすることなく続いた。

この国語の授業は、小学校生活で一番興奮した瞬間だったかもしれない。私は再び討論の時間があればいいのにと期待していたが、それは実現しなかった。その時の「ディベート」が最初で最後のものだった。考えてみれば、半世紀も前の日本の小学校の指導要領に「ディベート」の項目などあるはずがなかった。しかし私は、この特別な授業を通して、誰にも邪魔されずに自由に話す喜びを味わったのだと思う。

私が子供の頃、一般的にテレビは一家に一台しかなかった。だから、誰がテレビのチャンネルを独占するかが、家族一人一人にとっての大問題だった。父が家にいる時は、いつも父が好きなテレビ番組を選んで見ていた。たいていは時代劇だった。それらのドラマの中には、私が平気で見られるものもあったが、暴力的で怖くて見られないものもあった。

私は今もその頃の時代劇の登場人物を覚えている。そして時代劇のドラマを見ることが私の社会性の欠如の幾らかを補うのに役立ったかもしれないと思う。時代劇で話される江戸時代の言葉は現代の日本語とは異なっているが、それでも言葉の意味を推測し、理解することができた。私は今とは違う昔の言葉の表現に関心を持った。

他のテレビ番組では、世界中の野生動物の生態を映した『野生の王国』を見るのが好きだった。当時、数少ないドキュメンタリー番組の一つだった。東京の動物園の元園長で、番組解説者のしわがれた声を今でも覚えている。この番組を見ている時は、なぜか私一人で誰にも邪魔されずに楽しめたと記憶している。居間には誰もいなかった。他の家族は皆、他にやることがあったのか、まだ帰宅していなかったのかもしれない。この番組を見ることは、私にとって子供の頃の至福の時間のようだった。私は世界じゅうの動物のことに思いをはせることで、現実逃避していたのだ。

米国航空宇宙局ＮＡＳＡのアポロ宇宙船が一九六九年に月に到達したというニュースは私にとっても、非常に興奮する出来事だった。人類が月面への第一歩を記した瞬間を見た時には、畏敬の念を感じた気がする。また、世界じゅうの人々との一体感もあった。学校で売られていた科学雑誌の付録が、アポロ宇宙船の模型だったことも嬉しかった。

一九七二年、アジアで最初の冬季オリンピックが開催された。開催地は札幌だった。アメリカ代表の女子フィギュアスケート選手がいた。彼女はとても美しくて魅力的だった。氷の上で転んでしまった時も、微笑んでいた。とても普通には会うことができるとは思えないほど素敵な人がいるということに驚いた。アポロ宇宙船とフィギュアスケート選手のことは、私に何らかの影響を与えたと思われる。これらのことが、私が長年英語の勉強に取り組むことになった動機の一部になっているのに違いない。

18 高校時代

私は大学受験に有利な公立高校に入学した。学力水準が高くない中学校で比較的良い成績を収めていたため、その高校に入学するのは難しいことではなかった。しかし、入学した後のことを考えると不安があった。自信に満ち溢れた優秀な生徒も多いはずだし、そういう人たちとどう付き合っていいのか分からないと思った。

母だけが無責任に喜んでいた。それはあまり苦労をしなくても、娘が評判の良い公立高校に行くことができて、学費も高額ではなかったからだ。しかし、私は新しい環境にどう対処したらいいのか、何の考えも対策もなかった。私は学校にいることだけでも恐怖を感じた。しかし、毎日学校に通っていた。学校に行くことは、止めることのできない義務のようなものだった。

「不登校」という言葉は、当時は一般的に知られていなかった。今日では珍しくないが、学校に行けなかったり学校に行こうとしない生徒がいるという事実を知っていたら、私もそのような人たちに倣って、学校に行かなくなったかもしれない。しかし、父が「ずる休み」にも思える不登校のようなものに対して深い嫌悪感を抱いていたのは確かで、自分にはそのようなことが許されることはないと、無意識のうちに理解していたと思う。そのため、私はとにかく学校に行き続け卒業した。その日々は、砂漠を歩くようなものだった。私は学校の教室で、椅子に座り机を使っていたが、場違いな所にいるような感じだった。勉強にも身が入らず、成績も悪かった。

実際、物理と数学の試験で落第しそうになった。数学の先生は、いつも私をクラスの他の生徒の前で、とても簡単な問題の解答を書くように指名した。私は黒板に数学の公式などの答えを書いた。先生は私に配慮していたのかもしれないが、私は内心恥ずかしく屈辱を感じていた。もっと勉強しようと試みたこともあったが、同時に勉強することに抵抗していた。当時はそれに気付くことはなかったが、当時の状況を思い出すと私は自分の愚かさを明らかにし、助けを求めたかったのだと思う。それは自分の成績を良くするための助けではなく、私を環境への不適応から救ってくれるためのものである。しかし、助けが来ることはなかった。

高校時代の三年間、私はどのようにやり過ごしていたのか？　学校生活の記憶は曖昧な部分も多いが、とても恥ずかしい思いをしたことを覚えている。各クラスは学級委員を選ぶ必要があった。ある日選挙が行われ開票が始まると、クラスのある一人だけの名前が何度も繰り返し呼ばれた。一度だけ、別の名前が呼ばれた。クラスじゅうにどよめきが起きた。実はその票は、私が投じたものだった。

次の学級委員がクラスの結託で既に決まっていたとは知らなかった。私だけが蚊帳の外に置かれていた。私は孤立していて、誰も結託について教えてくれなかった。選挙後、おかしな票が一票あったことについては、何も取り沙汰されることもなかった。しかし、私はクラスから無視されたことを恥ずかしく思った。そして、恐らく私がその票を投じたということが、ある人たちには想像がつくだろうと思った。非常におとなしく愚かで変わっている女子が、その一票を得た男子のことが好きなのだろうと思っている人たちがいるのではないかと感じていた。私は本当に穴があったら入りたいと思った。

私は普段通りに選挙に参加しただけだった。私はその男子に特別な感情を持っていたわけではない。後になって、白票を投ずれば良かったと思ったが、結託について知らない限りは普通に選挙に参加するしかなかった。その男子の名前や外見などについても、何も覚えていない。しかし、その時の恥ずかしくて落ち込んでいた気持ちはよく覚えている。それが私の学校生活の現実だった。

クラブ活動は卓球部に所属していた。体力も精神力も不足していたから、部活動に参加するのも一苦労だった。なぜクラブに入ったのかはよく覚えていない。私は疲れやすかった。一方で、疲労が一生懸命勉強できないことの口実にもなっていた。また、学校の各科目の授業に出席するだけなのも息苦しかったのだと思う。おとなし過ぎる私でも、他の人たちとコミュニケーションを取りたかったのだろう。また、部活動に参加していることで、時間も使うし体力も消耗するからと自分の学力不足の言い訳にしていた。しかし、それは自分勝手な合理化に過ぎず、自己満足でしかなかった。

クラブ活動では、他のメンバーの人たちと馴染めるかどうかも問題だった。私は中学時代に少し卓球をしていたため、高校に入ってから卓球を始めたメンバーに負けた時は、悔しくて泣いたこともある。私は非常におとなしく、他の人たちとは違っていたため、私と同じ学年のあるメンバーが、年長のメンバーから、私はクラブの中でちゃんとやっていけるだろうかと聞かれたということも聞いた。

初めての夏季合宿に参加した時は、他のメンバーについていくことができなかった。早朝の練習で、私はしゃがみ込んで何かを叫んでいた。自分に何が起こったのか分からなかったが、私の甲高い叫び声はしばらく続いた。そこにいた誰もが唖然としていた。私はそれについて、どう説明したらいいか分からなかった。コーチは私が一生懸命練習し過ぎて気持ちが悪くなったと結論づけた。それ以降は、私は練習を自制する必要があるから、負担の多い練習には参加しなくていいと言われた。私はホッとすると同時に、勉強もクラブ活動も他の人たちについていけないことに失望した。私は自分が落ちこぼれのように感じた。そして、私はそれ以降、同じような劣等感を度々持つことがあった。

合宿中に起きたことが、パニック障害の現れだったかどうか分からないが、当時は、言い表しようのないストレスがあったのは確かだ。また、合宿を通して、父の奇妙な態度をまたも発見することになった。私が数日間家を留守にして戻った後、父は私が留守の間、父に電話すらくれなかったと言って、私に散々文句を言った。父がそういうことを言うとは想像もしていなかった。普段から私は、父から良い扱いを受けることはなく、無視されていたため、私は父の態度を全く理解できなかった。それは父の私への考慮だったのかもしれないが、私は全く嬉しくなかった。かえってそれは、父に対しての不信感を更に募らせることになった。

　翌年、再び夏季合宿に参加した時は、仕方なく父に電話をかけた。それはほんの一言二言の、馬鹿げたほど短い会話だった。他のクラブのメンバーで、誰も家に電話をするような人はいなかった。私が父に愛されていると誤解した人もいたかもしれない。それは何か、「良い家族」の振りをするためのゲームをしていたようにも思われる。

　高校時代はとにかくクラブ活動に参加していた。私は強い卓球の選手でもなければ、陽気で親しみやすいクラブのメンバーでもなかった。むしろ私はクラブのお荷物のようだった。私は悲観的で、他の人に追いつくことができないとつぶやいた。私が自分の惨めさを話すと、私を慰めようとしてくれる人たちもいた。今思うと、私は他の人たちから幾らかのエネルギーを得るためにゲームをしていたのだろう。当時の自分のことを考えると、私はろくでなしのようだった。しかし、そういう状況でも、私はどうすることもできなかった。クラブのメンバーは比較的成熟した出来のいい学生だったため、私のことを悪く言う人もいなかった。

　クラブに馴染むことはできなかったが、クラブに全く所属しないよりかは、何らかのクラブに所属していた方が良かっただろう。少なくともクラブ活動をしている間は、ストレスから幾らか解放されていたし、クラブに所属していなければ、他の人と話す機会は更に少なかっただろう。クラブ活動は、砂漠を歩んでいたような私にとっては、オアシスのようなものだったかもしれない。

19

乖離の向こう側に見えたかすかな光

高校生の頃、私は両親に学校生活についてほとんど話すことはなかった。高校に入る前から両親とはあまり話さなかったため、特筆すべきことではないのだが、ある日突然、彼らが私に「高校に入ってから友達のことを全然話さないけど、友達はいるの？」と聞いてきた。私は何も答えることができず、黙っていた。母は私に言った、「何で友達がいるかどうか聞くと、下を向いて悲しそうな顔をするの？」それは私にとって拷問だった。自分には友達がいないと言う勇気がなかった。私はいつものように母の反応を恐れていたからだ。両親は私のことを心配していたのかもしれない。しかし、当時の私に対する彼らの態度を振り返ってみると、一貫性がなく私の不幸を喜んでいたように思えることもあった。

ある日、学校で校外学習のため、遠足の機会があった。当日の活動の全てが終わった後で、私たち生徒は現地解散になった。私は一人で帰ってきた。帰る途中で繁華街に寄ってお菓子を買った。母は私が買い物をしてきたことに気付き、「どこへ行ったの？」と聞いた。私は「ＡＢＣタウン」と答えた。すると母は「友達と一緒に行ったの？」と聞いてきた。私は母に「一人で行った」と答えた。すると母は一瞬大笑いしたのだが、その後「お母さんはなんて可哀想な母親なんだろう！　こんなに孤独な子供がいて！」と泣き叫んだ。私は混乱して途方に暮れた。母は私が孤独であることを知って嬉しかったのか悲しかったのか、よく分からない。父に関して言えば、いつものように私をからかうように「お前には友達がいない！」と罵るように言った。

母は私がすごく小さい頃から、人と付き合うように私を励ますことはなかった。まだ小学生だった頃、友人の家に遊びに行った時のことで忘れられない話がある。友人の父親も警察官だったため、人間嫌いな母もある程度はその家族を受け入れていると私も思っていたと思う。ある日、私はその友人の家に長時間滞在し、夕方になってしまった。友人のお母さんは、私が夕食の時間までいて、その家族と一緒にご飯を食べていけばいいと私に言ってくれた。そして、母が心配しないように、私が夕食を済ましてから帰るからと母に電話をかけてくれた。

私は友人の家で楽しい時間を過ごした後、家に帰ったが、その時の母の激怒した表情を決して忘れることができない。母はとても怒っていて、顔が強張っていた。そして私に言った。「あなたはなんて悪い子なの！やっていいことと悪いことを何も分かっていないんだから！　他の人の家で夕食を食べるなんて、そんなことしていいはずないじゃない！」私にとって、とても恐ろしい瞬間だった。地獄から冷気が立ち昇ってくるような気がした。私は、そんなに悪いことをしたのだろうかと思った。しかし、この母の怒りのせいで、友人の家族と食事をするなど、他の人たちと密接な関係を持つことはできないのだと、どこかで思ってしまったに違いない。

このような養育者の不可解な社会概念に影響されている人間にとって、社会生活を楽しむことは非常に難しいと思う。今思うと、母の怒りが激しかったのは、私が他の家族の家に滞在した後、私がいつもより楽しそうに見えたからに違いない。それが母の気持ちを逆撫でしたのだろう。私が自分の家にいる時は、いつもつまらなそうに見えていたのかもしれない。

他にも忘れられない出来事があった。私が小学生の頃、ある学者がテレビに度々出演して、「今の子供たちは長生きできない」という学説について話していた。子供たちのほとんどは、環境破壊のために三十代か四十代までしか生きられないと語っていたようだ。母はそれを聞いて、繰り返し嬉しそうに、私にその学者の言うことを話した。

普段から私は、母が私に何かを話した後、どう答えたらいいのか分からないことが多かったが、その時は母が言ったことについて、かなり混乱してしまった。この学説は、私を含む当時の子供たちにとっては呪いの言葉のように聞こえた。私は子供なりにも、母は本当にこの学説を信じているのか、そして母がその学者の話が本当ならば悪影響を受けることになる当事者の私に、この話をしていたことに気付いていたのだろうかと訝しく思った。母が私にその話をしていた時は、幸せそうだったのだ。私は母が、私が若くして死ぬことを望んでいるのかもしれないと思った。

父と母の関係については、どう表現したらよいのか分からない。母が父からどんなにひどく扱われたかと嘆いて、「馬鹿だ」とか「石頭」と言われたと不平を言っていたのを覚えている。その時は母を気の毒に思ったが、そのような状況は一時的なものに過ぎなかった。全般的に母が父より弱かったという印象はない。二人の力関係は、拮抗しているように見えた。

両親は自営業ではなかったし、それぞれの年老いた両親や病気や障がいのある家族の世話をする必要もなかった。そのため、私たちの家族は大きな問題を抱えることはなかったと思う。母が主婦として苦労が多かったとは思わないが、父の職場の異動でほぼ隔年に引っ越していた時期があった。異動は同じ地方自治体内に限られていて引っ越しは短距離なものだったが、大変な作業であることには違いない。

父は警察署長として、四ヶ所の警察署で勤務する機会があった。母がそのような役職の人の妻になることを考えると、母自身も場違いに感じていたかもしれない。しかし、全てが悪いことばかりではなかっただろう。警察署の人たちが毎回、引っ越しを手伝ってくれたし、署長の家族として私たちに敬意を表してくれた。母は自分の置かれた状況に不満があったかもしれないが、警察署の人たちと一緒にいる時は、概ね良い人の振りをしていたと思う。

当時、既に私は父や母とまともな会話をしたいという気持ちも失って、怒りや悲しみの感情を抑え込んでいたと思う。しかしある日、忘れられない出来事があった。父と母が互いに話していた時、父が警察の関係者の誰かが、母についての話をしていたと言い始めた。その関係者は、母が父と結婚する前から、母を長い間知っていたようだ。私は母がかつて警察で働いていたなどということは想像しがたいのだが、実際、警察での上役の人が、父と母を引き合わせて結婚するように勧めたという。

その頃は、警察で母を知っている人がまだいたのだろう。その母を知る人が父に、なぜ父があんな女性と結婚したのか理解することができないと言っていたと、母に率直に語ったのだ。「あんな女性」とはかなり否定的な響きを持った言葉に聞こえた。母は非常に怒って、繰り返し文句を言った。

私は父と母の会話を聞き逃すまいと聞き耳を立てていたが、しばらくすると、その人の言ったことが本当にその通りだと変に納得した。私はその人を知らないし会ったこともないけれども、その人に感謝している。その時感じたことは言葉で表すことはできなかったが、その出来事はとてもよく覚えていて、気持ちが少し楽になった。

その状況を思い出して今振り返ると、暗闇の中にぼんやりとした光が差し込んできたような感じだった。自分が想像する以上に、世界は広いと感じることができたと思う。そしてもしかしたら、世界の中の誰かが私の状況を理解してくれて、共感してくれるのではないだろうかと感じたと言える。

私は狭い場所に閉じ込められていた。その場所は、父と母からの威圧感で補強された天井と壁でできた家で、逃れの道は見つからなかった。しかし、壁の向こう側は見えなかったけれども、家のどこかに亀裂が入っているような気がした。

天井や壁の向こう側に未知なる外界があり、いつの日か見知らぬ世界へと通じる道が見つかるかもしれないという希望を持った。これは大きな出来事ではなかったが、私は無意識のうちにも心の中に安堵感と温かさを覚えた。この経験が、困難な時の私の心の支えになった。

20 真夜中の呼び出し音（父）

私たちの家には、客が訪れることがあまりなかった。母が人嫌いだったからだと思う。それでも年に一度か二度、おじやおば、いとこなどの親戚が来ることはあった。客が来ている間、私の父はいつも会話の中心になろうとしていた。親戚の人たちは、めったに父に意見を言うこともなかった。父の話し方は、家族以外の人たちもいるせいか、いつもより少し穏やかだったが、父はいつでも一緒にいる全ての人たちの中で、自分が一番偉いと思っていたようだった。私は既に父を憎んでいたが、父は色々なことを知っていて賢いのだと思っていた。子供というのは、親とどのような関係にあったとしても、親について何か良いところを見つけたいと思うものなのかもしれない。

今思うと、父は自分自身を偉い者だと思いたいために、誰にも言い返されたくなかったのだろう。親戚の人たちは父の気性を知っていたため、父に言い返すのを控えていたのかもしれない。ある時父は、親戚の人たちにある若い男性タレントが起こした事件について話していた。その若いスターは、彼を苛立たせるようなことをした人に暴力を振るった。父は彼のような若者が挑発され、怒りが爆発してそのようなことをしたのも不思議な話ではなく、仕方のないことだと主張した。私はそれを聞いて驚いた。父は警察官なのに、なぜ暴力沙汰を起こした男の肩を持つのだろうと思った。私に対しては、決して味方になってくれることなどなかったのだ。犯罪者に対して寛大過ぎる父の態度は、おかしいのではないかと思った。

「ネクラ」と「ネアカ」という対比する二つの言葉が流行っていた時期があった。ネクラは「陰気なタイプ」、ネアカは「陽気なタイプ」を意味するようだった。あるタレントがテレビ番組でこの二つの言葉をよく使っていた。父の考えでは、自分の家族も二つのタイプに分かれているようだった。

一つは、父と私の姉が「ネアカ」で陽気で勝っていて、もう一つは、母と私が「ネクラ」で、陰気で劣っているという主張だった。父は、母と私に嘲笑しながら繰り返し叫んで言った。「お前らふたりはネクラ族だ！　ハ、ハ、ハ、性格が暗くて悪いつまらん奴だが、俺とお姉ちゃんはネアカ族で、陽気で優れている！」いつものように、父に何も言い返すことはできなかった。しかもそれを聞いて、私は更に落ち込んだ。母と一緒くたにされたことが、本当に悔しかった。しかし今思うと、父自身が本当のネクラで邪悪だったと言っていい。

いつの頃だったかは覚えていないが、父に私の気持ちをもう少し考えてほしいと訴えようとしたことがあった。厳しく責められると、私は更に落ち込んでどうしていいか分からなくなり萎縮してしまうから、もう少し穏やかに話してほしいと父に恐る恐る訴えてみた。父は「そんなはずはない！　馬鹿なことを言うな！」と怒鳴った。いつものように、無力感に襲われただけで終わった。

ある時、父は不愉快そうに私にこうも言った。「お前は他人の気持ちというものが分からない子だ」なぜそんなことを言われなければならないのか分からなかった。なぜ父が私にそう言ったのか、見当もつかなかった。しかし、父その人本人こそが、他人の気持ちを理解していない人だったと思う。

私たちがある警察署の官舎に住んでいた頃、真夜中に緊急呼び出しの電話が鳴ることがあった。電話は父の枕元の近くに置かれていた。父は起き上がってそれに応答した。しばらくすると、父は電話口で相手を怒鳴りつけた。「何でそんな些細なことで電話してくるんだ！　そんなことでいちいち電話してくるな！」目を覚ました私は父の怒声に怯え、電話をしてきた人を気の毒に思った。その人は宿直の警察署員だった。

状況から判断すると、その何度か深夜に電話をしてきたのは同一人物の宿直の男性署員で、非常に生真面目な人だったのだろう。恐らく真夜中に父に電話をしたら叱責されることは分かっていても、そうせざるを得ない性分だったのではないかと思う。交通事故や強盗事件などが夜中に起きても、他の宿直の署員の人たちは、電話をしてくることはなかったと思われる。もしかしたら、宿直の署員は夜間に起きた事件について、署長に連絡しなければならないというような、形骸化した規則もあったのかもしれない。

21
職業の選択

高校卒業後は二年制の短期大学に進学した。高校時代は優秀な生徒ではなかったし、将来何をしたらいいのかも分からなかった。私は私立の女子短大に入学し、食物・栄養学を専攻した。その短大や専攻を選んだ理由はよく覚えていない。

子供の頃から、自分が将来就きたいと思う職業について、考えたこともなかった。普通なら子供が「将来何になりたい？」と聞かれると、「パティシエになりたい」とか「プロ野球選手になりたい」などと答えるだろう。私は何の答えも持っていなかった。家族間での有意義な会話が乏しく、父や母と自分の将来について話した記憶もない。

約四十年前の様々な職業の世界では、女性に対する差別がまだ根強く残っていた。一般的に、女性がキャリアとして追求できる職業は、学校の先生や看護師などの一部の仕事に限られていた。高校や短大を卒業した女子学生の多くは、民間企業や官公庁で事務職員として就職する傾向があったが、その多くは結婚するまでの数年間しか働かないと考えられていた。

長く働きたいと願う女性にとっては、公務員の方が民間企業の社員に比べて結婚や妊娠・出産後も働ける場合が多かったため、公務員になることは良い選択だったと言える。大学を卒業した高学歴の女性については、ほとんど事務職に就くことができないと言われていた。会社員になれたとしても、上司や同僚、来客などのためのお茶出しや書類のコピー取りなど、オフィス周りの雑用をする係になることが多く、学校で学んだことを活かせるような仕事をする機会は望めないようだった。

今も職業において、男女の格差はまだまだあるようだ。しかし一般的に、女性よりも男性の方が優位であるという考えは、当時は今日よりもはるかに強かった。父も私や母を含めて女性を蔑視していたと思う。一方で、姉のことはどう思っていたのかよく分からないが、父は家族の全てを思い通りに支配したかったのは確かだと思う。

そんな中、自分の将来のイメージは曖昧だった。そのため私は、平均的であると思われる可能性が高い、女性の人生を思い描いてみようとした。短大を卒業して就職し、そこで数年間働いた後、願わくは誰かと結婚するというふうに考えた。これは、当時の女性の人生の一つの典型でもあった。今でもある程度、典型的なものと言える。

私には他の選択肢もあった。高校三年の時、高校卒業者向けの公務員採用試験を受けた。私はそれに合格し、公務員になることを希望するなら、公務員として就職できるという立場だった。私の高校では、卒業後すぐに就職する生徒はごくわずかだった。なぜ公務員採用試験を受けたのか、よく覚えていないが、その理由の一つは、無意識のうちに既に私はできるだけ早く両親の家を離れたいと思っていたことがあると思う。自分の本音には気付いていなかったが、公務員として正規職員になれば、父や母から自立できると考えるのは自然なことに違いない。

他にも受験した学校があった。難関ではない私立の四年制大学の試験に合格したが、国立の教員養成大学の試験は不合格だった。自分の高校の成績を考えると、国立大学に入学するのは困難だった。

これらの受験結果が判明した後、私は高校を卒業する段階の人間としては多くの点で未熟だったため、混乱していた。高校卒業後はどうしたらいいのだろうと途方に暮れた。私には幾つかの選択肢があったにもかかわらず、何となく自分の未来を自分で選ぶことができないことを感じていた。それは私が未熟過ぎて、成長し大人になっていくための問題に立ち向かう準備ができていなかったし、父の許可なく何もできない立場にあることをどこかで知っていたからだろう。

父と母は私が四年制大学に行くことを望んでいなかった。父は女子が四年制大学に行き更に教育を受けることで、生意気になるのは容認できないと考えていたと思う。結局、私は短大に入学したが、それでもまだ公務員になれればいいのだけれどもという一抹の希望を抱いていた。母は、私がいわゆる「良家の子女」が多く進学するところだと言われていた短期大学の学生になったことを無責任に喜んでいた。

公務員になれる権利は試験合格後一年間あった。そのため、短大に入った後も数ヶ月間はまだ公務員になれる機会がある状態だった。実際、時々公務員の求人情報が郵便で届くことがあった。その度に私は、短大に通い続けることと求人に応募することの間で揺れ動いていた。母は私の心の動揺に気付くと、怒って私を批判して言った。「あんたには仕事なんか務まらないんだから！　なんでそんなできもしないことを考えるの！　生意気なんだから！」結局、公務員の仕事に応募したことは一度もなく時間が経ち、試験の合格者名簿の有効期間も切れてしまった。その時私は、公務員になる権利を失ったことに少しがっかりした。しかし、その時公務員に応募してその職に就いていたとしても、今に至る全般的な自分の状況は、さほど変わっていなかったのではないかと思う。

母が私に言ったことは、ある意味正しかった。私の社会性やコミュニケーションスキルは年齢相応に発達していなかったのだ。母自身が、私を年齢相応に成長させることがなかったと言わざるを得ない。母は私が母よりも有能になって、私が母を軽蔑するようになったら嫌だと恐れていた節がある。奇妙なことに、母は私が家事をするのを手伝わない時に不満な様子なこともあったが、手伝おうとした時には、私は手伝いをしなくていいと言うこともよくあった。何年も後になって、私はそれが人類学者のグレゴリー・ベートソン（Gregory Bateson）によって提唱された「二重拘束」状態であるだろうということに思い至った。

短大を卒業するしか道はなかったため、二年間通い続けた。卒業後は幸いにも団体職員の事務員として就職することができた。この団体組織は一種の協同組合で、労働条件は公務員の場合とあまり違いはなかった。したがって、短大卒業後に団体職員になることと、高校卒業後に公務員になることを比較しても、あまり大きな差はなかったのではないかと思っている。

学生時代に、なぜ面接を含む職員採用試験に合格できたのかは不思議なことだ。私は臆病で、普通ではない状況で何をすべきか分からなかったと思う。しかし、母が他の人たちと一緒にいる時には、良い人のように振る舞っていたように、私も面接の時には普通の若い女性のように、うまく振る舞っていたのかもしれない。私も知らないうちに母の行動から学び、それに従っていたのだろう。また一般的に、新卒者の求職活動は、中途採用者よりも常に有利であると言われている。

私は六年近くこの団体で働いた。もし私が標準的な大人に成長していたとしたら、もっと長く働くことができただろう。その職場は、公務員の職場と同じように、三十代や四十代の女性職員が多く働いていた。

もし私が高校卒業後に公務員になっていたとしたら、どうなっていたのか分からない。映画やドラマの世界では、崩壊した家庭の若者が軍隊に加わり上官から訓練を受け、立派な将校になっていったりするものだ。しかし現実には、そのようなことはあまり起こらないだろうと思う。また、仕事で成功したとしても、仕事から来るストレスの解消がうまくいかず、家族をないがしろにしたり、家族に不満をぶつけたりするようでは、家族にとって迷惑な話である。

22 短期大学

私は短大で食物と栄養学を専攻していたが、調理実習は苦手だった。私は幼い頃から、父や母から何をするにも時間がかかり過ぎると何度も批判されてきた。両親からの批判は、うんざりするほどたくさん聞かされた。彼らはしょっちゅう私に「のろま！」とか「愚図！」と言っていた。父は特に理由がなくてもそれらの言葉を繰り返し私に浴びせ、それはまるで私にとっては呪文のように感じられるようになった。

調理実習の時間は、私にとってはストレスだった。実習では、クラスの各グループが主菜、副菜、スープ、デザートなどの調理をした。五〜六人くらいで一グループになっていて、各メンバーがそれぞれ何を担当するかを決めていった。全てのメンバーが同時に使えるだけの数の鍋がなかったため、私たちは交代で鍋を使わなければならなかった。

ある日、私の役割はイチゴでデザートを作ることだった。私は鍋をキープしておきたくて、グループのある人に使わせてほしいと頼んで、手元に鍋を置いていた。しかし実際には、イチゴを煮る前に他にやることがあったため、鍋をすぐには使用しなかった。その時、グループの他のメンバーも鍋を必要としていたが、利用できる鍋はなかった。それで、私がキープしていた鍋をその人に譲るようにと言われた。私はパニックに陥ったが、言われたことが道理にかなうことだと分かってはいた。

同時に、決められた時間内にデザートが出来上がらなかったら誰かに叱られるのではないかという恐怖感に圧倒されそうになった。私は二重拘束の状態にあった。私は自分のてきぱきと作業を進めることのできない遅さのために非難されることを恐れながら、唯一の利用可能な鍋をキープしている自己中心的な自分自身を批判していた。その後、どうなったのかはよく覚えていないが、私は必要な人に鍋を譲って、他の誰かが、私がデザートを作るのを手伝ってくれたのだと思う。

当時は、なぜこのような気持ちになってしまうのか分からなかった。今思うと、父と母の批判的な言葉が私の脳裏を駆け巡っていたように思う。批判を受けることを恐れれば恐れるほど、私の行動はますますぎこちなくなっていった。それは私の行動パターンの一つのようになり、調理実習での出来事以外でも、繰り返し同じようなことを経験していたように思える。私は二年目には調理実習の授業を受けなかったが、クラスのほとんどの人たちは、更に上級の調理実習を喜んで受けていた。

短大の二年間は、非常に速く過ぎた。クラスでは数人の友人ができた。出席簿の登録番号が近い学生同士は、授業で一緒に行動することが多かった。そのため、よく一緒に時間を過ごす友人が何人かいたが、私はその人たちに馴染んでいないと感じることもあった。友人たちは、私を堅苦しい人間だと感じているようだった。

友人たちの中に生真面目でやや悲観的な人がいて、彼女と一番親しかった。今思うと、私は彼女を見下し、嘲笑していたことがあったと感じている。私の軽蔑的な態度が彼女にどれほど伝わっていたかは分からないが、彼女は卒業直前に私から離れていき、友人とは言えない状態になった。私たち二人には、些細なことを心配し過ぎたり、毎日の歩みの中での辛さをつぶやいたりするなどの共通点があったと思う。

私は彼女に対して誤った優越感を持っていることに気付いていなかった。今思うと、私は心理的防衛機制の「投影」を働かせている状態であった。あの頃は、自分よりも惨めな人を見つけたことを、無意識のうちに嬉しく思っていた。しかし、それは真実ではなかった。私自身が惨めだったのだ。ちょうど母自身が臆病者だったため、母が私の臆病な性格を嗤うのと同じように、私も防衛機制を働かせる必要があったのだ。

他の友人たちとは卒業後、何度か会ったこともあった。しかし、数年のうちにコンタクトを取ることもなくなってしまった。その理由の一つは、私自身の自信のなさだった。私は彼女たちが、私を本当の友人だと思っているかどうか、確信が持てなかったのだと思う。彼女たちは、私たちが短大にいる間は、私の変わった人付き合いのやり方に合わせてくれていただけなのかもしれない。

私は短大の初回の同窓会にのみ参加した。かつてのクラスメートに自分の仕事の話をして、どんなに仕事が辛いかなどと語ったのを覚えている。私は同窓会でも散々愚痴っていた。その後、そのような愚かな振る舞いをしたことを恥ずかしく思ったが、当時の自分の心境はそんな状態だった。

それ以来、私はどの学校の同窓会にも出席していない。何年か後になって、かつてのクラスメートの一人から、また短大の同窓会に来るように誘われたが、私は出席するのを断った。

私にとって、学校の同窓会に出席することは勇気の要ることだ。結婚しておらず自分の家族がいないし、仕事が軌道に乗ってキャリアウーマンになったこともない。自分の状況を他の人たちに説明することも難しい。また、他の人たちが自分の幸せや成功について話すのを聞いて、自分自身が惨めな気持ちになるのを恐れた。一方で、同窓会に出席することに抵抗があるのならば、無理をして行く必要もないだろうと思う。

短大の二年間は速かった。幸いだったのは、その期間は社会人になる前に味わった、穏やかで平和な時間だったということだ。社会人になると果たさなければならない責任や役割が要求されることもなかったからだ。また、短大時代にはキャンパス内で持たれていた茶道の稽古に参加し、卒業後も習い続けた。職場に適応できない事務員として働いていた時に、私は茶道の稽古を通して幾らかの慰めを得ていた。

23 社会人として：いじめ

二十歳で短大を卒業後、私は働き始めた。社会人になるとこれまでの学校生活とは大きく違うと聞いて、社会人になるのが怖かった。仕事をするからには職場に自分と相性が悪い人がいても、どうにか付き合っていかなければならない。

そんな恐れを抱きながら私は職場に着任した。とても緊張していたが、はっきりと分からない自分の未来については考えないようにしていた。私はできるだけ普通の若い女性の振りをしようとしていたが、職場で何が起こるか分からず、不安だった。

私は、伝票等を発行する課に配属された。上司から研修を受けながら、あくびを抑えていたことを思い出す。当時はかなり緊張していたため、よく寝られなかった。その課には、他に何人かの職員がいた。どういうふうに仕事をしたらいいのか、私なりに一生懸命勉強し、何とか自分の仕事をこなしてゆくことはできるようになっていった。

しかし私は、時間が経過しても他の人たちと親しくなれず、強い緊張感を持ち続けていた。私は上司や同僚とどのように付き合えばいいのか分からなかったし、それらの人たちに何を話せばいいのか分からなかった。また、私は自分の仕事について分からないことを周りの人たちに質問をするのに、非常に勇気が必要だった。いつも女性の先輩たちが、お互いにおしゃべりをしている間に割って入って尋ねるのを躊躇していた。私は辛抱強く二人の会話が終わるのを待って、それからおずおずと質問をしたものだ。

その頃は、なぜ先輩たちは私が彼女たちに質問したがっていることに気付かないのか、不思議に思っていた。

周りの人の感情に対して、あまり敏感ではない人がいることを、私は知らなかったのだと思う。振り返ってみると、母が私の感情の動きに非常に敏感であったため、私の感情の変化にすぐに反応していたという感覚を、いつも私は持っていたようだ。私は母の反応に慣れていたため、非常に異なるタイプの人たちがいることをすんなりと認識するのは困難だった。

私と同じ時期に新入職員として入社した同僚も同じ部署にいた。彼女は私の課の人たちの年齢や、その人たちが家族を持っているかどうかなどについてよく知っていたが、私はまだまだ課の人たちとどう付き合っていけばいいのか分からず困っていた。

部署のある女性が離婚した時、同じ部署の男性に聞かれないように、その話は全ての女性の間で内密に伝言されていったということがあった。しかし私は、その話を他の女性たちが知ったずっと後に知ることになった。その私と同期である同僚は、私がその話を知らなかったことを知って驚いていた。私は彼女に対して劣等感を持った。

私は無意識に、心理的防衛機制を使って劣等感を補おうとしていた。彼女の父親がその団体の組織の幹部であったという事実を合理化し、それで彼女が自信を持っていて、部署の人たちも彼女を信頼しているのだという理屈をつけた。だから、私が彼女のように振る舞えなくても、それは仕方のないことだと信じ込もうとした。しかし、そのように自分の欠けを補おうとしても、大した助けにはならなかった。

ある上司が、その私の同期のように、私ももっと相応しいやり方で人々と付き合わなければならないと私に言った。私とその同期は、その部署の人たちの間で互いに比較されているようだった。私は陰気で人付き合いが悪いと思われていただろうが、彼女は陽気で親しみやすく見えていたに違いない。私は胸が痛んでいた。しかし、家で経験していたように、自分の気持ちを抑え込むことしかできなかった。

私は先輩たちの前ではとても緊張していたが、同じ年齢の同期の人たちと一緒の時はひと安心していた。私は他の部署に配属された数名の同期と、更衣室でおしゃべりをすることがあった。私と同じ課の女性の先輩が、私が同期の友人たちとだけ話し、先輩たちを無視していると言っていたと私に伝えた人がいた。私はそれを聞いて、更に落ち込んだ。

別の人は、私が先輩たちを頼りにして甘えていけば、先輩たちが私の面倒をよく見てくれるようになるだろうから、私はもっと先輩たちを頼っていけばいいと私に言った。その人は私のことを思って言ってくれたのだろうが、私は自分の誤った行いを責められていると感じた。私は泣き始めてしまった。私はまるで子供のように、度々職場で涙を流していた。その時は泣くことしかできず、どうしたらいいのか分からなかった。

一方、私は無愛想で生意気で、職場では問題視されていたのかもしれない。当時、私はいつも自分が一番弱く、自分には何の力もないと思っていた。更に私は、他の人たちからひどく扱われたと思う度に、不満を募らせていった。

しかし何年も経ってから、私は父や母に対して持っていたのと同じように、私の職場の周りの人たちに対しても、かなりの敵意を持っていたことに気付いた。私が人生で初めて出会った大人は父と母で、私は彼らを憎んでいた。しかし、若かった頃は、自分の彼らに対する憎しみと敵意はぼんやりとしたもので、言葉に表すこともできなかった。

親でも特に父親は、子供にとって人間社会を代表するものであるという考え方があると聞いたことがある。子供が親に対して敵意を持っている場合、その子供たちは、周囲の年長者に対して同じような敵意を持ってしまう傾向があるのかもしれない。当時は自分の感情の複雑な働きに気付いていなかったが、あたかも全世界を敵に回しているような不遜とも言える態度である一方で、惨めさ、劣等感、怒り、孤独に苛まれて苦しんでいた。

私の状態は矛盾していた。根本的な心理学的助けが必要だったと思うが、それを見つけることはできなかった。それ以前に、自分の状況が理解できなかったし、自分に何が必要なのかも分からなかったというのが本当のところだと思う。しかし、人付き合いがうまくいかないのは、私と両親との関係から来ているのではないかという漠然とした感覚はあった。

私が一番恐れていたのは、私より二十歳年上の同じ課の先輩女性だった。私のような不安の強い若い従業員にとって、そういう人は威圧的に見えた。更に彼女は体格が大きくて太っていた。普段、彼女は私を無視していたが、時に甲高い声で私を批判した。

私が風邪を引いて鼻水が出ていた時、彼女は私にポケットティッシュを幾つか持ってきて、「鼻水が出るんだったら、ティッシュを持って来てもいいのよ。ズルズルなんて音を出すのは良くないわ」私はその言葉を聞いて固まってしまった。成人として常識に欠けていた私でも、完全に彼女に侮辱されたことに気付いた。私は彼女に何も言わず、私のデスクの隣にあった脇机の上に置かれたティッシュを、無言の抵抗をする気持ちで無視した。ティッシュは長い間、ずっとそのまま同じ場所に残っていた。結局、その年の仕事納めの日に、誰かが事務所の掃除をしている間に、そのティッシュを片付けたのだと思う。

私はその太った先輩やその他の人たちとも親しくなれなかった。孤立感を覚えて不安になった。しかしある意味、孤立しているが故に他の人たちと関わりを持つ必要もないことで、関わりを持つことで起きてくる困難から守られている状態でもあった。また、他の人が私に容易に話しかけることができないように、常に自分が忙しく仕事をしているように振る舞っていた。

入社二年目で仕事の分担が変わった。同じ課の人たちが皆、共通分野の仕事を担当していたが、私は一人だけ、他の人たちとは違う分野の仕事をすることになった。一人で仕事をしなければならないのは不安だった。私にとっては重い刑罰のようなもので、孤独という運命に呪われているような気がした。私は他の人たちを好きではなかったものの、もう他の人たちから何の助けも得られなくなるという自分の状況に困惑した。

その反面、私の中には悲劇のヒロインのような複雑な感情があって、ある意味自己憐憫に浸り、その思いを楽しんでいた。周りの人たちが意地悪で誰も助けてくれず、ひたすら苦難に耐えているというのが、私のアイデンティティのようになっていた。その時は気付かなかったが、それも私と両親との関係の再現と言えるものだった。それは交流分析の理論によって説明される「人生脚本」だったと言っていい。

働き始めて三年目になると、新入職員が私の課に配属されてきた。その職員は私より二歳年下で、自己主張が強く、ややきついところがあると感じられたが、他の人たちと付き合うのにそれほど苦労していないように思われた。ほぼ同時期に、ある比較的若い女性職員が別の事業所から私のいる課に異動になって着任してきた。彼女は私より何歳か年上で、私が新入職員から見下されているように感じている中、彼女と新入職員は親しくなっていった。私はその状況に苛立ちを覚えた。

私は、ぼんやりと自分が奇妙な存在で、その課に全く馴染めていないことが分かっていた。後輩からも軽蔑されているような状況を、ただ耐え忍ぶことしかできなかった。


私は自分だけ他の人たちとは異なる仕事を担当していたため、他の人たちのことを気にする必要はなかった。心もとない気持ちもあったが、ある意味楽だった。また、徐々に私は、他の人たちが最年長の太った先輩を怒らせないように気を遣っていることに気付いた。皆、彼女を怒らせたら彼女からいじめられるのではないかと恐れていた。既に私は彼女から嫌われていたし、彼女に頼る必要もなかったため、そのような心配事には関わりがなかった。太った先輩に関する限り、自分だけが楽をしていると思った。

一方で私は、彼女に関わる問題から自分だけ免れていることで、自分自身を責めた。他の人たちは逃れることのできない問題から、自分だけ放免されていることについて、申し訳なく感じた。今思うと、私はそんなふうに考える必要はなかったが、私はいつでも理屈に合わない罪悪感を持つ傾向があった。私は幼い頃から、非現実的な自責の念や劣等感に苦しんできた。その不健全で根深い囚われから解放されることは困難で、そのような囚われから自由になるまで、とても長い時間がかかった。私は幼い頃から、強い良心の呵責というものを植え付けられてしまったようだ。

ある時、太った先輩に気に入られていた先輩の一人が、突然彼女に嫌われてしまった。彼女はその先輩を無視し始め、以前はあまり気に入っていないように見えた別の先輩と楽しそうにおしゃべりを始めた。

仲間割れした二人の間に何が起こったのかは分からない。何か些細な出来事があって、太った先輩が怒ったのだろう。それ以来、親しくなったとまでは言えないものの、太った先輩に嫌われた先輩と私との関係は少し楽になった。

その太った先輩は、私が職場で最初に遭遇したいじめっ子だった。私がいじめられたのは、私の側にも問題があったのかもしれないが、世の中には常にいじめる相手をくまなく探していて、ターゲットが見つかると喜んでいじめる人がいるのも事実だと思う。

24

社会人として：慰め

社会に出ることは私にとって大きな挑戦だった。職場環境に適応するというか、適応している振りをするのは本当に難しいことだった。しかし、私を支えてくれた人たちがいたというのも事実だ。

職場でも卓球部に入った。職場の近くに、地元の人たちのために体育館を開放している公立学校があった。卓球部はその体育館を練習に使用していた。私とは異なる部署の職員が、何人か卓球部に属していた。メンバーの一人は、熱心に練習していた。私が仕事を始めてから最初の二年間は、仕事が終わった後、体育館に行って練習をしようと、その人からよく誘われた。私はいつも仕事の後に別の活動をするほどの気力があったわけではなかったが、私は彼女と一緒に度々体育館に行った。彼女と私は卓球の練習相手になった。ラリーを始めると、私は職場の先輩への怒りを込めて、憂さ晴らしをするが如く力を込めてボールを打った。仕事のストレスを解消するのに幾らか役に立ったに違いない。

職場は郊外に体育館を所有していた。年に数回、私はいつもの練習相手や他の卓球部のメンバーと練習するために、その体育館にも行った。ある時、遠方の事業所で開催された、職場の卓球全国大会に出場する機会があった。私は強い選手ではなかったが、他のメンバーと一緒に全国大会に参加することが許された。大会の結果やどんな旅行だったかなどは、あまり覚えていない。だけれども、私は交通費や宿泊費を自分で支払う必要もなく、参加できて嬉しかった。加えて、しばらく職場にいなくて済んだことで、ストレスから解放されていた。その旅行は、私の最初で最後の出張だった。

若い職員は、労働組合の活動に関わることが多かった。若年層と女性に焦点を当てた、組合の下部組織があった。それは「青年婦人部」と呼ばれていた。今日では時代遅れに聞こえるかもしれないが、当時の労働組合は、そのような下部組織を持つところも多かった。労働組合の在り方は、時代とともに大きく変化していると思われる。私が新入職員だった頃は、自分がそのような活動に向かない性格だったとしても、青年婦人部に参加して活動をすることを余儀なくされている状況だった。

私の卓球の練習相手も、青年婦人部の中心的なメンバーの一人だった。私は彼女や他の数人のメンバーと一緒に青年婦人部で活動することになり、他のメンバーの人たちとも親しくなった。その人たちは皆、私より一歳年上だった。私の卓球の練習相手はリーダーシップがあり、イベントの企画を考えたりする能力もあった。私たちの職場には二十代の若い男性があまりいなかったため、キャンプや運動会など企画されたイベントを成功させるために彼女は一生懸命努力していたと思う。彼女は意志が強く説得力があり、影響力を持っていた。

彼女の友人たちは彼女をサポートしたが、他の人たちの中には、イベントの準備のために多くの作業をするのに、色々な人たちを巻き込んだと彼女を批判した人もいた。しかし、彼女のように影響力のある人は他の人に対して厳しいこともあるが、彼女はそういうことはなく、意地悪でもなかった。そして彼女は、私に対しても親切だった。

当時私は、自分で思うように行動したことは一度もなく、自分が何をしたいのかもはっきりしていなかった。私は他の人たちに勧められるがままに従うことが多かった。私がボランティアの意味合いが強い、青年婦人部の活動に関わることになったのは必然だった。似たような行動パターンが私の人生に度々現れた。そういうことを繰り返すのは愚かだと言う人もいるだろう。しかし、もし私がそのようなボランティア的な活動に参加していなかったとしたら、私は更に孤独で無力感に悩む者になっていただろう。

私より一歳年上の職員がもう一人いた。彼女も卓球部員で、労働組合の委員をしていた。そして、私の卓球の練習相手、即ち青年婦人部の中心メンバーやその仲間たちとも親しかった。彼女は控え目で謙虚な人だった。彼女は私のことを折に触れて気に掛けてくれて、私を励まそうとした。彼女は比較的年老いた両親の一人っ子だった。両親との関係で本人が悩んでいたかどうかは分からないが、何だか彼女は、私の家や職場での悲しみに気付いていていたようだ。その思いやりには大いに助けられた。

私の初めての職場生活は、困難で辛いものだった。しかし、助けてくれた人たちがいたのも事実で、一生の思い出になっている。

25 社会人として：家庭

私にとって職場での生活は大変だったが、家で過ごす時間はもっと困難だった。父と母は私に全く協力的ではなかった。仕事を始めて以来、私が仕事について少しでも否定的な思いを表すと、両親は怒った。

仕事を始めて間もない頃、ある週末に労働組合が主催した新入職員歓迎オリエンテーリングというイベントがあった。参加を強制されたわけではなかったが、断るのは少し難しい感じで、私たち新入職員のほとんどはそのイベントに参加した。

その日はとても長い一日になった。私たちは電車を利用してかなりの距離を移動しながら、用意された質問に対する答えを探した。質問は、例えばＡＢＣ橋の上の彫像が何であるかというようなものだった。私たちは一日じゅうたくさん歩き、その後で宴会になった。

家に帰る頃には疲れ果てていた。私はその日にあったことを母に話したが、母は激怒して私に言った。「あんたは何て馬鹿なの！　オリエンテーリングって何なのかも知らないで出かけて行ったあんたが悪いんでしょう！」

今思うとそのイベントは、新入職員のその組織の職員として、また労働組合員としての洗礼のようなものだった。そのような類いのことは、社会のいたるところで見られるだろう。母の言動は歪んでいて、常識に欠けていた。そのような家庭の子供たちが、職場生活で生き残っていくことは非常に難しいように思われる。

働き始めて二年目の時、私はいつものように職場への不適応といじめに苦しんでいた。職場で何か特別に悪いことがあったかどうかは覚えていないが、遂に私の苛立ちが家で爆発してしまった。普段は父と母の反応を恐れて否定的なことを話さないようにしていたのだが、その時の私の苛立ちは自分の内に抑え込んでおけないほど大きくなり、誰かにそれを話さずにはいられなくなっていた。私は自分の仕事がどれほど大変か、いじめがどれほどひどいか、他の人たちがどんなに冷たいかなどについて不平を言った。それは危険な賭けだったが、そうせざるを得ない状況になっていた。

父は私の話を聞いて大騒ぎした。動揺した様子でヒステリックになり、「お前は気が変になった！　その年増の女のせいだ！　お前がそこで働くことは、もう絶対に許さない！　すぐにでもお前の仕事を辞めさせる！お前が困っているのは可哀想で見てられない！」その言葉は私のことを思っているように聞こえたかもしれないが、父の態度からは、配慮の気持ちは微塵も感じられなかった。父はこれまで以上に感情的になり、非常に恐ろしかった。母は父よりも静かだったが、とても不機嫌になり冷たく見えた。

それでも当時は、仕事を辞めるつもりはなかった。仕事を辞めて家にいる方が、仕事をし続けるよりも悲惨なことになると、私は無意識のうちに知っていたと思う。父はいつも私の意見を聞くこともなく、自分が望むように何でもやろうとしていた。あの時も、もし仕事を辞めたら私が絶対にやりたくないようなことを、父が私に強要する恐れがあった。

遅かれ早かれ、私は仕事を辞めることを考えていたが、その時は時期尚早に思えた。私はまだ若くて弱かった。父の要求に抵抗する力が足りないと思っていたため、何としてもその時は仕事を辞めることができなかった。

私は反撃を始めた。私は全力で、仕事を辞めないと言い張った。ちょうど私の仕事の分担が変わった頃だった。そのため職場での人間関係に変化があるから、状況は良くなると主張した。私は声を張り上げていた。父と一緒にいる時に、こんなに甲高い声でしゃべったことは一度もなかったと思う。父に仕事を辞めさせられないように、懸命に頑張った。私は辛うじて戦いに勝ち、その時は仕事を辞めないで済んだ。しかし、苦しみは終わったわけではなかった。

その後父は、母に私の上司に手紙を添えた贈り物を送るように指図した。私の上司に自分たちの娘が迷惑を掛けているようだけれども、どうか引き続き面倒を見て頂きたいと訴えるためのもののようだった。そして母は、父からその贈答品を送ったことを証明する領収書を必ず持ってくるように要求されたと私に言った。母は私にそうせざるを得ないと言った。母は完全に役立たずで、私を守ってくれようともしなかった。

私は憂鬱になり、落ち込んだ。贈り物が送られたら、どうなってしまうのだろうとその結果に怯えていた。その時は自分の気持ちをうまく言語化できなかったが、今思うと私は、父のそのような行動は、野蛮で非常識な行為だと見なされるのではないかと感じていたのである。しかし、私はどうすることもできず、後はなるようにしかならないと諦めた。

当時、私には三人の上司がいたが、それぞれの上司の反応は異なっていた。上司の一人は彼の妻が母に電話をかけてきて、贈り物に感謝の意を表した。別の上司は父に返礼品を送ってきた。課長からは、彼の故郷で作られている伝統工芸の人形を頂いた。私は職場でそれを貰った。それはかなり大きくて、よくできたものだった。私はとても恥ずかしくなり、穴があったら入りたいような気持ちになった。どうやって人形を家に持ち帰ったのか、覚えていない。

その出来事の後、私は以前にも増して寡黙になった。私は両親に自分の仕事のことなど、ほとんど話さなくなった。父が私にしたことは、私を助けるよりも、むしろ私を苦しめた。

しかし、私はともかく父に反抗することに成功した。本当に恐ろしい瞬間だった。私は混乱し、どうしたらいいのか分からなかったが、自分の本能に従って起こっていることに反応していた。私は、父のこの贈答品の企みなど、どう対処したらいいか分からないような状況に直面した時の感覚だけはよく覚えている。私は、父が面倒な問題を素早く簡単に終わらせたかっただけだと思う。しかしそれは、問題の解決には全く繋がっていない。何年も後になって私はその出来事を思い出し、自分の行動にどういう意味があったのかを考えた。驚いたことに私は、困難な状況下で自分のとった行動が妥当であったことに気付いた。

父は自宅の一部を父と家族が居住する部分とし、その他はアパートとして他の人たちに貸していた。父の定年退職後、父と母と私はその自宅に引っ越した。私の姉は既に結婚しており、姉とその家族は同じ建物内の別の部分に住んでいた。私が仕事を始めて二年目の頃だった。

私たちが住んでいた一世帯用の部屋の間取りは、少し変わっていた。部屋は二つあり、各部屋は襖で二つの部分に分かれていた。父の寝室は一方の部屋で、母の寝室はもう片方だった。私の寝室は常にどちらかの部屋の一部で、時期によって寝る部屋を替えていた。「私の部屋」はいつも親の部屋の一部だった。どのくらいの頻度で、どういう理由で寝る部屋を替えていたのかは覚えていない。

夜の十一時過ぎに布団の中で本を読んでいたことがあった。それがその頃の私の唯一の喜びだったのだが、襖の向こう側に寝ていた父が突然叫んだ。「何やってんだ、お前は！　うるさい！　音を立てるな！　さっさと電気を消して寝ろ！」私は仕方なく、父の言う通りに従った。

母の部屋で寝ていた頃、私は冬の日の夜、部屋のエアコンの前で髪を乾かしていた。母は私に何か嫌味を言った。その日は帰宅が遅くなり、入浴後十時過ぎに髪を乾かさなければならなかったのだ。母は眠ろうとしていたところだったため、私が出した音で母は苛立ったのだろう。

一方で、ある日母は真夜中にテレビを見ていた。私は疲れていて早く眠りたかった。その時は部屋から襖が取り外されていた。なぜ取り外したのか、その理由は覚えていないが、元々父の部屋よりも広く、襖の仕切りもなくなったため、かなり広い部屋になっていた。

テレビ番組はお芝居の録画放送で、俳優の声が明瞭で大きかった。そのため私はその音声に耐えられず、布団一式を部屋の隅の方に引きずって行き眠ろうとした。しかし、私はもう眠りに落ちることができなかった。俳優の声が既に私の感覚を刺激していて、私の目は覚めてしまっていた。

母は「ごめんなさい、ごめんなさい」と言いながら、テレビ画面の上部をタオルで覆ったが、それは全く役に立たなかった。テレビの音の方が光よりも問題だった。母がイヤホンなどを使えれば幾らかましだっただろうが、母は電化製品を毛嫌いしていて、そういうものを使うことも考えになかったに違いない。母はお芝居を見続けていたが、私は眠りにつけないでいた。私は母の反応を恐れて、テレビを消すように頼めないでいた。

家での私自身のスペースは、父の部屋の一部だった。そのスペースで自分が何をしていたか、またそこがどんな様子だったかはあまり覚えていない。飾り棚などの家具はなかったと思う。ある日、一歳年上の先輩二人が中国旅行に行き、私にお土産をくれた。私は貰って嬉しかったのだけれども、自分のスペースにはそれを置く場所を見つけることができなかった。それはガラス細工の小さな雄鶏の置物だった。私は父や母には何も言わず、母の部屋の飾り棚の中に入れた。数日後、母は私にそれが何なのか尋ねた。私は母に職場の二人の友人が中国に観光に行って、その旅行のお土産に貰ったものだと言った。私がそれを飾り棚に置く前に母に言わなかったせいか、母は気を悪くしたようだった。

しばらくして、母は奇妙なことを言い始めた。「何であんたはその人たちと一緒に旅行に行かなかったの？何でせっかくの旅行のチャンスを逃したの？　ふふーん、あんたは誘われなかったのね。結局、あんたはその人たちと本当の友達じゃないんだ。やっぱりあんたは孤独なんだ」

今は母の言葉が幾度となく奇妙で歪んでいたことを理解しているが、その時私は、沈黙することしかできなかった。私の憂鬱な日常生活は、解決策が見つからないまま続いていった。当時、私は「機能不全家族」という概念を知らなかった。今日では、この専門用語はある程度知られている。しかしかつては一般的に、子供はどのような状況であっても、無条件に両親に従うべきだという考えが、今より篤く尊重されていたと思う。それは、伝統的なアジアの思想から来ていると思われる。

基本的に私は「両親」に従わなければならない、自分と両親との関係が引き起こす困難に耐えなければならない、それは、自分がこの家族の一員だからだと考えていた。

しかし、私も家族からの支えがあったのは事実だ。当時、姉とその家族が同じ建物内に住んでいた。私は仕事から帰ってきた後、姉のところで時間を過ごすことも多かった。私は自分の仕事や職場の人たちについて、姉に愚痴をこぼした。私の訴えは支離滅裂で一貫性がなく、時には自分の状況を憂いて泣き叫んでしまうこともあった。姉は私の言うことを聞いていたか、または聞き流していたと思う。しかし、とにかく言いたいことを言わせてもらえたのはありがたかった。私の小さな甥と姪は可愛い盛りで、私は彼らの無邪気な仕草から慰めを得ていた。

ある時、姉の夫、義兄がなぜ私は自分の部屋がないのか不思議に思っていると姉に言ったということを聞いた。それを聞いた時、なぜ義兄がそういうことを言うのか、私には理解できなかった。普通の家庭の成人した娘が自分の部屋を持っていないのが珍しいことだという認識すらなかった。私は自分が属している家族の有り様を疑うこともなく、小さな世界に閉じ込められていた。

26

社会人として：運転免許証

私も他の人と同じように、休日や就業後の自由時間があった。しかし、余暇の時間を充分に楽しむことはできなかった。

週末には、父が車でゴルフ練習場に行くのについていくことがあった。父は毎回、一～二時間ゴルフの練習をした。その間、ただ私はその時間が終わるのを待っていた。ゴルフ練習場の隣のガーデニングショップで売られている奇妙な形の岩や、大きな水槽の中の金魚を見たりして過ごした。

父と私はお互いに話すこともなかった。私の役割はただ父に同行することだけだった。父は一人で出掛けたくなかったのかもしれない。母は車に乗るのが怖かったため、ドライブに行きたがらなかった。そのため、父が車で出掛けようとしていると、母は私に「お父さんとドライブに行ってらっしゃいよ、晴れてるから、外にいる方が気持ちいいよ」と言った。私は母に言われるがままに従ったが、今思うと、私は両親に利用されていただけだった。

父と一緒にドライブに行くのは楽しくなかった。しかし実際は、そのような父との外出以外には、あまり出掛ける機会はなかった。ボーイフレンドはもちろんのこと、気軽に一緒に遊びに行けるような親しい女友達もいなかったからだ。

父がしてくれたことでただ一つ、私にとって有益なことだと思われるものがあった。ある日突然、父は母と私に言った。私に自動車運転免許証を取らせるために教習所に通わせる、その教習料金は父が出すということだった。

私は車の運転の練習などできるだろうかと不安になった。私は運動が苦手だし、職場では自分一人で仕事を担当している状態で、充分に教習所に通えるだろうかと思案した。しかし、それはいつものように父からの「命令」だった。だから私は、後のことは考えずに、ただその命令に従うほかなかった。

数日後、父と私は自動車教習所に行き、そこで教官の一人に会った。父は退職した警察官だったため、何か優遇措置をしてもらえると思っていたのかもしれない。私が覚えている限り、教習料金の割引はしてもらえなかったが、私が教習を予約する時に、優先的に入れてもらえるように取り計らってくれるということだった。

父と並んで椅子に座り、教官の方を向いていた時、私はいい気持ちではなかった。父が私のために誰かに優遇してもらえるよう助けを依頼するのは、とても稀なことだった。しかし、父が隣に座っているのを見て、私は心の中で自分に語っていた。「誰だ、この男は？　私の父親の振りをしながら何を企んでいるのだろう？」

車の運転の教習が始まった。当時、私はいつでも非常に受身的な態度でいることが多かった。特に不慣れな状況にあった時は、私は意志薄弱のように見えていたと思う。今振り返ると自動車運転教習は、私にとって大きな挑戦だったと感じている。

私は教習を受けなければならなかった。いつも不安だったが、次の教習のことは前もって考えないようにしていた。しかし、毎回教習の度に初めて会う人に教わるため、とても緊張していた。教習インストラクターは全員男性で、私は恐怖を覚えてしまうこともあった。

あまり真剣に指導しないインストラクターもいた。ある人は、私があまりにも運転が下手で、免許を取るのに時間もお金もかかり過ぎるから、免許を取るのではなく、外出する時はいつもタクシーに乗った方がいいと言った。私は馬鹿のように、彼に同意することしかできなかった。

別のインストラクターの態度は異様だった。私が車に乗り込むと、その男性は助手席にふんぞり返っている状態で教習が始まった。その時の彼の状態がどういうものだったのか、今も分からない。彼は居眠りしそうだったのか、それとも何の指示をしなくても私は大丈夫だと思ったのか。彼はサングラスをかけていて、目を覚ましているのかどうか分からなかった。彼はとてもリラックスしているか、または傲慢に見えた。彼が何か言ったかどうか、また、私に何か指示を与えたかどうかは覚えていない。

私は何とか自分で車を運転しようとした。しかし次第に、何の指示を受けることもなく運転するのが怖くなってきた。普通の人が同じような状況に直面したら、きっとインストラクターに何かを言うだろう。もし自己主張ができる人ならば、「眠ってるんじゃないですか？　目を覚まして！」とか「真面目にやってくださいよ」などと言うに違いない。しかし、私は何も言えなかった。

その直後、私が運転していた教習車は、別の車の後部にぶつかった。その車は駐車していて、中にいたインストラクターと教習者は、私に「僕たちは大丈夫ですよ」と言った。しかし私は、彼らがむち打ち症になってしまったのではないかと心配になった。頭の中が真っ白になり、大変なことをしてしまったという思いに圧倒された。自分は本当に、世界で最も愚かで惨めな人間になってしまったような気がした。

その後、事故のことについて、誰にも何も言われることはなかった。事故はインストラクターが仕事を適切に遂行しなかったために発生したもので、自動車教習所内で発生した事故の被害は、保険で補償されるはずのものだから、何も言われることがなかったのは不思議ではない。

しかし私は、自分の側にも問題があったと感じていた。教習所のコースでどうしていいか分からなかった時に、インストラクターに何も言えなかったことだ。私はまたも、自責の念と落ち込みに見舞われた。それも私と両親との関係の再現のようだった。家では自分が何か悪いことをしたとは思えなくても、繰り返し両親から批判されることを恐れていた。

結局、私は自分の問題を父と母に話さないようになってしまった。私はただ、他の人たちと同じように人間として成長する時に、私の日常生活の中で起こっていることを両親に話したかっただけなのだ。しかし、私はそれができず、ただ辛い感情を呑み込んで、痛みが軽減するまで時間が経つのを待つことしかできなかった。それは私が後天的に身に付けた習慣になってしまったようだ。その習慣があるために、必要な時に助けを求めることが難しくなって、危険な状況に陥りやすくなったと言えるだろう。あの事故の要因の一つは、私が身に付けた習慣だったに違いない。

これからの教習で何が起こるかということは考えないようにして、事故から一週間後に教習を再開した。遂に普通の人と比べて約二倍の時間とお金を使って、自動車運転免許証を取得することができた。とにかく免許が取れたことは良かった。私の本質は全く変わっていなかったが、ようやく運転免許証に関して言えば「普通の人たちの社会」に所属できたように感じられた。

免許を取得した後、私は父の指示に従って、父の車を運転するように言われた。父は助手席にいて、私に指示を与えながら厳しく指導した。それはいつも同じようなことが起こっていたため驚かなかった。私はこれも我慢しなければならないことだと思った。

家の駐車場に戻った時、私はアクセルをブレーキと間違えて踏んだ。車はもう少しで駐車場から落ちるところだった。駐車スペースとその下の道路の間には、華奢《きゃしゃ》な柵しかなかった。父が即座にサイドブレーキを引いたため、私たちは助かった。父が私に運転の指導をしたのは一〜二回だけだったと思う。結局、私は車を運転するのが怖くなり、父は私に運転を教えることに興味を失ったようだ。

結局私は、運転免許証は持っているが、実際に車を運転する機会がないペーパードライバーになった。これまでの人生を振り返ってみると、私はペーパードライバーでいるだけで充分だった。自家用車を持つ生活は、何かと入り用になる。私のその後の経済的状況を考えると、車購入代、ガソリン代、駐車料金、維持費などを支払う余裕はなかっただろう。しかし、運転免許証を写真付き身分証明書として利用できるのは、都合が良かった。

私がペーパードライバーになってしばらくして、父が旅行から帰って来る時、私と母に家の最寄り駅まで迎えに来るように言ってきたことがあった。私たちは父の荷物を家に持ち帰った。私たちは皆、家まで歩いて行ったが、父はひどく不機嫌で私たちに文句を言った。「お前たちは車で迎えに来ることさえできないのか！役立たずめ！」父は、うまくいけば私を自分の運転手にしたかったのかもしれない。私はそんなことを想像することさえできない。いずれにしても、父が私に免許証を取得させた本当の理由は、知る由も無い。

27

初めての仕事の終焉に向かう日々

その間、私の仕事に関する状況はあまり変わっていなかった。私はまだ周囲で起きていることに対処するのに四苦八苦していた。私は時間が経っても、職場の他の人たちに対して、自然に友好的に振る舞うことができないでいた。自分が聞きたいことを他の人に尋ねるタイミングなど、些細なことで何度も悩んでいた。私は相変わらず奇妙でぎこちなく、独り相撲を取ることも多かった。

しかし、働き始めて二年経った頃、どうにか自分の状況に少し慣れてきた。それは、毎日自分がしたことの成り行きや結果について考えないようにすることだった。そして、何か痛みが残っているならば、私は自分の苦しみについて考えるのを止めるため、ただそれを呑み込んでいた。

その後の二年間、職場での問題を考えないようにする術を身に付けたことで私の社会人としての人生は、以前よりも少し安定した。

また、収入を得ることが、私にとって喜びとなった。人付き合いも限られた範囲でのささやかなものだったため、あまりお金を使うこともなく、貯蓄することも楽しみになった。私は人は信頼できなくても、お金だけは信頼できるものだと思っていた。

宴会に出席するのは嫌だった。しかし従業員として、忘年会や送別会などには出席する必要があった。他の出席者との間の会話に参加するのはとても難しく、自分が場違いなところにいるような感じがした。

私はお酒があまり飲めない。あまり飲めない人でも飲み続ければ、アルコールに対する抵抗力を増すことができると言うが、私の場合はアルコールにもっと強くなろうと試みたことは一度もない。

ある意味、飲めるようにならなかったことは幸いだった。飲酒にはお金もかかるし、長期にわたってそのためにお金を使うことはできなかっただろう。それにもし、私がアルコールに強くなっていたら、アルコール依存症になったかもしれない。お酒が好きだったら、日常生活で起こる問題を忘れるために、現実逃避の目的で飲み始めた可能性もあったと思う。それは孤独で不健康な習慣になったに違いない。

仕事を始めて五年目になると、私はまた、自分の状況が心配になってきた。私と同時に就職した女性職員の数名が結婚した。私はその友人たちのライフスタイルの変化に不安を覚えた。当時の私の悩みの一つは、ボーイフレンドがいないということだった。いったい私は、誰かと結婚することができるのかどうかと思い悩み始めた。私は自分が人付き合いが苦手であることは分かっていた。女性と付き合うのは幾らか楽だったが、個人的に男性と付き合うなどということは、想像もできないことだった。

ボーイフレンドができないのは、自分が居る環境が良くないからだと考えようとした。もしかしたら将来、自分の境遇がもっと良くなれば、彼氏ができるかもしれないと希望を持とうと思った。しかし私は、その希望に確信を持つことはできなかった。

結婚というものは、私にとって選択肢として非常に難しいということを、私は既に無意識のうちに知っていたと思う。私は独身のままで、更に数十年間その職場で働き続けるのだろうかと想定した。自分と同世代の女性職員の多くが結婚していくのを見ながら、仕事を続けていくことなどできるだろうかと思った。

当時は、女性の幸せは良い男性と結婚できるかどうかにかかっているという固定観念がまだ強かった。私の父も、独身のままでいる女性は世界で最も惨めな生き物だと言っていた。今では父が頻繁に口にしていた、そのような無意味なたわごとを受け入れる必要がなかったことを理解している。しかしその時は、当時の強い固定観念と父の愚かな言葉のために、私は一生独身で過ごすことになるのを恐れていた。

実際、結婚していたり、婚約している若い女性たちに対する私の羨望をコントロールすることは困難だった。

しかしながら、私は自分の希望と現実の矛盾に気付いていなかったが、恐らく私は既に、無意識のうちに自分の現実を知っていたと思う。

もう一つの懸念は、太っている最年長の職場の先輩、いじめっ子に関することだった。彼女も独身だったため、私は職場での自分の将来を恐れた。

女性が独身のまま何年も働いた後、あのような望ましくない存在になってしまったように私には思えた。馬鹿げた話に聞こえるかもしれないが、私はごく自然に、自分の未来をいじめっ子に投影した。

私の課には、いじめっ子と同世代の女性の先輩がもう一人いた。彼女も独身だった。彼女には特定の仕事の分担が割り当てられていなかった。上司から頼まれた時に、書類のコピーを取ることぐらいが彼女の仕事だった。

彼女は眠たそうにしていることが多く、ほとんど一日じゅう、席に着いていた。時折、彼女は眠らないようにするために、自分で濃い緑茶を入れて飲んでいた。彼女は精神疾患のための強い薬を飲んでいて、その薬が眠気を起こしているようだった。

彼女の家は職場から遠かった。電車で通勤するのに片道二時間以上かかっていたようだ。毎朝、時間をかけて怠ることなく職場に出勤し、夕方まで職場に居続けていることに、頭が下がる思いもあった。

私たち二人の間に何か起こったということはないが、私は彼女に対して複雑な感情も抱いていた。私は一日じゅう眠気と戦いながら、職場に留まっている彼女の忍耐に敬意を払う一方で、自分が責任を持ってする仕事を何もしないで給料が貰えるという彼女の立場がうらやましかった。彼女の雰囲気が私の母に似ていて、母の憂鬱で怠惰、不機嫌なことが多い様子を思い起こさせることもあった。母を思い起こさせる人がいることは、気持ちのいいものではなかった。

しかし彼女は、私たちに「さよなら」も言わずに職場から姿を消すことになった。体調が悪くなり、しばらく出勤できなくなったということだった。彼女が病気療養休暇を取って、半年が経った。人事担当者が私たちの課にやって来て、課長に彼女の私物が置いてあるかどうか尋ねた。それは彼女の休暇期間が満了し、辞職の時だった。彼女は四十代半ばだったと思う。

後で聞いた話では、彼女の足の色がかなり変わってしまったため、治療が必要になったそうだ。その時は、その意味がよく分からなかったが、何年も後になってから、私は皮膚の劇的な色の変化は、糖尿病によって起こることがあると知った。彼女は精神的にも肉体的にも病気で苦しんでいたのだ。それは深刻な問題であっただろう。私はしばしば彼女の非生産性を軽蔑していたが、辞職した時、彼女もまた私の未来を投影する対象になった。

私がその職場で長年働き続けたら、将来、自分はこれらの二人の先輩の内の一人のようになるのではないかと考えるようになった。運が良ければ、私は「いじめっ子」のようになるだろう。その場合、私は多くの人に憎まれるだろうけれども、少なくとも給料を貰って生き残ることはできそうだ。反対に病気で辞職した人のようになるとしたら、それは災難が降りかかるようなものだ。どちらかというと私はおとなしく、性格も弱いため、後者のようになってしまう可能性が高いと感じた。私はある種の実存的危機に直面し始めていた。もし私がその職場で働き続けても、将来的に良い見通しはないだろうと思い始めた。

ある時、風邪を引いた後に、私は咳が止まらなくなってしまうことが多くなった。一度咳が出始めると、しばらくの間止まらなかった。それは職場でも家でも起きた。父は私を馬鹿にして、「また咳をしていやがる、この馬鹿野郎！」と言った。その頃私は、特に理由もなく、顔を手でこすり続けるという奇妙な癖が身に付いてしまっていた。今思うと、それは一種の強迫的な行為だったようだ。

言うまでもなく、父はいつものように私を嘲笑した。姉の家族が一緒だった時、父は私の小さな甥に言った。「お前のおばちゃんはおかしいぞ！　変なことばかりして馬鹿みたいだ！」故意に意識して言ったのかどうかは分からないが、父は私を姉の家族を含む親族の中で、最も取るに足らない愚かな者のように扱った。時々私は、姉やその家族も父の私に対する態度に同調していると感じていた。彼らには悪気があったわけではないと思うが、惨めな気持ちだった。

私は少しずつ、精神的にも肉体的にも追い詰められていった。咳が止まらないため、喘息になったのかと思った。医師の診察を受けたが、喘息とは診断されなかった。風邪が長引いているのだと言われた。その症状に対する効果的な治療法はなかったようだ。今思うと、止まらない咳や顔を手でこすり続ける奇妙な癖は、家庭内と家庭の外の人間関係の適応不良によるストレスから来ていた可能性が非常に高い。

近い将来、自分は仕事を辞めるだろうということを、漠然と意識し始めていた。最も気掛かりだったのは、私のお金に関わることだった。仕事を辞めてから、どうやって収入を得ていくかを考える必要があった。私は何か新しい習い事を始めることを考えるようになった。私は以前から、職場で生け花クラブと英会話クラブに入会していた。これらの活動はそれほど時間を取るようなものではなく気軽に参加でき、自分の仕事の環境から離れて、息抜きができる時間だった。オフィスビルの中で、手で植物に触れると、気持ちがリフレッシュしたものだった。人と付き合うのは苦手だったが、英会話クラブで他の人たちの意見を聞くのは楽しかった。

人間関係がうまくいかないことなど、自分の弱点は分かっていた。それは、他の人たちから評価されづらいということでもあった。そのためか、自分の弱点を補うために、自分の能力を証明するため検定試験に合格しようと努力したことが多かった。私がまだ学生だった時も、ほぼ隔年で英語検定を受けていた。

職場でのクラブ活動は部員にとって娯楽のようなもので、仕事で役立つような資格の取得を目的とするものではなかった。また、私は退職することを見込んでいたため、同時にクラブも止めることが前提としてあった。私は何か新しいことを学ぶ必要があった。

心身の不調に悩みながらも、近くのオフィスビルで催されている太極拳クラブに入会した。私はスポーツが苦手だが、太極拳の稽古は健康に良く、心に落ち着きが与えられるということを聞いたからだ。太極拳を始めることは、理にかなっているように思えた。しかし、実際に太極拳を習ったことが、どれほど効果があったのかは分からない。身も心も硬直し過ぎていて、週に一度の稽古では、あまり効果がなかったようだ。でも習い始めた時は、このまま稽古を続ければ、自分も太極拳のインストラクターになれるのではないかと思っていた。それは未熟な人間が持ちやすい、非現実的な幻想に過ぎなかった。実際は仕事を辞める前に、太極拳クラブも止めてしまった。

私はアートフラワーの作り方を教える学校にも入学した。既に職場の生け花クラブで生花のフラワーアレンジメントを経験していたが、アートフラワーを造ることと、生花を活けることは、スキルとしてはかなり異なる。アートフラワーは一種の手工芸で、花びら、がく、茎、葉など、植物の各部分を造るのに時間がかかる。また、完成した作品は、本物の植物のように見える必要がある。

なぜそのような手工芸を習おうと思ったのか、思い出すことができない。どこかでアートフラワーを見る機会があって、その美しさに惹かれたのかもしれない。始めた頃は布や染料、ワイヤーなどで花を造るのは楽しかった。

作業は次第に、より細かく困難なものになっていった。私は家でも作業をするようになった。布から多くのパーツを切り分けると、ほこりが出た。それは、私の咳の原因の一つになっていたかもしれない。その頃には、花を造ることが、喜びよりもむしろ重荷になっていた。私の手作業は遅く、作品を完成させるのに長い時間がかかった。ネガティブな側面が出てきても、花の製作を止めることができなかった。

私は頑固で柔軟性に欠けていた。いったんやり通すと決めたら、決めたことを諦めたくなかった。それは強迫的観念のようだった。私の常識の欠如と自分の適性を見極める能力の欠如は、決定的な弱点だった。自分にとって魅力的で役に立つと思われるスキルを身に付けようと決心すると、資格の取得など、その成果に満足するまで追求しようとする傾向があった。それはいつもうまくいくわけではなかったし、マイナス面を考慮しないために盲目的になっていった。

結局、私は仕事を辞めてから一年後までアートフラワーを習っていた。私は、初級クラスの認定証しか取得することができなかった。習っていた最後の年には、校長先生の指導は厳しくなり、私の作品を批判した。私はクラスで泣いてしまった。校長先生は更に厳しくなり、「何で泣いたりするの？　もう最低だわ！」などと私を叱った。更に悪いことには、同じことが三～四回繰り返されたことだ。私は既に学費を支払ったコースの期間を終えるまで、もう少し苦難に耐えようと自分を奮い立たせようとしていたのだ。この私の忍耐力は、病的なものだったかもしれない。

アートフラワー造りのインストラクターか、アートフラワーの職人になるという私の希望は実現しなかった。私の考えでは、私は職場の従業員として生き残ることができなかったが、アートフラワーの学校にお金を支払って、次に目指す仕事で成功しようと決心していた。しかし私は、次に期待した望みも叶えることができなかったのだ。私は絶望し、物事を柔軟に考えることができないでいた。今となっては、こんなふうに自分を追い詰める必要はなかったと思うが、私は世間知らずの未熟者で、いわゆる「アダルトチャイルド」の持ちやすい、典型的な弱さがあった。

私は確かに、別の仕事のチャンスを掴みたかったのだ。しかし、当時の自分の実際の状態を考えると、インストラクターや職人になるための充分な自信はなかった。また、自分の能力というものを、きちんと評価する力も欠けていた。たとえ、もし私に何か能力があったとしても、それをどう活用したらいいのかも分からなかっただろう。

私は、仕事の機会を求めて成功するために、どんな資格証明書よりも大切なことがあるということに気付いていなかった。例えば、実務経験、ソーシャルスキル、問題解決能力、感情を抑えることのできる能力などだ。

私は自分がそれらのスキルや能力を習得していないことさえ知らなかった。

　自分は協調性があると思っていた。しかしそれは、私の誤解だった。私が全く自己主張的でなかったことは事実で、家で自分の意見を言い表す経験がなかったため、他の人の決定に従う傾向はあった。しかし、自分でも気付いていなかったが、仕事中にも子供のように不機嫌になることがあった。私は哀れな若い女性だった。

　アートフラワー造りのレッスンについて言えば、女性の校長先生が父とよく似ている人だった。この二人は恐ろしく、私はこの校長からも、いろいろ文句を言われた。既に虐待されたという経験を持ち、まだその影響に苦しんでいる被虐待者が、他の同じような虐待する人から同じように扱われることに対して、より無防備になってしまうということがあると思われる。私の臆病さが校長の怒りを引き出してしまったのかもしれない。それはまた、私と父との関係の再現でもあった。

　もし私が時間を遡り、泣いていた頃に戻ることができるのならば、私は若い自分に言うだろう。「あなたは、作品を完成させなくてもいいんだよ。心配しないで。やっても辛くなることは、止めてしまえばいいよ。あなたには休息が必要ね。少し休めば大丈夫だよ」

28 初めての仕事の最後の日々

新しいことを学びながら、自分のアイデンティティを見つけようとしている間にも、私の欲求不満は増長していった。その欲求不満は、私の怒りと結びついていた。私は長い間、怒りを抑圧していた。それは私が就職する前から始まっていた。

その怒りは、幼い頃から感じてきた不公平さから生じていた。父や母に私が理解できるような理由もなく侮辱され、批判され、叱られる度に、少しずつ怒りが積み上げられていった。この怒りが、私の強い不公平感につながった。

職場での不公平感にも悩んだが、それは私の一方的な思い込みだったのかもしれない。私は既に、自分自身と周りの世界の両方について、偏った見方をしていた。私は度々、周りの人たちから不公平でひどく扱われていると感じていた。

しかし、そもそも私は、自分は人に好かれることや愛されるのに値しないという態度をとっていたようだ。私は劣等感と自責の念に取り憑かれ、心は自己憐憫で満たされていたものの、私の振る舞いは度々変わった。生意気な態度でいることもあれば、悲劇のヒロインのようになったり、落ち込むこともあった。当時の自分の状態を思い出すと、母と同じように不安定だった。

私は自分自身を抑えようとしていたが、私の中にマグマのようなものが溜まっていて、外側に噴出する時を待っていた。私はその時の自分の状態と、自分が周りの人たちにどのような影響を及ぼしていたのか、全く気付いていなかった。私は何年も後になって心理学を学んだことで、当時の自分の状況を理解した。欲求不満を紛らわすためにアートフラワー造りに取り組んでいる間も、私の中に燻る火山の噴火は、時間の問題だった。

ある日、更衣室に他の誰もいなかった時に、自分のロッカーのドアを思いっ切り力を入れて閉めた。その後、私は同じことを繰り返した。ドアを閉める音は怒りを込めて全力で閉めたため、威圧的だったに違いない。

ある日、私と卓球の練習相手しか更衣室にいなかった時、私は何か文句を言いながら、いつものようにロッカーのドアを全力でバタンと閉めてしまった。彼女は私の行動に驚いていた。その後、私は彼女に自分のしたことを謝罪し、私は大丈夫だからと言った。しかし現実は、私が怒りを抑制することが、ますます困難になってきていたのだ。

元々私の怒りは、私と両親の関係から来ていた。私は無意識に、怒りの原因ではない他の人たちに、怒りを投影してしまっていた。両親は、私の彼らに対する怒りを全く気に掛けることもなく、ただ無視していた。

職場の人たちは、私の怒りの対象ではなかったはずだ。しかし、私に最も近い関係であるはずの両親からの、不条理な扱いに対する私の絶え間ない怒りの復讐の矛先は誰でもよかったのだ。

ある日、私は仕事中に怒りを表した。詳細は覚えていないが、私は年下の同僚のすることに対して文句を言った。私は突然、彼女に叫んで、他の人たちだけでなく、私のためにも考慮して、ある仕事のやり方を変えてくれるように主張した。私はいつも彼女に劣等感を抱いていた。それは彼女が私より年下なのに、職場の他の人たちに何の問題もなく対処しているように見えたからだ。それに私は、自分と他の人たちとの間で担当する仕事の分担の違いがあるために、私と他の人たちとの間に齟齬があることが気掛かりだった。もし私が成熟した若い成人だったら、声を荒げることもなく、彼女に穏やかに話しかけていただろう。しかし私は、怒鳴らずにはいられなかった。

職場の人たちの反応は様々だったと思う。その年下の同僚は私に腹を立て、私の言い分は部分的に受け入れるが、受け入れられない部分もあると主張した。いじめっ子は私を批判した。私は何を言ったのかあまり覚えていないが、他の人たちに、自分は一人で単独の仕事の担当をしていたために、不都合なことが色々あって大変だったということを、とりとめもなく言ったと思う。

別の先輩は、もし私がこれからも職場の人たちに対して怒りを持ち続けるならば、皆、私と付き合っていくことが更に難しくなっていくだろうと私に言った。そして彼女は間接的に、私がもっと大人にならなければならないと言った。男性の上司たちの反応はよく覚えていない。彼らは言葉を失って、ただ騒動を見つめていたのかもしれない。

もし私が普通の若い成人だったら、このような騒動は起こらなかっただろうと思う。その時も私は、無意識のうちにそのことを知っていた。私は自分が誰か他の人のようではないことを、責めていたことを覚えている。それは特定の人を表すわけではないが、私よりも成熟していて、私の仕事の環境に適応できる人というイメージだった。あの騒動を起こす前から、私は仕事を辞めようと決心していたと思う。そのため私は向こう見ずになり、怒りの感情に火が付きやすくなっていた。

その日からしばらくして、私は課長に体調不良を理由に仕事を辞める意向を伝えた。課長は働かなくても経済状態は大丈夫なのかどうか、私に尋ねた。私は父がまだ仕事をしているから大丈夫だと答えた。その時父は警察を退職後、民間企業に勤めていた。引き留められることもなく、私の退職は決まった。

周囲の人たちは、扱いにくい人間が近い将来、職場を去ると聞いて安堵しただろう。退職が決まってから約三ヶ月間、仕事には来ていた。職場の人たちが私に関わる問題からすぐに解放されることが分かっていたせいか、私も彼らと付き合うことが幾分楽になったと思う。

そこでの仕事の最後の日まで、私は自分の仕事を他の人に引き継ぐのに忙しかった。職場に行った最終日まで、私の机とロッカーの中に、まだ乱雑に色々な物が入っていたことを覚えている。私は元々きちんと物を整理するのが苦手だけれども、私の引き出しの中などの混沌とした状態は、私の精神的な問題の一端を表していたと思う。そこでの私の職業生活は、キーキーと騒音を立てながら、辛うじて走っている壊れた車のようだった。

私は仕事を辞めざるを得なかったと思う。しかし、辞めるのは悲しかった。職員としての地位を失い、収入の道も閉ざされることになった。私は失敗者になったと感じた。

父は私に言った。「自分で稼がなくても食べていけることを感謝しろ」母は以前から無責任に私に言っていた。「そんな仕事、早く辞めちゃえばいい」しかし、私が退職を決めた時、自分に相談してくれなかったと私に不平を言った。私は退職について父や母に相談するなどという考えは、思いつくはずもなかった。

当時は、自分の状況などを合理的かつ客観的に理解することができず、自分の本能に従って決断を下していたようだった。しかし今思うと、その時は自分の選択を、自分の言葉で理論的に説明することはできなかったが、現実に即した選択をしていたと言える。

私は無意識のうちに、仕事を辞めるちょうど良いタイミングを待っていた。それに、退職後に家庭内で想定される困難は、職場で経験したことよりも厳しいものになるだろうと、ぼんやりと考えていた。

私は正しいタイミングを選ぶことができたと思う。もっと若かった頃よりも少し強くなり、まだ回復力もあった。もっと長く働いていたら、精神的にも肉体的にも弱くなっていただろう。混乱の中にあったものの、本能から示されたサインに気付くことができたのは幸運だった。

29　大きな矛盾

退職後、私は仕事から解放され、私の人生は以前よりも楽になったように見えたかもしれない。しかし、家に居ることも快適ではなかった。私は母の顔色を窺いながら、いまだに自分のアイデンティティを見つけるにはどうしたらよいか、思案していた。私はまだ母に対する自分の不健全な態度について、完全には気付いていなかった。

私は簿記会計の学校で簿記の勉強を始めた。私は短時間のクラスに入り、週に二日、通うことにした。入学後私はためらいがちに、母にその学校に行くことにしたと伝えた。母は不機嫌になって私に言った。

「何でそんな馬鹿なことをするの！　そんなことをしても無駄よ！」母の不機嫌は、結構長く続いた。

その時、私は自分のお金を持っていたため、簿記の授業料を支払うことができた。普通ならば、自分のお金を使ってまともなことをしようとしている大人を妨害する権利は誰にもないと考えるのが理にかなっているだろう。私はまだ多くの問題を抱えていたものの、社会で何年か苦労した後に、ある程度は人間として成長していたに違いない。しかし、母の私に対する態度は、全く変わっていなかった。

私は簿記の二級を取得した。一級も取得しようと勉強したが、合格できなかった。何度か就職活動もして求人に応募した。しかし、採用されることはなかった。私は結果に失望したものの、まだしばらくの間、働かなくていいということに安堵した。私の状態は、まだまだ矛盾に満ちていた。

仕事を辞めて半年近く経った頃、家庭内で不穏な空気が漂うようになった。父が私に、一週間おきに美容院に行くように仕向けた。父は私と母に、もし私が父の言うことに従わなければ、父が母に何か悪いことをすると言った。それは暴力を振るうという意味のようだった。馬鹿馬鹿しいことのように聞こえるが、私は以前よりも頻繁に、美容院に行かなければならなくなった。

私は衣服や化粧品、アクセサリーなどにはあまり興味がなかった。父はそれが気に入らず、卑猥な笑みを浮かべて私に言った。「女がいかに有能かなんていうことは全然意味がない、女は見栄えが良いかどうかだけが問題だ！」私はその父の言葉を聞くのが嫌だったが、私にできることは、怒りを込めて父を睨みつけることだけだった。すると父は、「親を睨みつけるなんて、お前はけしからん奴だ！」と軽蔑的な笑みを浮かべて叫んだ。

確かに私は、ファッションや化粧などに興味がなかったことを含めて、色々な点で平均的な若い女性のようではなかった。その理由の一つは、ぼんやりと上の空になっている状況が多かったと思う。本当は、何をどうしようかと色々考えているのだけれども、考えているうちに、初めに考えていたことに反対する考えが出てきてしまうのだ。湧いてくる色々な考えは、小さくて取るに足らないことが多く、言葉では何とも説明がつかないようなものも多かったと思う。結局、自分の込み入った考えは、自分自身を蔑み、非難するものとなっていった。

私の脳裏には「馬鹿げている」、「何をやっても無駄だ」、「決して成功なんかしない」といった言葉が響き渡っているようだった。今思うと、父と母のミニチュア版のようなものが私の脳内に住んでいて、いつも私に無意味で愚かな言葉を叫んでいたようだ。私は考えることに多くの時間を費やしていたが、その答えを見つけられないまま終わったことも多かった。そのため、結局、前向きな行動が取れないことが何度もあった。私は極端に受動的になり、私の自主性は全く確立されていなかった。

私がファッション等に興味がなかったもう一つの理由は、父との関係が悪いため、男性を恐れていたからかもしれない。なぜボーイフレンドができないのかと悩む一方で、無意識のうちに男性の関心を誘わないようにしていた可能性もある。

私が頻繁に美容室に行くことを余儀なくされてからしばらくすると、父は私の写真を撮ると言い張った。写真を撮るために、父、私、そして私の小さな甥は遊園地に行った。私は言うまでもなく、父が気に入るように一張羅のスーツを着て、髪をセットし、厚化粧をしていた。私はその外出がどれほど意味深長なものだったのか、気付いていなかった。それは私を結婚させるための、父の強硬な戦略の一部だった。

遊園地に行くのは楽しかった。私と父だけではなく、甥も一緒だったため、父との間の緊張感もあまりなくて済んだ。ただ父が写真を撮る度に、私に細かい指示を何回も出したため、それに私は苛立っていた。

数週間後、私はその外出のもたらした結果に驚き、写真を撮られたことを後悔した。父はある人の履歴書を持ってきて言った。「これはお前の見合い相手が書いたものだ。未来の夫に会うんだ。選り好みなんかしてないで、妥協しろ。ハハハ！」父は淫らな笑みを浮かべて、私を嘲笑した。

私は呆然とした。写真は見合い用のものであることは理解していたが、それらが実際に使用されることは想定していなかった。また、もし写真が使われることがあったとしても、実際に見合いが設定されるまでには、かなりの時間がかかるだろうと思っていた。

私はいつものように父を恐れていたにもかかわらず、とっさに父に、とても否定的な反応を示してしまった。父に何を言ったかは覚えていないが、その男性は離島出身だということで、彼のライフスタイルは私とは大分違うのではないかと難色を示したと思う。父はパニックになり、激怒した。私が履歴書を見て喜ぶだろうと予想していたようだった。母もその相手が気に入らなかったようだが、母はどんな相手であっても、ケチをつけるに違いなかった。

履歴書には写真がなかった。私の記憶では、彼は私と同い年で、彼の故郷は私の育った町から非常に遠く離れていた。彼は警察官だったが、それは父が自分の元部下の人に、その人の部下の中から私の見合い相手に相応しい人を見つけるように頼んだからだ。

父は既に警察を定年退職しており、私はその父の元部下の人とは面識がなかった。突然降りかかってきた、知らない人たちとの慣れない会合に出なければならないということに、恐怖を感じた。私と母はその機会が設定されたことに同意していなかったにもかかわらず、父は私に、父の元部下の人と一緒に、その男性に会うためにレストランに行くように強制した。

不思議なことに、父は母を私と一緒にその席に行かせ、自分は家にいることに決めた。母を他の人たちとの大切な会合に出席させるのは、おかしなことに思えた。母は何の役にも立たず、母がしたことはそこにいる人たちに、愛想笑いをすることだけだった。私は母のことを、恥ずかしく思った。

父も無責任だったと思う。娘の結婚相手を決めようという時に、その見合い相手が娘とうまくやっていけるかどうかを判断するために、父親が娘の見合い相手に会うことは有益だろう。見合いの席に双方の両親が出席することは、一般的に受け入れられていた。しかしながら、父が出世した警察官としてのキャリアがあるために、父は私の見合い相手に威圧感を与えてしまうことを恐れて、相手に会うことを差し控えたという可能性もある。いずれにしてもその時、父が何を考えていたのかは、知る由もない。

今振り返ると、私は結婚する準備など、全くできていなかったと確信している。奇妙で矛盾に満ちた会合は、何の意味のある会話もなく終わった。会合の間、私はとても緊張していたが、気さくな若い女性の振りをしようと努めていた。

会合の後、私は誰からもその結果について聞くことはなかった。普通は見合い相手の双方が、相手にもう一度会いたいかどうか、そして結婚を前提とする付き合いを通して、お互いを更に知ろうとする気があるかどうかを回答することになっている。半年ぐらいの間、私はその見合いの結果がどうなっているのか、不安を感じていた。見合い相手からの回答を得るのに、これほど長い時間がかかるのは珍しいことだ。私がその男性に

「ノー」と言うことは、許されなかった。

父はこの件について全く触れることなく沈黙し、私を無視しているように見えた。そういう父が恨めしかった。その一方で私は、父にこの結果について尋ねるのに、充分な勇気はなかった。私はその男性とまた会いたいと思っていないにもかかわらず、彼が断ってきたと知らされたら、私は傷ついてしまうと感じていた。

当時はまだ、私は将来誰かと結婚したいと願っていたと思うが、実際は、無意識のうちに、男性というものに嫌悪感を抱いていたと思う。それは、私と父との関係から生じてきたもので、私は混乱し、心の状態は矛盾に満ちていた。父が私に再び別の人の履歴書を持ってきた時に、私は更に困惑した。

ある日父と母は、幾分フォーマルな態度で私と向き合おうとしていた。何か真剣な様子だった。母が話し始めた。「どうか、お願いだから、また別のお見合いの席に行ってちょうだい。あなたが警察官が嫌なのは、分かっているけれども、お父さんがあなたの考えを世話してくれる人に話す前に、その人が別のお見合い話を持ってきたの。お父さんの面子が潰れないように、別の男性と会ってちょうだい」母は私に頭を下げた。

私は母に何も言えなかった。私は落胆し、なぜこのような苦しみに、再び耐えなければならないのかと思った。私は警察官は嫌だと母に言ったかもしれないが、それが問題なのではなかった。私の心理的状態は、結婚に関わる、あらゆるお膳立てに乗ることは受け付けられないものになっていた。母に頭を下げさせて父がしたかったことは、別の見合いに出席するように、私を説得することだけだったと思う。私は両親が私に言ったことに従う以外に、選択肢がないように思われた。

父の面目が保たれるために見合いに出席するだけなら、その結果はどうでもいいものと思ったが、現実はそれほど単純ではなかった。私はその男性と二度会わなければならなかった。最初の会合の後、私は彼と会うのを止めにしたかった。しかし父は、私にそれを許すことはなかった。

父が私のところに来て、私に話しかけてきた。その時、父は私を懐柔しようとしているようだった。父のこのような態度は非常に稀だった。父の兄である伯父が、父に知恵を授けたようだった。父は伯父にたしなめられたと私に言った。伯父は父に、私は良い子なのだから、父は私を幸せに結婚させてあげなければならないと言ったという。父は私がこんなに手の込んだ花を造れる素敵な女性だと思っていると付け加えた。その時はちょうど、私がアートフラワーの最後の作品に取り組んでいた頃だった。

父のお世辞には驚いた。それを聞いて悪い気持ちではなかったが、その褒め言葉が父の策略の一部であることは明らかだった。長い間、私を侮辱してきた末に、そのような肯定的な言葉を使うのは二十年遅過ぎた。しかし、とりあえず父は、私がその男性に再び会って、前向きにその人を評価することを約束させることに成功した。実際、私は父に強いられて、そう答えざるを得なかっただけで、私の状態は全く変わっていなかった。それにもかかわらず、父は私の言葉に満足していたようだった。

私はいやいやながら二回目のデートに行った。私は普段よりなお一層、ぎこちない態度だった。相手は、私の状態が何かおかしいことに気付いたかもしれない。私は彼を怒らせないように注意していたが、あまり話をしなかった。レストランでの夕食後、私たちは映画を見てから別れた。

家に帰った後、私は母に相手の印象を話した。この件については母の方が話しやすかった。父には怖くて言えなかった。私は母に、相手は横柄な人だから、もう会いたくないと言った。

その日の真夜中、突然、父が私のところに来た。まるで襲撃のようだった。父は私に激怒していて、深夜に数時間にわたり私を呪い、罵り続けた。

当時、私はアルバイトで仕事を始めていて、翌日も働くことになっていた。職場にいる間、私はいつもと変わりなく、何事もなかったように振る舞おうとした。しかし、就業時間が終わるまで耐えるのが辛かった。私の顔やまぶたは腫れていた。それは、私の人生の中で、最も辛い日の一つだった。それは、「失恋」の日ではなく、「父からの拷問」の日だった。

父は一方的に、私を罵り続けた。父の言葉のほとんどは覚えていないが、幾つかの重要な点は覚えている。父は、私が母に相手が横柄だと言ったことを叱責した。父は、私がその人のことをよく知らないのに、その人の性格が横柄だと言うのは、絶対に許されることではないと私に言った。そういう意見もある意味正しいのかもしれない。しかし、私はすぐにでも、非常に不愉快なゲームをし続けることを終わりにするために、断る理由が必要だった。

私から見ると、その男性は父の側にいる人だった。実際は、父とその男性は面識がなかったが、父が持ってきた見合い話だということだけで、私は相手のことを前向きに考えることができなかった。それはちょうど、「坊主憎けりゃ袈裟まで憎い」という、ことわざのようだった。

実はそれより前に、私は見合いの話を数回受けたことがあった。それらは父から来たものではなかった。そのうちの一つは姉の知人から来たもので、私は実際にその男性と会った。その件は父と無関係だったため、相手と向き合うのは楽に感じられた。その男性は静かで落ち着いた様子で、私はこの人と仲良くなれるかもしれないという希望を持った。

しかし、彼は交際を断ってきた。私はその結果に失望した末に、行き過ぎたことをしてしまった。私は彼に手紙を書いた。私は自分の残念な気持ちについてと、彼が私に対して否定的な感情を持っているなら、直接私に言ってもらいたいというようなことを書いたと思う。しかし、手紙は開封されずに返送されてきた。つまり私は、私の書いた元の手紙を封筒ごと入れた大きな封筒を受け取ったということだ。

私は、男女の関係に関する基本的な常識さえ持っていなかったと言える。私は、自分がしてはいけないことをしたのだと思った。私は悲しくて自分を責めたが、その手紙全体を細かく切り刻み、廃棄した。その後私は、もうそのことについては考えないことに決めた。実際、私の結婚しようとする試みは、私の混乱した精神状態のため、見合い話を持ってきた人が誰であれ、うまくいかなかったと思う。

私の母方の叔母からも、別の見合い話があった。私はその男性に会う予定だったが、父がその話を断ったため、見合いはキャンセルになった。父は、私が家族の長男と結婚することは許さないと言ったのだ。一家の長男は、その両親の世話をすることなど、他のきょうだいよりも重い責任を負う場合が多いと言える。

しかし現実は、第二次世界大戦後に起きた少子化により、日本社会には長男が多いのが実情だ。今日、少子化は深刻化しているが、既に私が子供の頃には、子供が一人か二人の家庭が多かった。三人以上の子供がいる家庭は、子だくさんだという感じだった。

真夜中に私のことを罵りながら、父はうまくいかなかった件を蒸し返した。私が断られた件は、その人の事情があるから仕方のないことだと言った。そして父は、現行の話の人が私にとって最後の機会であると言い張った。もし私がこの件を断ったら、私は一生独身のままで、飼い殺しの動物のような役立たずで終わるだろうと、決めつけるように父は私に言った。そして、私は前の仕事を辞めるべきではなかったと付け加えた。

父の言葉を聞いて、私は深く傷ついた。しかし今は、その時の父の言葉は愚かで理屈に合わないものだったと感じている。その時は、現行の男性が私を気に入っているかどうかも分からないのに、なぜ私だけが自分の意見を述べることを許されないのか、訝しく思っていた。

私は勇気を奮い起こして、父にある質問をした。私の結婚につながるチャンスが非常に限られているから、それぞれの見合い話がとても大切だと言うのなら、なぜ父は私の叔母からの話を断ったのか？　私は父の答えに唖然とした。父は警察にその男性の家庭を調査させ、彼がマザコンだということが分かったからだと言った。

父は既に警察を退職していたが、いまだに過去の権限を利用していた。私は父の職権乱用に、激しい怒りを覚えた。当時は、英語のスラング、“asshole”（けつの穴、最大級の侮辱的な言葉）を知らなかったが、この言葉がまさに、父を言い表すのにちょうどいいと感じている。

形だけのその時の男性とのデートの間に、おかしなことがあった。彼もマザコンだったのかもしれないと思われる。彼は毎回、お菓子の詰め合わせをくれたが、「これは、あなたのお母さんに持っていって」と言った。彼にとって「母親」というものが、極めて大切な存在だったと思われる。私は彼のガールフレンドになることなど、望んでいなかったものの、自分の存在が無視されているような、変な気がしていた。

長時間に及ぶ父からの批判で、私はその悪口雑言にうんざりし、沈黙した。私が話すのを止めた後、父は私が間違っているから、父に反論することができないのだと私を叱責した。父は繰り返し叫んだ。「お前がおかしい！　お前が悪いんだ！」私は徹底的に打ちのめされたが、どうすることもできなかった。

父は、自分の家族の見栄えを良くしたいという理由だけで、私を誰かと結婚させたかったようだ。父は独り相撲を取って他の人たちを巻き込みながら、失敗作の自分の娘を、いとも簡単に結婚させようとしたのだと思われる。私はそのような策略が成功するとは思えない。父の無意味な企みに巻き込まれた人たちにとっては、大きな迷惑だったに違いない。母に関して言えば、ただ傍観していただけで、父の無謀な行動を抑える力もなかった。

30 嵐の後

真夜中の言い争いの後、私は激しく落ち込んだ。口論の間に父は、私が仕事に行かない日に朝遅くまで寝ていたことを批判した。私は元々精力的ではなく、怠惰になりがちだった。父からの威圧によるストレスで、更にエネルギーが失われたと思う。

寝ている間は、悩んでいることを考えなくて済むし、父と母を避けることができた。私は無気力になり、「引きこもり」になる危険に晒されていた。この言葉は、当時一九八〇年代後半の頃は一般に知られていなかった。しかし、当時も仕事や学校に行かずに、いつも家に居る人たちがいたようだ。父は私に叫んで言った。「町には何もしないで家にいるだけの、役立たずな連中がいるんだ！　お前もあんなふうになったら、もうおしまいだ！」父は引きこもりのような、普通ではないと思われるものを毛嫌いしていた。

私の中で危機感が湧き上がってきた。無意識だったが、自分が引きこもりになったら、大変なことになるのではないかと感じていた。もし私がそうなったら、父が私にどれほどひどい仕打ちをするだろうかと、どこかで感じていたと思う。

引きこもりのケースの中には、子供が親に対して暴力を振るう、家庭内暴力に発展するものもある。もし私が引きこもり、外出することもできず、家で大きな欲求不満を抱くようになったとしたら、私は何かに怒りをぶつけていたに違いない。私は自らの手で、父や母に暴力を振るうことは恐ろしくてできなかったと思う。恐らく私は、調理器具や小さな家具などを投げて、破壊行為に及んだだろう。

父が家族に激しい暴力を振るうことがなかったのは、警察官としての職業のせいだと考えられる。しかし、もし私が暴力的になったら、父も暴力的になったのではないかと思う。父から体罰を受けたことはなかったが、父の表情がとても恐ろしくて、殺気を感じたことはあった。そのため、私は父を怒らせないようにしなければならなかった。

現実は、父は真夜中の口論の後、私と話すのを止めた。そして、更に私を無視するようになった。私も同じように父を無視した。自分が引きこもりにならないように気をつけなければならないと、どこかで感じていたが、アルバイトの仕事があったことは好都合だった。難しい仕事ではなかったし、家にいるよりは外出していた方が良かった。次第に、以前よりも外出先で過ごす時間が増えていった。仕事が終わってから、一人で夕食を済ませて帰宅することもあった。両親とあまり顔を合わせないようにしたかった。

特に母は、私のその行動が気に入らず、私が自分勝手だと批判した。母は以前よりも不機嫌になった。母は常に、自分が不幸な原因は、全て私から来ているという感情を発散しているようだった。

母の不幸の理由は、私が結婚しようとして失敗したという事実だったのかもしれない。しかし、母の態度は矛盾していた。姉が婚約していた時期に、ある出来事が繰り返されていた。結婚する前、姉は仕事を辞めて半年ほど家で過ごしていた。母は時々、怒って姉に叫んだ。「あなたはあの気の強い小男に、いいように付け込まれて、なんて馬鹿なことをしたんだ！」姉は母の激しい言葉を聞いて涙を流し、時には手足に発疹が出ることもあった。姉の発疹は、マリッジブルーに母のきつい言葉も加わって、発症していたのではないかと思う。

母のきつい言葉は私に向けられたものではなかったとしても、そういう言葉を聞いていると、私が結婚の機会を求める場合に、悪影響を及ぼすものになりかねなかっただろうと思われる。しかし、娘としての私の自尊心は、既に父によって台無しにされていた。そのため、いずれにしても私は、独身のままでいる可能性が非常に高かったと言える。

家に居ることは不快だった。私と両親の間には、かなりの緊張があった。父が私を結婚させようとする試みに失敗し、父が怒り狂うことになったが、それより前の時点でも、私たちは家族の間で有意義な会話をしたことはなかった。状況は更に悪化し、私はそれにどう対処したらいいのか、具体的なアイデアはなかった。

しかし私は、家での緊張感に耐えながら、自分自身を保つために、自分にとって役に立つことをしなければならないと思った。近くの公共図書館を利用するのは良い考えだった。私はそこに滞在し、長い時間を過ごし、本を借りて読んだ。

おもに、一九世紀半ばからの徳川幕府末期の混沌とした時代の、歴史上の人物に関する本を読んだ。私は、命をかけて日本の新時代を切り開くために奔走し、戦った人たちの生き様に魅了された。彼らの勇気に非常に感銘を受け、私も困難に陥っているところから抜け出す方法を見つけようと、自分を励まそうとした。

私は、父と母と一緒に家に住んでいる限り、将来に良い見通しはないと感じた。私は「両親」にとって良い子供ではないという現実から来た罪悪感から、まだ解放されていなかった。しかし、両親の元から離れたいという気持ちがそれまで以上に強くなった。今思うと、それはまさにもっともなことだ。私に何の譲歩もせず、私を全く理解しようとしない人たちと一緒に暮らさなければならないということは、悲劇に違いない。

私はしばらくの間、父と母から離れる必要があると思った。もし日本国内のどこか遠いところに行ったら、両親は追いかけてくるかどうか、私には分からなかった。しかし私には、両親が私を家に連れ戻すために、外国にまでは来ることはないという確信があった。また、私は子供の頃から、いつか海外に行って英語を学びたいという希望を持っていた。そのため、日本国内の別の場所に行くよりは、いっそのこと海外に行きたいと思った。私は真剣に、他の国に行くことを考え始めた。

当時は、新たに「ワーキングホリデー」という制度が導入されていた。そのビザを申請するのには、年齢制限があった。私はその年齢に近づいていたため、できるだけ早くオセアニアのニュージーランドに行くことに決めた。旅行代理店に語学学校とホストファミリーの手配をしてもらった。

申込書には、保証人が署名する欄があった。普通は申込者の親が署名するものだ。私はその空白の欄を、私の偽りの署名で埋めることを躊躇した。そうすることに罪悪感があったからだ。しかし私は、その欄を自分の偽りの署名で埋めなければならないことを悟った。私はその国に行くことを決心した。ビザを取得できたら、一年間滞在することができるのだ。

私は自分の計画を姉に明かした。姉とその家族は既に自宅を購入し、私たちの家から新居に引っ越していた。姉は、私たち二人姉妹は、両親から制限されていたために、成長段階で冒険をすることや、色々なタイプの人たちとの交流の経験が欠けていると私に言った。そのため姉は、前もって観光目的のグループツアーに参加して、その国の様子を見てくることを、私に強く勧めた。姉は、何も知らない遠く離れた場所にいきなり行って、そこに長期間滞在するならば、その間に起こってくる予期しないことに対処するのが一層困難になるだろうと言った。

私は姉の意見も理にかなっていると思ったが、グループツアーのための余分なお金を使いたくなかった。しかし、私の計画を成功させるためには、姉の協力を得ることが不可欠であるように思われた。そこで私は、まずその国の観光旅行にツアーで行くことにした。

旅行の前に、私は大きなスーツケースを買った。家にはそれを隠す場所がなかった。母はそれを見て、不安になったようだ。その後、姉から聞いた話では、母は電話で姉に、私がなぜあんなに大きなスーツケースを買ったのか訝しく思い、私が何をするつもりなのか心配だと話していたそうだ。

観光ツアー出発の数週間前、母は不安な表情で、私に北海道にでも行くのかと尋ねた。私は率直に、出掛ける国の名前を答えた。母は私の答えに狼狽して、「そうなの……」と呟いた。

とにかく一週間ほどの観光旅行に行ってきた。私にとっては初めての海外旅行だった。観光ツアーの体験が、その国に長期滞在するのに役立ったかどうかは、今でもよく分からない。しかし少なくとも、観光旅行と現地での生活は、経験として非常に異なるものであることは理解した。

観光旅行から数ヶ月後、私の日本脱出旅行への出発の日が近づいてきた。私はこれから何が起こるか、恐れていた。それは生きるか死ぬかの問題のように感じられた。私は自分自身が、このような冒険をするはずもない人間だと思っていた。私は弱々しく臆病だった。しかし私は本能的に、父と母から離れる必要があることを知っていた。

帰国してから数年後、私は『遠い夜明け』という題名の映画を見た。その映画に私は魅了された。映画のストーリーは、実話に基づいたジャーナリスト、ドナルド・ウッズ（Donald Woods）の話である。彼は、南アフリカの反アパルトヘイト活動家、スティーブ・ビコ（Steve Biko）が拷問を受けて死んだことを、遺体の調査を通して得られた証拠をもとに本を書いた。この本を出版するために、ジャーナリストと彼の家族は、思い切った逃避行で南アフリカから脱出し、亡命するという計画を実行し、やり遂げる話である。

大げさに聞こえるかもしれないが、その映画を見て、両親からの逃走の時に感じた気持ちを鮮明に思い出した。私にとって脱出は、本当に冒険的なものだった。

最初の試練は、父と母に私が外国に渡航し、滞在することにしたという決定を知らせることだった。ある日外出する前に、私は父と母宛に置手紙をして家を出た。出発の一週間ぐらい前だった。その手紙には、私がこれから海外渡航をすることにした旨を書いた。もっと早く私の計画が知られてしまったら、両親がそれを妨害するのではないかという恐れがあった。

その日はとても緊張していて、早く帰宅したくなかった。ショッピングセンターを歩き回って時間をつぶした。家に帰る前に、私は姉に電話をかけた。姉は既に、電話で母から状況を聞いていた。姉は私に、父は激怒し、絶対に私を外国には行かせないと言っていると伝えた。父の気性を考えると、想定していたことではあった。家に帰るのが恐ろしかったが、そうしなければならなかった。

父と母は居間にいた。驚いたことに私が居間に入ると、父はそこを出ていった。母は今まで以上に不機嫌で、恐ろしく見えた。母が私に何を言ったかあまり覚えていないが、母はいつものように、私が利己的で自分勝手だと私を批判したと思う。母は理屈に合わないことを語り、説得力もなかった。あの時の可笑しな雰囲気を今でも覚えている。父は母に、自分の代わりに私に文句を言わせているようだった。父はいつも威張っているのに、その時は私と向き合うのを避けた。父は臆病になっていたのかもしれない。

遂に、旅に出る日が来た。出発の朝、父は泣いていた。なぜ泣いていたのか分からないが、その涙は私を責めているように感じられた。私は父の涙に不快感を覚えた。母は空港で私を見送ると言い張った。私はそれを断ろうとしたが、母は私についてきた。私はそうされたくなかったが、母は私を追いかけてきた。

なぜ私の計画に強く反対する人が、私を見送りにエアターミナルまで来たのか理解できなかった。母は私の決めたことに猛反対で、母が受け入れられるものではなかったはずだ。もしかしたら、あの母でも持っているかもしれない「母親のプライド」のために、理解力のある母親の振りをしたかったのだろう。母の態度は、またも矛盾していた。

それから何年も経った今、母が一旦、強く反対していたことであっても、母本人が何も影響を受けることなく、物事が無事終了したならば、母があまりにも無責任であるために、もうそのことはどうでも良いものになるということだったと思う。

私はようやく飛行機の中で、「虐待的な両親」から解放された個人になった。

31 逃避行

私は旅に出る前に想定していた通り、一年間その国に滞在した。しかし出発前に、母に三ヶ月で帰ってくると伝えていた。両親に与えるショックを軽減した方がいいと思ったからだ。

三ヶ月が経って、私は姉から父と母が私が期限までに家に帰ってこないと騒ぎ始めていると聞いた。私はただそれを無視した。両親に手紙を書くことや電話もしたくなかった。しかし、月に一度は姉に電話をかけた。当時はまだインターネット時代ではなかった。

ある日突然、母から電話がかかってきた。何を話したのかはよく覚えていないが、母の声を聞いた時の不快感は覚えている。姉によると、母は海外に滞在していた日本人女性がトラブルに巻き込まれたというテレビの報道を見て、急に私のことが心配になったらしい。姉は少なくとも月に一度は、母に手紙を書くことを私に強く勧めた。感情的には私は姉の勧めに従いたくなかった。しかし、私と両親との間の問題が更に深刻になっていくのも良くないと思ったため、私は姉の勧めに従った。

母も私に手紙を書いてくることがあったが、どの手紙も私の心の琴線に触れるものではなかった。母の手紙の中には、「お母さんは、いつもあなたの味方です」という内容もあった。私は混乱し、なぜ母は私にそのような矛盾したことを書いてくるのか疑問に思った。私が両親から逃げてきたのは、両親が私を追い詰めたからなのだ。

一度だけ、私は海外から父に葉書を書いて送った。私はある英語の先生に、父と母との間の悩みについて話した。先生は私に、父に手紙を書くように勧めた。そんなことを考えたことは一度もなかったが、やってみる価値はあるように思えた。結局私は、土産物屋で何種類かの異なる絵葉書を何度も見比べた末に、無難なものを選んだ。そして、当たり障りのない文章を慎重に書いて送った。父からの返事は来なかった。

次の母からの手紙で、母は私が父宛に送った絵葉書について言及し、私に感謝の意を表した。しかし、父がそれをどう思ったのか、どう反応したのかなどについては書かれていなかった。父が私に手紙や葉書を書いてくることなど、あるはずがないと考える方が自然だった。思っていた通りの無駄な努力に終わった。

私の母宛の葉書の文面は、いつも形式的な決まり文句だけだった。「お元気でお過ごしですか。私は元気です。どうぞお身体に気をつけてください」こんな内容を繰り返して送っていた。私は外国での日常生活などについて、書くことができなかった。どんなに小さな経験でさえ、母を不安にさせるかもしれないと恐れていた。父や母のことを思い出した時には不愉快な思いになったが、彼らと顔を合わせないで済むことは、私の喜びだった。私の本質は変わっておらず、多くの弱点を抱えていたが、私の持てる力の幾分かは回復したようだった。

見知らぬ人たちの中で生活していくことは、私にとって大きな挑戦だった。しかし同時に、誰もこれまでの私の人生を知る人がいないことで、かえって気が楽になった。私にとっては、新しいスタートを切るのにちょうどいい機会だった。

最初の五ヶ月はホストファミリーの家に滞在し、語学学校に三ヶ月通った。ホストファミリーの家からアパートに引っ越した後、私は約五ヶ月間、別の語学学校で勉強した。最初の語学学校でのコースを終えた後は、基本的にホストファミリーの家に留まることは許されなかったからである。

これらの語学学校には、日本人が多く来ていた。また、スイスや東南アジアからの人たちもいた。年齢層も幅広かった。中には、私の年齢に近い人たちもいた。私は数名のクラスメートと親しくなった。私は懸命に英語を学んでいたが、他の人たちの中には、行楽を楽しむことを優先している人もいた。私はお金を払って得た学習の機会を、できるだけ有効に使いたかった。

前にその国に観光で来たことがあったため、また旅行に出掛けようという気持ちもあまりなかった。私は慎重で、定められた範囲を超えて行動することに慣れていなかった。渡航した初めの頃、私は最初の語学学校に通うという日課に従い、学生時代に戻ったようだった。

最初の語学学校のコースを終了した後、私は別の滞在場所を見つける必要があった。どうやって見つけようかと悩んでいたが、幸いなことに博物館の守衛の人が空いているアパートを紹介してくれた。それは、私が週末に一人で博物館に行くことが多く、たまたまその守衛の人と話をすることがあったからだ。ホストペアレンツは親切な人たちだったが、週末は仕事をしていた。そのため、私は週末にすることを見つける必要があったのだ。度々博物館に行って暇つぶしをするのがちょうど良かった。

私はアパートに住み始めた。台所やバスルームは共同だった。ルームメイトの国籍は様々だった。ちょうどその頃、私は別の語学学校で再び英語を学び始め、日本に帰る時までその学校に通った。

滞在期間の最後の四ヶ月間、私は洗濯室の係としてホテルで働いた。馴染みのない場所に留まりながら、できる限りのことにチャレンジしてみようとしたことは、自分でも驚いている。私は冒険をしようとしていたのではないが、できるだけ自分の英語力を高めようという目標があった。その結果、英語はある程度上達し、それは満足のいくものだった。

しかし、トラブルに見舞われたこともあった。アパートに滞在中、ルームメイトの一人から電話がかかってきた。彼は電話を取った私に、その晩は帰りが遅くなるため、一晩じゅう玄関のドアの鍵を開けたままにしておくように頼んだ。しかし私は、彼が言ったことを誤解し、彼は結局、外で一晩明かすことになった。私の英語の理解力不足が原因だったのかもしれないが、私の常識の欠如や早合点もトラブルの原因だったと感じている。

ホテルで働き始めた時、私は客室清掃係だった。それは二人一組の仕事であるため、ある女性が私とペアになることを申し出た。そして、私たちはペアになった。彼女は家族が多い移民で、色々な苦労を経験してきたようだった。彼女は私より少し若かったが、私より年上に見えたと思う。

私は家事などの経験が足りないせいか、やることがぎこちなかったのかもしれない。彼女は私に厳しく、やることが正確さに欠け遅いと、しばしば私を批判した。その時は自分の状況がよく分からなかったが、それは私が手作業をする労働者に向いていないと思われた初めての出来事と言えるのかもしれない。残念ながら、同じようなことが私の人生では何回か起きている。

彼女は真剣だったが、私は子供のように扱われていると思い、不快感があった。しばらくして、私は上司から仕事のストレスがもっと少ない洗濯室に異動してはどうかと言われた。上司の人たちは既に、私たちペアの間の緊張に気付いていた。最初は、私は自分の仕事振りの悪さを少し恥ずかしく思いながらも、私は今のままで大丈夫だと上司に言った。しかし結局、私は上司の提案に従った。私はもう同僚に叱られたくなかった。

私は帰国するまで洗濯室で働いた。私はそこでもぎこちなくて変わった作業員だったと思うが、何とかそのホテルで四ヶ月くらい働いた。

渡航先で、日本人の友人が何人かできた。そのうちの数人とは、特に親しくなった。その人たちとの友情が将来にわたって長く続くことを願っていた。しかし、帰国後数年以内に、その人たちと連絡を取ることもなくなってしまった。その理由の一つは、私の否定的な性格のためだったと思う。私はまだまだ劣等感が強くて自分の感情をコントロールできず、時に横柄に振る舞う一方で、自分がどれほど惨めであるかを、友人によく話していたと思われる。しかしその時は、自分の否定的な言動に気付いていなかった。

私の逃避行は完璧ではなかったし、問題もあった。しかし、その後の私の人生に影を落とすような悪いことも起こらなかったのは幸運だった。今振り返ると、私のような問題を抱えた若い女性にとって、この逃避行は上出来だったと思う。これはかなり前のことで、私はもうそのほろ苦い経験を思い出すことも、ほとんどなくなっている。しかし、若い時に海外でこのような経験ができたことは幸いだった。それは私の若かった頃を記念する出来事である。

32　帰国

私は家に帰りたくなかった。飛行機が離陸した時、私は自分の人生が再び家で息苦しい状態になることを想定して、涙を流した。もっと海外にいられたらいいのにと思った。しかし同時に、外国に更に長く滞在すると、問題も多くなってくることも分かっていたと思う。私は一年だけの滞在だったため、そこでの自分の日常生活を、辛うじて何とか送ることができたと言えるだろう。

外国のような馴染みのない場所に一年以上滞在するには、そこにいる間に何か意味のあることをやろうという動機を持って、真剣に取り組もうとする意志が必要だと思う。私がもっと長く滞在したかった理由は、ただ父と母を避けていたいということだった。また私には、長期の居住者として、日常生活で必要となってくる義務の遂行をするための充分な力はなかったと思う。

私には家に帰ることしか選択肢がなかった。幸いだったのは、両親が私を家の一部分にあるアパートの空いた部屋に住まわせたことだ。両親はさすがに私をどう扱ったらいいのか分からず、自分たちの居住する同じ空間には、私を住まわせないことに決めたのだと思う。ちょうどある家族が、父のアパートから別の場所に引っ越していったというタイミングだった。

父と母は、私が家に帰ると「おかえりなさい」と言った。両親は私に悪いことは何も言わなかったが、私は彼らが冷たくてよそよそしいと感じた。かつてないほど、私に対して他人行儀になったようだった。彼らが以前のように私を批判することがなかったことを感謝しなければならないという気持ちもあったが、同時に私は、彼らが無責任で卑劣だと感じた。

しかしながら、両親と別の部屋に住むことで、かなり解放された気持ちになった。父は以前と同じように私を無視し、私と話すこともなかった。母は私に媚びるようなことを言う一方で、何かに苛立っていると私に腹を立てて怒った。私に対する母の態度は、概ね家族以外の人たちに対するもののようになった。とりあえず、父や母と顔を合わせる機会が大幅に減ったため、以前よりも大分楽になった。

帰国後しばらくして、母の妹である叔母が私たちの家を訪れた。叔母は私の長い旅行のことを知りたいようだった。叔母は私に、外国で撮った写真を見せてもらいたいと言った。母が私たちと一緒にいたため、私は叔母に写真を見せるのをためらった。私は母にそれらの写真を見せていなかった。母がそれらを見た時の、異様な反応を恐れていたからだ。もし母が見たならば、その表情は困惑し、驚き、軽蔑、嫌悪感などの否定的な感情が混ざり合ったものになることしか想像できなかった。私が外国人を含む見知らぬ人たちと一緒に写真に写っていることを、母が受け入れることは不可能だったように思われる。私は写真の中から、風景や動物しか写っていないものを幾つか探し出して、叔母に見せた。

私は何も変わっていない状況に失望した。父と母が「私の両親」になり、私の言うことに耳を傾けて、必要な時は譲歩してくれるようになることに、かすかな希望を抱いていたのだと思う。しかし、状況は何も変わっていなかった。

私は気晴らしをしたいと思い、奈良県に一人で旅行に行った。ちょうど博覧会が開催されていた。かつて日本の都であった奈良と、シルクロードを経由して行われた西域との交易と文化交流の歴史についての博覧会だった。

ユースホステルに宿泊したが、同じ宿に滞在していた年配者のグループがいた。彼らは牧師とその夫人、そして彼の教会の会員である二人の女性だった。また、イスラエルから来た二人の若い女性も、そこに滞在していた。私はたまたまその二人の女性の滞在について知り、年配者のグループの誰かにそのことを話した。

するとその牧師は興味を持ち、そのイスラエルの人たちと話したいと言い出した。私が英語を少し話せたため、牧師は彼のグループの人たちと二人の女性と一緒に話すための会合に出席するように頼んできた。それで、私はその集まりに参加した。

その牧師は、イスラエルの失われた十部族について研究している人だった。日本はその十部族が辿り着き、定住した場所だという仮説があるということだった。それで、彼はイスラエルに行ったこともあり、その国の人たちと話をしたかったようだ。

私はキリスト教についてあまり知らなかったし、イスラエル人がキリスト教とどのように関係しているのか、全く見当もつかなかった。牧師はその二人の旅行者に、イスラエルでの宗教的な事柄について聞いていた。また、その二つの異なるグループの人たちが用いていた幾つかの言葉は、私の記憶に残った。これらの言葉は、私にとって馴染みのない専門用語のように聞こえたが、二つの異なるグループの人たちは、「モーセ」や「過越の祭り」などの特定な言葉を通して、互いに理解できているようだった。私は、なぜこの二つの異なるグループの人たちが、お互いにコミュニケーションをとることができるのか、不思議に思った。後で分かったことは、キリスト教徒とユダヤ教徒は旧約聖書を共通の聖典としているということだった。

私がモーセの名前を知っていたのは、『十戒』の映画を見たからだった。しかし、私はモーセがどういう人なのか、よく知らなかった。私の不充分な通訳が、どれだけ役に立ったのかは分からない。しかし、牧師とその教会の人たちは、私がその集まりに参加したことを感謝してくれた。

旅行から戻ってしばらくすると、その牧師から手紙が届いた。彼の友人が牧師をしている、私の家の近くにある教会に行くことを勧める内容だった。手紙を受け取った数日後に、私はその近くの教会の牧師夫人から電話をもらった。彼女もまた、私がその教会に来るように勧めた。

教会に行ってみようか、どうしようかと迷った。多くの人たちは、宗教に入信すると洗脳される恐れがあるから、宗教からは距離を置いた方が安全だと考えている。勧められたからといって、行く必要もなかったと思うが、当時の私の心理的状態は、自分のまだ知らないものからの、何かしらのサポートを必要としていたと思う。

両親は無責任で、私が必死になって思い切った行動をとったにもかかわらず、私を無視した。彼らは私が家庭での状況に、どれほど深く苦しんでいたか、知ろうともしなかった。私は両親のことはほとんど見切りをつけた状態だった。神様や霊や何であれ、親のような存在になり得る別のものを求める気持ちがあった。

私はその教会に行ってみることにした。まず日曜日の礼拝に出席した。キリスト教会を訪れるのは初めてだった。十数名の人たちがいた。牧師夫妻をはじめ、人々から温かい歓迎を受けた。私はそこの人たちから言われたことに素直に従い、日曜日の礼拝に出席し始めた。

その頃私は、何か特別に関心を持っていたものもなかったし、普段から余暇を一緒に過ごせるような家族や友人もいなかった。孤独であることが多かったが、できることなら良い仲間と別の親が欲しいという、かすかな希望をまだ持っていたと思う。

私には、失うものは何もないように思えた。その時の私の仕事は、短期契約の派遣労働で、先の見通しが立たないものだった。もし私が父や母と普通の関係を持っていたならば、多くの日本人がそうであるように、キリスト教会に行くのを躊躇していただろう。

多くの日本人は、実際に何かの宗教を信仰することに具体的に関わっていることはないと思われる。しかし普通は、多くの人たちの家族の墓が寺にあるため、仏教寺院との関係を持っている。そのため、家族の誰かがクリスチャンになることが問題になる可能性がある。

私は、父と母が私のことをどう思うかなどと、気にすることはなくなっていた。もはやクリスチャンになることは、大きな問題ではないと思った。一ヶ月も経たないうちに、私は信仰を告白した。それから三ヶ月後、私は洗礼を受けた。

　私は新しい生活を始めることができると感じていた。教会の人たちも、私に親切にしてくれた。ようやく自分の居心地の良い平和な居場所を見つけることができたと思った。とはいえ、私はその教会について、訝しさを感じていたのも確かだった。それまでに困難な人間関係を経験してきたために、物事がうまくいくだろうと当然のように考えることはできなかった。

　しかし、少なくとも当分の間は、良さそうに見える人たちに従っていこうと決心した。信仰によって、人が神の子供になるという教えも魅力的だった。とにかく私は、信仰という大海原を渡る航海に船出した。

33
入信者

渡航する前まで、私は茶道の稽古をし続けていた。それは厳しい稽古ではなく、月に二〜三回のものだった。それでも茶室にいる時は、私は茶道の手前に集中することで、落ち着きを取り戻すことができた。稽古をしているうちに不安なことを忘れることができ、茶道の時間は普段の生活からの避難所のようなものだった。

海外から帰国後、茶道の稽古を再開するかどうか迷っていたが、結局、教会生活に関わる時間が多くなり、茶道を再び学ぶ機会はなかった。宗教に基づいた生活も、私たちに落ち着きを与えるものであるかもしれない。しかし、私の教会生活の現実は、必ずしも穏やかではなかったと言わざるを得ない。むしろ、全般的に見ると波乱に満ちたものだった。

宗教との関わりは私にとって初めてのことで、更に私は常識に欠けていた。教会生活の初めの頃、私は周りの人たちに言われるがままに、ただ従っていた。病気の時でも必ず日曜日の礼拝には出席しなければならないと聞いた時、私は少し驚いた。教会に来るために歩くことができる限り、礼拝に出席しなければならないと言われたのだった。また仕事よりも礼拝出席の方が優先されるべきだとも言われた。

私は違和感を覚えたが、鵜呑みにした。そして、私はまだキリスト教について何も分かっていないわけだし、聞いた時に理解できなくても、それが正しいはずだと考える必要があると思い直した。

礼拝以外にも、祈禱会、英語聖書勉強会、喫茶店集会にも参加し始めた。私は従順で、教会のリーダーたちに容易にコントロールされていたと思う。英語聖書勉強会には、好奇心から参加してみた。何度かその勉強会に出席した後、牧師は私に言った。「あなたは勉強会に来るのが遅いから、ちゃんと時間通りに来るようにしてほしい。勉強会の通訳などの手伝いをしてもらいたいし、あなたには期待しているのだから」

私はただ、いち参加者として勉強会に出ていて、いつも時間に間に合っていたわけではなかった。勉強会は日曜日の朝の礼拝前に行われていた。私にとっては、いつも時間に間に合うように行くのは、負担を伴うことだった。私は牧師に言われたことに少し困惑したが、彼の要求に従わなければならないと思った。同時に、勉強会の通訳として評価されたことを、少し誇りに思った。何年か後になって、私は彼にそうするように誘導されていたことに気付いた。他の比較的若い教会員たちも、教会の各行事に参加することが期待されていた。

牧師は非常に情熱的に説教し、神がどんなに自分に良くしてくれたかについて、よく語っていた。会衆に説教をしている間、彼は感情的になり、時に感極まって語るようなこともあった。それを聞いて私は、彼はとても素晴らしい経験をしていると思い、私も同じような経験をしてみたいものだと思っていた。私はとても単純だったため、彼の言葉を疑うことなく受け入れてしまっていた。それは、私がクリスチャンになった理由の一つだった。

自分は失敗者だと感じていたから、神に寄り頼んで神から祝福を受けることが、自分が幸福を得るための最後の選択肢であるように思えた。そのため私は、牧師が私たちに語ったことに従おうとした。

今振り返ると、牧師の態度はあまりにも劇的で誇張されていたように思う。それは自己陶酔していたようでもあった。私は彼に騙された部分もあると思う。一方で、私は彼が語ったことを心に留めておいて、後になって必要な時に、その語った内容を改めて考えてみるようになっていった。その新しい習慣は、私が自分自身で物事を考えて判断するように導いていくことに繋がった。

ある日祈禱会で、牧師は祈禱会後の献金を充分に捧げていないと言って、私たちを叱責した。そして、信者は小銭ではなく紙幣で捧げることで、神に充分な感謝を示さなければならないと主張した。

そこにいた一人は、牧師に反論した。収入に応じた月毎の献金（通常十分の一献金、または什一献金と言われるもの）を納めていれば、礼拝や集会にどれだけ捧げるかは、一人一人が決めればいいことではないかという意見だった。牧師はその意見を否定した。言い争いにはならなかったが、私は牧師の話に驚いた。

クリスチャンであるということは、これほど多くのことを要求されるのかと思った。私は一瞬そのように感じたが、その少し後には、私は感じたことを呑み込んで、感じなかったことにした。そして礼拝や集会の後に、最低額の紙幣の千円札を献金するようにした。以前、両親に言いたかったことを言えずに呑み込んだのと同じような感じだった。私は自分にとって権威を持つ人たちに言い返すことがとても怖くなっていて、何も言えなくなっていた。

牧師は聖書勉強会に熱心で、いつも教会の人たちを彼の聖書勉強会に参加させようとしていた。ある時、全ての教会員が「ピレモンへの手紙」の講義を受ける準備のために、各自が前もって、その手紙の意味することは何なのか、考察してくるように宿題が出された。その手紙は新約聖書の中で最も短い内容のものの一つで、初期教会の伝道者、使徒パウロが書いたものだ。

私たちへの宿題は、それを非常に注意深く読み、パウロの本当の意図が何であるかを探ることだった。それは長い手紙ではなくて、その言わんとすることは明白であるように思えた。ピレモンはパウロの働きによって改宗した、ローマのクリスチャンだった。ピレモンにはオネシモという名の奴隷がいた。オネシモは何か悪いことをしたため投獄され、たまたま同じ牢獄に囚われていたパウロに出会うことになった。

オネシモはパウロに従う者となり、クリスチャンに改宗した。オネシモは有用な人となり、パウロは彼をピレモンに送り返すことにした。パウロはピレモンに、オネシモを奴隷としてというよりも、キリストにある兄弟として受け入れるように求めた。私は手紙の大まかな内容は、このようなものだと思った。

牧師の講義の前に、私たち一人一人は他の人たちに自分の見解を話した。どの人も大体同じような見解を語った。しかし、牧師は私たちのものとは異なる対照的な見解に基づいて、私たちに講義をした。パウロの本当の意図は、パウロがオネシモの助けを必要としていたため、オネシモがいつもパウロと一緒にいられるようにしてほしいとピレモンに依頼する内容であるということだった。

私はそれを聞いて驚き、恐ろしさを覚えた。私は自分が文脈から正しい答えを引き出す能力が無いことに不安を感じた。その不安は、私の実存的問題に関わることだった。私はどのような状況であったとしても、正しい選択をする自信がなかった。それは、私の状況を判断する能力の欠如のために、誰かに騙されてしまうかもしれないという恐怖に繋がっていた。

他の人たちも、牧師の言う「正解」にたどり着けず、その「正解」にしても牧師が自分で導き出したものではないことは明らかだった。彼は誰か他の人の考えを講義に利用したのだ。私は自分の誤りに、このような激しい反応をする必要はなかったと思うが、当時の私にとっては深刻な問題だった。

私は牧師に、自分には聖書を理解する能力がないことが分かりショックを受けたため、もうこのような聖書勉強会には出席したくないと話した。牧師は困惑した様子で、私には何も言わなかった。私はいつも、自己主張することを躊躇していた。今思うと、その時自分が主張したいことを牧師に言うことができたのは、私にとって幸いだった。牧師に言えたのは、彼が私の親ではなかったからだと思う。私の親たちのような利己的な親の中には、子供に対して非常に無遠慮で、子供が親に何も話せなくなるほど威圧的な傾向がある人もいることだろう。

当時私は、その教会に従っていくことが、私が満たされていくための唯一の希望であると信じていた。しかし、その教会に対する私の漠然とした疑念は高まったと言える。それ以来私は、盲目的な信者から、少しずつ自分で考えることができる個人へと変貌し続けている。

34 仲間

その教会では、教会員たちが互いに交流し合うことが勧められた。教会は家族であるということは、本当なのだろう。ある意味で私は、その教会にいた頃が私の人生で最も親密な人間関係を持っていたと言える。しかし、私の教会生活は落ち着きがなく、不安定なものだった。

教会は、神の霊的な働きに重点を置くペンテコステの宗派に属していた。私が初めてそこに行って間もない時、牧師夫妻と何人かの人たちが、私に異言《いげん》の賜物が与えられるように祈ってくれた。私は異言の賜物とは何なのか、分からなかった。私はただ成り行きに任せていた。しばらくして、私は奇妙なことを語り始めた。

異言で語ることは、父（神）と御子（イエス）とともに、三位一体の神を形成する聖霊の働きの現れであると考えられている。異言の賜物が与えられると、その人は、人々が理解できない奇妙な言語を話し始めるようになる。これらの言語は、馴染みのない外国語や天国で天使たちが話す言語であると言われている。異言の賜物が与えられた後、そこにいた人たち皆が私を祝福してくれた。私は嬉しかった。

しかし数日後、私は奇妙な状態に陥った。私が一人で家にいた時に、私は不意に何か不気味なことを話すようになった。それは頻繁に起こったが、私はすぐに牧師に相談しなかった。次の教会での祈禱会で、私は金切り声か呪文のように聞こえるおかしな異言で叫んでいた。私が何を叫んでいたのかは分からないが、何か異常なことが起きているのは明らかだった。

牧師は、私が家でそういう状態になった時、なぜすぐに彼に相談しなかったのか、私に尋ねた。普通だったら、人が似たような経験をすれば怖くなって、牧師など誰か他の人に、すぐに相談しようとするのが自然だろう。言うまでもなく、私は自分のおかしな状態に驚いて、不快感があった。

しかし私は、他の人の助けを求めることをしなかった。私はそうすることに慣れていなかった。また、その状態が私にとって、初めてではない感じを持っていた。高校時代に卓球部の夏季合宿で、図らずも奇妙な叫び声を上げたことがあった。それは、自分が他の人たちについていけないという恐怖から起きたものだと思う。

その恐怖は、私と両親との間のストレスが多い関係によって、長年蓄積されてきた私の抑圧と怒りに強く結びついていた。この時の私の問題も、感情の爆発の一つの現れだと感じた。十代の頃でさえ、私の心は既にかなりの怒りを抱えていた。そのネガティブなエネルギーが私が三十歳になった頃には、どれだけ多く蓄積していたことだろう。

牧師は、私が異言で祈る時に、悪霊が邪魔をしているのだと言った。教会の人たちも何度も私のために、イエスの御名によって私が悪霊から解放されるように祈ってくれたけれども、あまり効果がないようだった。この私の霊的な戦いはかなり長い間続いたが、それでも時間が経つにつれて、次第に私の奇妙な異言は治まっていった。

異言の賜物というものにどれほど重きを置くかは、それぞれのクリスチャンによって違ってくる。異言で祈っている間は非常な喜びに満たされて、前もって天国を経験しているようだと言う人もいる。私は一度だけ異言で祈り始めた直後に、瞬間的な恍惚を経験した。まだ二度目の同じような体験はしていない。普通は異言で祈っている間、特に私は感じるものはない。

異言の賜物が与えられるように長い間祈っているのに、与えられないことを悩んでいる人たちがいる一方で、異言の賜物を霊的な賜物として認めない人たちもいる。いずれにしても、異言で話すことは一般的に、見境なくどこでも行っていい行為ではないと考えられている。

私が受けたもう一つの霊的な関わりによる援助は、「内なる癒やし」だった。これは援助を受けるクライアントの人格の弱点を知るための手法を通して、クライアントと牧師などの援助者は、クライアントの心の傷が癒やされるために祈りを捧げる。

まず援助者は、四種類の人のタイプを説明するチャートを用意する。クライアントは、四種類の中から自分がどのタイプに相当するかを探し出す。次に援助者は、各タイプの人々が持ちやすい傾向がある、特定の弱点について説明する。そして二人は、クライアントが持っていると思われる弱点が軽減されていくように祈る。

次のセッションでは、クライアントはこれまでの人生の中で、自分にとって傷つくような悪影響を及ぼした出来事をできるだけ多くリストアップして備えをする。そして、クライアントが他の人に何か悪いことをしていた場合、彼らは自分の誤った行いを告白して罪の赦しを神に祈る。そして彼らは、状況が許すのであれば、彼らによって傷ついたと思われる人たちと和解できるように祈る。

逆のケースの場合は、クライアントは他の人たちからどのように傷つけられたのかを告白し、心の傷の癒やしのために祈る。それから、彼らは自分に何か悪いことをした人たちへの赦しを宣言する。どのようなケースの場合でも、これら全てのことのために祈った後で、出来事をリストアップした紙は燃やしてしまう。

そのような援助こそ、まさに私に必要なものだと感じ、それをした後には私の暗澹とした心が明るくなることを期待した。しかし、状況はあまり変わることはなかった。第一に私は、自分が傷ついた出来事をはっきりと思い出すことができなかった。

私の心の中には非常にたくさんの悪い思い出があったのに違いないが、ある一つの出来事しか思い出すことができなかった。私は子供の頃、メロンが嫌いだったのだが、父は私を捕まえて無理やり私にメロンを食べさせた。父は叫んだ。「何でお前はこんな美味しい果物を食べないんだ！　馬鹿な奴だ！」そして父は、メロンの一切れを食べ終わるまで、スプーンで私の口に繰り返し突っ込んだ。それは、私が八歳くらいの時に起こったことだが、私はリストにその出来事しか書くことができなかった。

私はその援助を受けても、癒やされたという感覚がなかった。癒やされたとしても、その程度が小さくて、自分の変化を感じることができなかったのかもしれない。私は更に何度か同じ援助を受け、自分一人でも同じことをやってみた。しかし私は、「メロン事件」と同じような、幾つかの小さな出来事を思い出しただけだった。

私の状態はまだまだ混沌としていて、自分の問題を具体的な言葉で説明することができなかった。私は「内なる癒やし」の援助を通して、目に見えるような回復に導かれることはなかった。そのような援助を受けるには、時期尚早だったのかもしれない。

「内なる癒やし」だけでなく、他の相談のためにも、牧師はしばしば各教会員と個人的に面会していた。教会員は十数人くらいしかいなかった。私たち一人一人が牧師に面会を頼むこともあれば、牧師に呼び出されることもあった。そういう場合は、牧師が私たちに罪を悔い改めるように諭す場合が多かったと思う。人によって、どういう罪を悔い改めなければならないのかは異なっていたと思われる。

私の場合は、度々牧師に「不信仰」という罪を悔い改めなければならないと言われた。私は自分の心の癒やしに充分な確信を持っていなかったため、私の否定的な態度は変わっていなかった。そのため、私は悲観的な言葉を口にしていたと思う。牧師によれば、私は神に祈ったのだから、私は既に癒やされているのだということだった。癒やされていないと言うならば、それは私の信仰が足りないのだと言われた。こんなふうに責められても、私はその教会以外に、頼りにできるものはなかった。

牧師は、霊的な事柄はクリスチャンにとって極めて重要であり、聖霊以外のいかなる霊とも関係を持たないように注意する必要があると強調した。彼はバースデーケーキのキャンドルを吹き消すことでさえ、私たちの霊性に悪影響があると言った。何が良いのか悪いのか、自分では判断できないと思い、何かの選択に迫られた時は、いつでも牧師に頼るようになってしまった。

数年後、私は牧師というのは、個人的に人々の問題や秘密を聞くという変わった仕事をするものだと感じるようになった。そもそも、その牧師が他の人たちの人生に干渉し過ぎていたのかもしれないが、何の躊躇もなくそのようなことができるのは、悪趣味だと思うようになった。このように感じたのは、私が周囲の人たちのことを客観的に見られるようになったしるしだとも言える。

35 奉仕者

牧師は教会員は皆、神のしもべであり、クリスチャン一人一人が自分の教会のために何かできることがあるはずだとよく言っていた。私はその教会に奉仕することに深く関わっていった。教会員数はそれほど多くなかったため、私たちはできるだけ奉仕するように勧められた。

私は小さな日本語ワープロを持っていたため、まず毎月の月報や伝道用のチラシを作成するようになった。まだ一般的にパソコン時代ではなかった。ワープロで印刷文書を作れる人は、当時はまだ限られていたため、役に立つ技能と言えるものだった。

私はこの奉仕ができることを誇りに思い、こうして他の人たちの役に立つようになったことが嬉しかった。今思うと、それは自分の未熟さによる自己満足だった。しかし、その時は充足感があって、私の心の中の空洞のある部分を満たしているようだった。

教会に奉仕することに初めて疑問を抱いたのは、礼拝堂として使われている家の改装工事の時だった。教会には私を含めて比較的若い独身者が五〜六名いた。教会は復活祭の日曜日に改装工事を計画した。礼拝の後、その教会員たちは改装工事をすることが期待されていた。

家は木造で、改装は二つの部屋の間の壁を打ち壊し、一つの大きな部屋にするというものだった。これは大きな修繕で、このような作業に不慣れな私たちにとっては、大変なことだった。

私は改装工事がうまくいくのかどうか心配で、復活祭の日曜礼拝に出席するのをためらっていたが、私はいつものように教会に行った。二名の若い教会員が礼拝を欠席しており、結局、彼らはその日に現れることはなかった。

改装工事には何時間もかかった。結局、その日には全部終わらず、まだ残りの部分があったが、私たちは午後十一時三十分に解散した。

次の日曜日の礼拝で、前の週に欠席した二名がそれぞれ礼拝堂内で会衆の前に進み出てきた。そして、改装工事に加わらなかったという罪の赦しを会衆に請うた。牧師が彼らに、皆の前で悔い改めるように言ったのかどうかは分からない。

彼らの告白を聞いた時、私は妙な気持ちになった。私が改装工事に参加したのは、もし自分がその日に現れなかったら、他の人たちが私のことをどう思うかと考えると、恐ろしくなったからだ。私は人からの評価を気にしていたのだ。私がその作業に加わった動機は、それだけだった。私は偽善者だった。

欠席した人たちは、正直に自分の本当の気持ちに従っただけなのだろう。しかし、皆の前で自分の「罪」を悔い改めなければならなかった。それ以来、教会のために奉仕することは、特に家族との関わりで時間が取られることが少ない独身者にとって、より逃れられないもののようになっていった。

私がその教会に行き始めてから一年後、私は教会会計の奉仕をすることになった。牧師夫人がその教会会計の奉仕を、他の誰かに引き継がせたかったようだ。私が簿記を勉強したことがあると彼女に言ったかどうかは覚えていないが、彼女は私が簿記の知識があることを知っていた。牧師夫妻は子供が多く、牧師夫人は彼らの世話をするのが大変だから、他の人に会計をしてほしいということだった。

後で分かったことだが、入信して間もない教会員が教会会計をするようなことは、ほとんどない。結局私は、牧師夫人からその働きを押し付けられたのだと思う。私はまだ従順で、自己満足を得るために、もっと色々な役割を果たしたいと願ってしまう弱点を抱えていた。

会計の働きは継続的な役割で、奉仕者が作業を怠ることは許されなかった。私は自分の精神状態が悪化して、もうその奉仕ができなくなるまでそれを続けた。

私が会計を引き継いでからしばらくして、別の女性が毎月の月報を作るという私の役割を引き継いでくれた。私は引き継いでくれた彼女に感謝した。しかし同時に、多少の喪失感もあった。後になって考えてみると、会計作業と同時に月報も作っていたら、とても困難な状態になっていたに違いない。当時私は、もっと色々なことをやって、自分の欲求を満たしたいという思いに突き動かされがちだった。

私は時折、教会会計の働きをしていると、感情的に揺れることがあった。日曜日の昼食後に会計をするため、私は一人、小さな部屋で作業をすることになる。その間、他の人たちはまだ礼拝堂にいて、互いにおしゃべりをしているのだった。

自分が家や学校など、色々な場所で孤独だったことを思い出した。まるで悪魔が私をあざ笑い、「ほら、見てごらん！　お前はいつも孤独で友達がいない！　ハハハ！」と言っているようだった。その声は、父の声によく似ていた。

小銭を数えるのに時間がかかった。そのため、私は作業を楽にするために小銭を種類別により分ける、コインセレクターという道具を買った。私はその道具で作業効率が上がることを期待していたが、小銭は所定の場所に落ちる前に、途中で引っ掛かることが多かった。更に、小銭が落ちる時の音が不快に感じられた。私はその道具の使用を止めてしまった。結局、手で小銭を数える方が楽だった。

私がそれを使わなくなってしばらくした頃、牧師夫人が私に電話をかけてきた。彼女は私に対して苛立っている様子で、何が起きたのかを話し始めた。教会をある家族が客として訪れ、彼らは私が会計作業をしている部屋に泊まった。彼らはそこで玩具のようなものを見つけ、それが彼らの子供たちのためのお土産なのかどうかを牧師夫人に尋ねたという。

牧師夫人はその道具のことを知らなかったため、それが何であるのか確認するために私に電話をかけてきたのだ。私は彼女に、それは私が会計作業のために買った、小銭を選別するための道具だと言った。すると彼女は、私がまだそれを使っているのかどうか聞いてきた。私はもうそれを使っていないと答えると、牧師夫人は声を荒げて言った。「なぜあなたは教会のリーダーに相談せずに、そんな役に立たないものを買ったの？　許可もなく何かを買うなんていうことは、全く許されることではないんだから！」

私はそれを買った理由を説明し、それがあまり高価ではなくて、普通の食堂で食べるランチの値段ぐらいであることを言いたかったのだと思う。それが道具の性能が悪かった理由かもしれない。

しかし私は、自責の念、孤独感、報酬もないのに時間のかかる会計作業に対する不公平感、そして牧師夫人に対する怒りなど、色々と感じている思いに圧倒されてしまった。私の未熟な心と頭はそれらの否定的な考えでいっぱいになり、牧師夫人に何も釈明することができなかった。私はただ黙り込み、不機嫌になった。

次第に私は、牧師夫妻との人間関係が難しいものだと思うようになった。教会員はできる限り、教会に奉仕するよう期待されていた。夫妻はクリスチャンは皆、既に神から祝福を受けているのだから、そのお返しに教会で充分に奉仕することができると信じているようだった。

しかし、現実はそのようにうまくいくものではなかった。その教会での奉仕で欠かせなかったのは、牧師夫妻の子供たちの世話や、食事の準備や家事など、牧師家庭を手伝うことだった。

私は牧師夫妻に、子供の世話をするのは苦手だと話しておいた。普通は、子供好きな他の女性たちが子供の世話をしていた。その人たちが都合の悪い時は、私も子供たちの世話をするように頼まれることがあった。

ある意味、牧師夫人は牧師よりも強かったかもしれない。彼女は意志が強固で、自信に満ち溢れているように見えた。牧師がそうであったように、彼女も度々、教会員に「より良いクリスチャン」になるよう説得しようとした。

ある時、牧師夫人は唐突に、私が自分の弱さを克服するためには、神を信頼しなければならないと私に語った。そうすれば、私が自分の自己憐憫に囚われることなく、速やかに問題を乗り越えていけると彼女は諭した。その時の状況を私はよく覚えていないが、私が何か否定的な言い方をしたことで彼女が反応し、私をたしなめたのだと思う。

私はその時、買い物の帰り道で、何かをするために教会に立ち寄ったのだが、長時間留まるつもりではなかった。私の買い物袋には、冷凍食品も入っていた。牧師夫人が私をたしなめている間、私は冷凍食品が溶けないかどうか心配だったが、そのことを彼女に言うことはできなかった。夏ではなかったため、冷凍食品は何とか無事だった。

牧師夫人の言葉は理屈に合うように思えたが、私は言われた通りになるために、どうしたらよいか分からなかった。私はまた、神の大切な言葉を学んでいるにもかかわらず、自分が変わることができないでいることに、自責の念を抱いた。私は彼女の理にかなった主張に対して、何も言うことができなかった。

牧師夫人は人とよく議論することがあり、人を自分の要求に従うように動かしていくのが得意だった。何人かの教会員は異口同音に、彼女の巧妙な説得力のため、彼女の要求を断ることができないと言っていた。私もその人たちと同じ気持ちだった。私たちは牧師夫人に対して感じたことを、直接言うのを躊躇していた。牧師は度々私たちに、教会の指導者たちを自分たちに対して権威を持つ者として、敬意を払わなければならないと言っていたからだ。

牧師夫妻の末の子が生まれて以降、奉仕する人たちの状況は、益々せわしないものになっていった。日曜日の礼拝の後の状態は、制御不能のようになった。私もその内の一人だったが、昼食の準備、昼食、台所の片付けの時間には、従順な女性たちが、とても忙しく動いていた。同じ時には、牧師夫妻の子供たちと何人かの若い男性たちが、ふざけ合って騒いでいた。

私たちの教会生活は穏やかなものではなかった。落ち着きを保つことは難しかった。私が対処できるのは、いつもその時々にしなければならないことに集中しようとするぐらいのことだった。毎週日曜日は、疲労を感じて終わっていた。私は「真面目なクリスチャン」のように見えていたかもしれないが、日毎の祈りや聖書を読む習慣などは、身に付けることができていなかった。

他の教会員の人たちも、落ち着かない状況にうんざりしていた。ある若い女性は牧師夫人に言った。夫人はいつも何の躊躇もなく、彼女に何かをするように頼んでくるけれども、夫人の要求を断るのは難しいと訴えたのだ。少し年配の主婦の人二名も含めて、私たちは牧師夫人に対して、皆同じような感情を持っていた。主婦の人たちは度々、平日に牧師夫人の家事を手伝っていたのだ。

私たち、教会での奉仕に疲れた女性たちは、牧師夫妻と教会での奉仕について、私たちが感じていることを話してみることにした。私たちは皆、教会で何かをすることに忙しく、神に仕える喜びを失っていた。牧師夫妻は私たちの話に耳を傾け、状況を変える必要があると言った。それから、夫妻は私たちに謝罪した。その夜、牧師とその家族は、他の人が手伝うこともなく、なす術がなかったようだ。

しかし、私たちの話し合いの直後に、驚くようなことがあった。私とほぼ同年代の女性が突然、おもに牧師家庭のために奉仕する献身者として、教会スタッフになることを宣言したのだ。牧師は、会衆の前で彼女の頭に手を置いて、彼女の献身のために祈った。

彼女は教会の奉仕が軽減されるように、牧師夫妻と話し合った人たちのうちの一人だった。私は彼女が教会の献身者になりたいという願望を持っていること、そして子供たちの世話をするのが好きだということは知っていた。しかし、それでも、献身者としてその教会に奉仕するということは、大きな挑戦だと感じた。

私はその教会スタッフになった女性と一緒に過ごすことが多かった。私たち二人は三十代前半で、祈禱会に出席し教会で奉仕をしていた。ある時期、私は自分と彼女のために、夕食を作っていた。祈禱会の前に、私たちは教会で一緒に食事をするようになった。私は自分の食事の準備をする必要があったため、彼女の分も作ることを申し出た。食材を倍にすればいいことで、さほどの問題ではなかった。

　私は彼女とともに過ごすことも多く、彼女に対して良い人でいようとしていたが、彼女に対して妙な感情を持っていた。その時は、感じたことを言語化できなかった。しかし私は、私と彼女の間に起こることを「預言」していた。その時の私は、彼女との間の親密な関係を終わらせるだけの勇気と力がないと思っていた。しかし将来、その時が来たらもう彼女と仲良くすることはないだろうという確信があった。私は無意識のうちに、彼女は全ての人から良く思われたいのだと感じていたと思う。彼女は多くの人たちから称賛されたいという、隠れた欲望を持っているような気もしていたと思う。

　彼女の奉仕は牧師家族と深く関わっていて、その奉仕は教会の献身者としての訓練の意味もあったようだ。初めのうちは、彼女はやる気に溢れているようだった。しかしその後、彼女の状態は悪化していった。彼女と牧師家族の間には、何か問題が起きているようだった。私は牧師夫人が彼女に厳し過ぎるのか、それとも彼女が牧師夫人の言うことに従わないのかなどと思った。実際は、彼らの間で何が起こっているのか分からなかったが、彼女が牧師家族に奉仕するスタッフになった後、何かがうまくいかなくなっていることは明らかだった。

　一方で、私の状態も悪化していた。私はまだ、自己実現していくために具体的に何かを追求する状態ではなかった。私にできることは、他の人たちが私に言ったことに従うことだけだった。教会スタッフになった彼女のような比較的若い人たちは、クリスチャンとして思い描く未来（ビジョン）、例えば宣教師やクリスチャン・カウンセラーになることなどを、他の人たちにも語っていた。私は自分の将来に何も思い描くことができず、「ビジョン」という言葉が好きではなかった。

　牧師は時々、私たち一人一人に、どういうビジョンを持っているのかと尋ねることがあった。私は何も答えることができなかった。自分が普通の平均的な人間になれたら幸せなのだろうといつも思っていた。私の自分の将来に対するイメージは曖昧で、これといった具体的なものはなかった。私の将来に対する思いは、幼い頃から全く変わっていなかった。

私はいつも自分に対して権威を持つ人たちに従順であったか、少なくとも従順である振りをしていた。その教会でも、私の態度は変わらなかった。私は自分の自主性を育てる方法が分からず、自分はただ他人に利用されているだけだと感じていた。私のささやかな簿記の知識さえも、ひどく搾取されているように思えた。私は侘しさを感じ、神が私の将来に、自己実現の希望を持てるように助けてくださるかどうか疑問に思った。私はそれについて、確信を持つことができなかった。

ある日曜日の礼拝の時、私は無力感に苛まれて泣いていた。私は自分がロボットのようだと感じていた。それもＡＩロボットではなく、他の誰かによって完全に制御されている従来型のロボットのようだということだ。その礼拝の後、牧師夫人が笑顔で私のところにやって来て言った。「イエス様から、あなたにメッセージが届いているわ。彼はあなたをとても、とても愛しているって」、「そうでしょうとも！」私は心の中で叫んだ。彼女は明らかに芝居がかった演出をして、私に取り入ろうとしているようだった。その瞬間、私の中の何かがプツンと切れた。

それまでは、牧師や牧師夫人に対して否定的な思いを抱くと、いつも自分の側に何か問題があるのだと思っていた。私が彼らに対して感じている全ての批判は、自分の不従順のせいだと信じていた。だから、間違っているのは私の方で、彼らが非難されるべきではないのだと思っていた。

私はまだ、自分の方に非があるという気持ちは払拭できないでいたが、牧師と牧師夫人に対する私の反抗心は、その時、かなり大きくなった。私はアルバイトの仕事をしていて、職場でも責任がある立場ではなかった。実際、私を含めて四〜五名のおもな奉仕者がその教会にいたが、私たち全員が正規雇用の労働者ではなかった。

ある時、私は牧師に尋ねたことがある。もし教会に来ている人たちが社会の中でそれなりの立場のある仕事をしていないと、人々に良い印象を与えられないのではないかと聞いてみた。牧師は答えた。「心配しないで。

全ての教会の奉仕者は、あなたと同じだよ」本当なのかどうか、疑問は残った。

牧師の意見はともかく、私が必要以上に利用されているとするならば、正社員などの本格的な仕事に就いていないからだと思った。もし正規の仕事に就いたら、教会の奉仕をするための充分な時間はなくなるはずだと考えた。私はもっと責任が要求される仕事を探し始めた。

その頃、私は家庭で子供に英語を指導する教室を運営する会社から手紙を貰った。それは英語の指導者になるための情報だった。手紙を受け取ってしばらくして、その会社の人から電話がかかってきた。彼は私に、その仕事の説明会に来ることを勧めた。私は子供が苦手なため、そういうことには興味がなかった。自分が幼稚園や学校に行っていた時に、他の子供たちと打ち解けなかったし、大人になってからも、子供たちから見下されていると感じることがあった。しかし、説明会に出席するだけなら悪いことはないと思い、出掛けて行った。

数日後再び、その会社から電話があった。その担当者は、説明会でのテストの点数が高かったと私に言った。そしてもう一度、私が指導者になることを勧めた。私はまだそのつもりはなかったが、気が変わったら改めて連絡すると答えた。

海外から帰国後、英語関係の仕事に就きたかったが、大人向けの英語講師のような仕事に就くのは困難だった。再度、仕事について真剣に考え始めた。英語の専門家になりたいと思うのならば、不確実性があっても、今、可能なものから始めてみようという気持ちになった。短期間で私の考えはすっかり変わり、英語指導者になるために、その会社と契約を結んだ。

36
見せかけ

自宅で英語教室を開くためには、色々な準備が必要だった。家でその仕事をするには、両親の協力も必要とした。私と両親の関係は膠着状態が続き、良い関係ではなかった。しかし私は、彼らとの関係を改善しなければならないと感じていた。それには、別の理由もあった。

キリスト教会では、モーセの十戒を学ぶ。その中には、両親を敬わなければならないという教えがある。それに対して、私は複雑な思いを抱いていた。実際に私は、両親を赦し、愛し、尊敬しなければならないと言われていた。

牧師は、私たちは無条件に、全ての人を赦さなければならないと主張した。私は両親を赦すことに問題を抱えていたが、どうしたらよいか、分からなかった。

ある日曜日の礼拝で、牧師は奇妙な儀式のようなものを行った。彼は突然、「罪の悔い改め」を始めた。「ああ、主よ！　私を憐れんでください！　私が全ての罪から悔い改めることができますように！　私の汚れを聖めてください！　主よ、どうか助けてください！」彼はひざまずいて、叫んだ。それは、彼からの当て擦りのようにも思えた。「あなた方よ！　私は率先して、自分の罪を謙虚に悔い改めているのだ。あなた方も、自分の恐ろしい罪を悔い改めなさいよ」こんなふうに言われているような気がした。

この儀式に対する私たち会衆の反応は、よく覚えていないが、牧師に倣って同じように罪を悔い改めた人もいたような気がする。私は、「ドラマチックな悔い改めのパフォーマンス」の力に圧倒されてしまった。私だけが牧師の当て擦りの対象だったわけではないと思うが、「両親を赦さない」という自分の罪のせいで心が痛み、礼拝中は泣いていた。

これがあったのは、私が英語教室を始める少し前だったと思う。今振り返ると、私はあのような悔い改めの示威行為については、疑問を感じている。しかし当時、私はまだ愛と赦しに満ちた、良いクリスチャンになりたいと思っていた。少なくとも、自分がそういう人らしく見えることを願っていた。また、周囲の状況を客観的に観察する能力も欠如していた。

英語教室を開くに当たり、自分の部屋を教室として使うために、父の許可を得る必要があった。私が両親に頼っていけば、私と両親の関係は良くなるのではないかと思った。それは両親との和解のための良い兆候のようであったが、同時に私の牧師夫妻に対する反抗心は、大きくなっていた。

父は私が部屋で教室を開くことを許可し、母もそれに従った。両親は、私が手伝ってほしい時に、看板を作ったり、クリスマスイベントのお菓子を袋詰めすることなどを手伝ってくれた。私は良い娘の振りをしていた。そして両親も、良い親の振りをしていたのだと思う。

私たちの関係は、感情的になることを避けて、事務的なものになっていた。無意識に私は、両親との間のトラブルを避けるために、彼らとの間に、ある程度の距離を保つようにしていたと思う。私は彼らに対して、良い人であろうと努力していたが、ぼんやりと私たちの間には大きな壁があると感じていた。

約三年間、私は偽りの自分を演じていた。両親もそうだったと思う。その三年間だけ、両親と私は、ままごとをするように、普通の家族の振りをしていた。

本当の自分ではない自分になろうとするのは、良いことではなかった。どうやって、そのような芸当ができたのだろうと思う。良い娘のように振る舞うばかりでなく、子供が好きな教師の振りをして、自分の抱えている矛盾に気付くことなく、別の人のようになるために、一生懸命努力していた。

英語教室を開いた最初の年、私はかなりのストレスを感じていた。新しくできた英語教室の広告のために、私は近隣の家々の郵便受けに何千枚ものチラシを配布し、教室のポスターを貼らせてもらえる場所を町の中に探した。

私の英語教室は、運営会社の支援も受けて、二十名近くの生徒が集まり始まった。クラスの設定もひと仕事だった。クラスを作るのに、各生徒の年齢と教室に来られる可能な曜日を考慮する必要があった。あるクラスは、近くの小学校の同じクラスの生徒五名で始まり、別のクラスは一名の生徒でスタートした。平日三日間で、全部で五クラスほどの授業をすることになった。

生徒数が多く、収益が多く期待できるクラスを指導するのは、簡単ではなかった。クラスのメンバーは皆、仲が良く、騒いで楽しんでいた。それは学級崩壊のようだった。私は生徒に見下されていた。それに、クラスを効果的に導く能力が不足していた。その他のクラスの状況も、一番大きなクラスとあまり変わらなかったと思う。

自分の自信のなさに加えて、普通の無邪気な子供たちと付き合った経験の少なさも影響していたのだろう。子供たちの保護者、主に母親たちとの付き合いにも困難を感じた。私は年齢や性別にかかわらず、人との付き合いが苦手だった。私に失望している保護者もいたと思う。しかし私は、あまりにも無力で、もっと良い指導者になることができなかった。

教室を始めたのとほぼ同時期に、私は小さな商社の通信文書を扱う係としてアルバイトを始めた。教室の生徒数に応じて、変動しやすい収入を補うために副業に就くことができたのは幸いだった。自分の英語ライティングスキルも活かすことができた。その会社が新たにその係の正社員を雇うまで、教室を開いてから最初の二年間、私はその仕事をしていた。

この仕事は、私のストレス解消のために役立ったような気がする。それとともに、すり鉢とすり粉木で落花生を挽いてピーナッツバターを作ることも、ストレス解消に役立った。自分の英語教室の運営に関わるプレッシャーに、どうやって耐えていたのか、今でも不思議に思う。恐らく、多くの弱点はあったものの、私はまだ若くてエネルギーがあったのだろう。

英語教室を開く直前に、ある東北地方のキリスト教会が主催するカウンセリングセミナーに参加した。そのセミナーで学んだことは、私にとって非常に目新しいもので、すっかり魅了されてしまった。参加者は、私たち一人一人が非常に貴い存在であるということ、また、誰でもその人ならではの素晴らしい人生を送ることができるということを学んだ。簡単な心理療法、人の性格のタイプ、セルフイメージを改善する方法などの講義もあった。

講師の先生たちは、決して否定的な言葉を発することがなかった。先生たちは、私たち一人一人が神の作品であって、私たちの過去にどんなことがあったとしても、誰もが非常に貴い存在であるため、期待する以上に、私たちの傷が祝福に変わっていくのだと強調した。

そのセミナーは三日間のセッションだった。その三日の間、私は天国に住んでいるように感じた。楽園から戻った後、私は普段の日常生活に戻り、何かが変化することもなかった。しかし、セミナーで体験したことは、しっかりと心に残った。

その頃、ある人が私たちの教会に加わった。彼女は、ある宣教団体のクリスチャン弟子訓練プログラムを修了したばかりの若い女性だった。牧師は、訓練を受けた若い女性を教会に受け入れることを喜んでいた。私も、他の教会の人たちも、彼女が私たちの教会で、良い働きをしてくれることを期待していた。初めて彼女に会った時、私は彼女に「恋をして」しまったような気がした。彼女は慎み深く、穏やかに見えた。

受講したカウンセリングセミナーで、精神分析に基づいた人のタイプに関する講義があった。その理論によると、人には一歳未満のタイプ、一歳のタイプ、二歳のタイプの三種類があるという。私たちは講義の中で、参加者一人一人がどのタイプに属しているかを知るために、質問票の回答に取り組んだ。

私は、典型的な一歳未満のタイプのようだということが分かった。そのタイプは弱々しく、無力で、無防備な傾向を持ち、それは、私が持っていたくないと思う性格の傾向だった。しかし私は、それらの傾向を持っていることを認めなければならなかった。誰でも、どんなタイプも素晴らしいと学んだからこそ、ある程度自分を受け入れることができたと思う。また、子供の頃からそれまでに度々感じてきた、哀れを誘うような自分の状態に心を動かされたようだった。私は自分の中の小さな子供のような部分に対して、少し前向きな気持ちになった。そして、私はその若い女性に出会うことになったのだ。

ほとんど意識することもなく、彼女が周囲にいる時は、私はまるで小さな子供のように振る舞い始めた。その子は長い間放置されてきた自分の一部のようなもので、突然、目を覚まして立ち上がったようだった。私は子供っぽい声で彼女に言った。「あなたのことが、好きになっちゃったの！　幼稚園の先生みたいなんだもん！」私は四歳か五歳の子供のように駄々をこね、分別がなくなり、小さなことで彼女に絡んだりした。私は、好きな大人にまつわり付く小さな子供のように、彼女に依存した。

私は彼女に、私を「お姉さま」と呼ばせた。私は彼女に文句を言った。「本当はお姉さまのことを、変な人だと思ってるんでしょう？　でも、あなたはズルいから正直に言わないんだよね」私は彼女に「ヒヨコ」というニックネームを付けた。彼女は、その奇妙な名前で呼ばれることを許し、退行して子供のようになった年長者である私の保護者になったように扱われることも、受け入れてくれた。

ヒヨコと一緒にいた時に、私はいつも子供のように振る舞っていたわけではない。退行して良いかどうかは、その度に慎重に判断していた。自分の本能が働いていたと思う。私は彼女に過度に依存しているため、彼女に嫌われたくなかった。私は彼女に傘をあげたり、昼食やアイスクリームをおごったりした。私は自分より若い人に、物をあげたり食事をおごったりしたことはなかった。私はその時、優越感に浸り、いい気持ちになっていた。

ヒヨコが私から何かを貰うのをためらった時、私は彼女に言った。「あなたは、お姉さまの言うことが聞けないのか！」私の態度は偉そうだった。自分の知らなかった性質が、普通ではない状態の下で、現れたようだった。

私は、自分の自我状態が変化する瞬間を自覚していた。退行した状態は一定時間続き、その後、ヒヨコより十歳ほど年上の普通の自分に戻るのだった。今も私は、自我状態が変化してしまうような精神の防衛機制の働きは、不思議なものだと思う。

多重人格について、少し学んだことがある。多重人格を持つと言われる人たちは、本来の人格から別の人格に変わっている間に、何が起こっていたのか覚えていないと言う。私は、退行している間に何が起こったのか覚えていたが、その間は、まるで別人になったようだった。その自分は気持ちが楽になり、のんびりしていた。

当時、私はストレスを感じ、しばしば吃音になることがあった。しかし、退行している間は、私はどもることはなかった。知らない間に防衛機制の働きにより、私は緊張状態からストレスのない状態に、自分を置こうとしていたようだ。

私の奇妙な行動に対する教会の人たちの反応は様々だった。中には私をからかい、ヒヨコと一緒になって私を小さな子供のように扱った人もいれば、私の奇妙な行動を止めさせようとした人もいた。その時の私については、説明することは難しいが、そうならざるを得ない状態だったと思う。しかしその教会は、問題を抱えて混沌とした状況にある人間にとって、安全な場所ではなかった。

37 教会での苦しみ

ある日曜日の夕方、私はいつものように教会で忙しい時間を過ごした後、帰宅した。数時間後、家の電話が鳴った。その電話は、少し前に結婚した、ある男性教会員からのものだった。彼は私に、どうしても個人的に話したいことがあるから、今、直接私に会う必要があると主張した。

私は彼の言うことに何の疑いも持たず、外に出て、彼が近くの道路に駐車した車の中で私を待っているのを見つけた。彼は私が隣の助手席に座るように言ったが、私は後部座席に座った。私たちの牧師は、夫婦以外は男性と女性が隣同士に座ってはいけないとよく言っていた。私はその牧師の言葉にただ従った。

車が走り始めた。しばらくの間その男は、私が教会でよく奉仕しているなどと、お世辞を言っていたが、次第にその話が変になってきた。男の妻は妊娠していて、家族が増えようとしていた時だった。男が何を言ったかは、よく覚えていないが、将来の苦労や重圧を想定して、泣き言を言っていたのだと思う。そして、男は車を停めた。

そこは、河川敷だった。突然、男は運転席の背もたれを越えて私に近づき、私の顔を押さえて唇にキスをしてきた。それから奴は、私の服を剝ぎ取ろうとした。私は非常に驚いて、「神様、助けて!!」と叫んだ。間もなく男は正気に戻ったようで、たった今行った悪事について、私に謝罪した。私はなるだけ早く家に帰りたかった。既に午後九時か十時を過ぎていて、遅い時間になっていた。

男はもうしばらく運転し、自分を落ち着かせようとしているようだった。私は男と二人きりで、車内に詰め込まれているという状況だった。そのため、予測できないことが起きるのを恐れて、できるだけ早く私の家の近くに私を降ろしてほしいと言うことができなかった。それを言うことさえ恐ろしかったのだ。時間が長く感じられたが、遂に車は私の家の近くの道路に戻った。

男と別れる時、私は男に、その日の出来事については、誰にも話さないと言った。しかし、しばらくして私は、他の誰かに話す時は、事前に知らせると訂正した。私はまだ、愚かなほどにお人好しだった。しかし、自分の言ったことを訂正することができたのは幸いだった。

翌日、私は職場にいる男に電話をかけた。そして私は、前日に起こったことを牧師に話すと主張した。なぜなら私は、教会員の間に悪霊が働くことを恐れたからだ。男はもう逃れることができないと悟ったようで、私が牧師に話す前に、男が自分で牧師に電話をして、前の晩に何が起こったのかを話したという。

男と妊娠中の妻、そして私の三人は、月曜日の夜に教会に呼び出された。まず、その夫婦が起こったことについて質問を受けて、その後、私も別途質問を受けた。

その時、教会には別の牧師もいた。教会は彼を協力牧師として招へいし、主任牧師と一緒に教会の働きをすることを期待されていた。小さな教会だったため、本当に別の牧師が、元からいる牧師と一緒に働くために来るのだろうかと思われていた。しかし、しばらく前に、協力牧師は彼の新しい働きの場所に着任していた。そのため私は、牧師、牧師夫人、協力牧師から質問を受けた。

この三人は、これより前の夫婦への質問を通して、出来事の概要を既に知っていた。私は出来事について、もう少し話を付け加えるくらいだった。そして、男は私より年下だったが、教会で先輩格だった教会員の一人として、男を信頼していたと付け加えた。

今思うと、私は愚かなほど世間知らずだった。事件の起きたその日曜日、男は遅くまで教会にいた。男は陽気な感じで、私たちに冗談を言ったりしていた。当時では珍しいことだった。私が教会に行くようになった頃、男はリーダー的な存在だった。その後、男の信仰がかなり後退したようだったが、そんな中、男は彼と結婚することを望んでいた純情なクリスチャン女性と結婚した。

夫婦は日曜日の礼拝には来ていたが、夫は教会のことに関与するのをなるべく避けていた。夫婦は通常、他の人たちと昼食をとることなく、礼拝の後はすぐに帰っていた。

その日曜日、男の行動は異常なほど愛想が良かった。男が私の腰に馴れ馴れしく触れたため、私は男に「そんなことしないで！」と言った。しかし私は、そのことを完全に忘れてしまっていた。あの出来事の後、男が教会で既におかしなことをしていたのを思い出すのに、しばらく時間がかかった。私はもっと注意する必要があったが、そうすることができなかった。私は、父の態度を通して、男性の心の闇を知っていた。しかし私は、人の心の闇が社会の中で、具体的にどのように現れるのか、想像することができなかった。私の常識は、欠落していた。

それでも私は、男のしてはならない行為の犠牲者であると信じていて、教会の指導者たちに慰められることを期待していた。しかし、私が期待したような展開にはならなかった。彼らは私が苦い経験をしたことは認めたが、牧師は、私がその頃、子供のように振る舞っていたことで、私を非難した。そして牧師は、男が私を犯そうとしたのは、私の奇妙な行動によって誘惑されたからだと結論付けた。だから、私も自分が教会でおかしな振る舞いをしたことを、悔い改めなければならないと言った。

牧師夫人と協力牧師は、牧師に同意しているようだった。牧師夫人は繰り返し首を縦に振って、心の中で「そうよね、そうよね」と言っているようだった。その時の彼女の様子は、決して忘れることはできない。私は、自分の味方は誰もいないということに、気付いていたと思う。

私への質問が終わってから、夫婦が加わって、私、男、その妻は、各々自分の良くない行いを告白し、お互いに赦しを宣言した。その後、協力牧師は私たちのために祈った。男の妻はずっと泣いていた。彼女も何か牧師に責められたことがあったのかどうかは分からない。しかし彼女は、打ちのめされた状態だったと思う。

このような場合は、普通、指導者に従うことしかできないと思う。しかし、問題は複雑で、速やかに解決できるようなものではない。

牧師は度々、口で告白することにより、私たちの心が変わり、精神的な解放に導かれると言っていた。たとえ告白する言葉が、私たちの感情に添うものでなかったとしても、告白した後には、私たちは罪から解放されるというのだ。

私は牧師の言うことに従うほかなかった。私は教会で子供のように振る舞ったという、誤ったことをしたと認めなければならなかった。そして私は、その状況に合うように言葉を並べて告白した。しかし後になって、私は自分の罪を告白している間、私の本心とは一致しない、偽善的な言葉を発していたことに気付いた。その時ばかりでなく、いつでも、私がうわべだけの告白をしても、精神的な解放につながったことはなかった。

また、自分が被害者であると信じていたにもかかわらず、教会の指導者たちから、自分自身も罪を悔い改めなければならない罪人として裁かれたことに対する不快な感情を押し殺していた。私のような世間知らずな人間にとって、あのようなひどい出来事が教会で容易に起きるなどということは、想像もできないことだった。一般的に教会は、そういうことが最も起こりそうにない場所だと考えられていると思う。

協力牧師は、ストレスを和らげることができるように、いつか自然の豊かな場所へ行って、一緒に祈ろうと男に言った。その協力牧師の言葉が、男に対して非常に優しく聞こえたため、私は不快に感じた。

他にも不快感を持ったことがあった。教会の指導者たちは、罰として夫婦が次の聖餐式（パンとぶどう酒、またはぶどうジュースを会衆で分けて飲食する儀式）に参加することを禁じると、私たちに言った。私は儀式に参加するのが相応しいかどうか、自分の状況を考えて決めるように言われた。

その聖餐式が行われた日曜日、私は参加を控えたものの、夫婦は儀式に参加した。私は驚いて礼拝の後、なぜ彼らが聖餐式に参加したのか、牧師に尋ねた。牧師は、協力牧師が罰が厳し過ぎると考え直したため、夫婦は参加を許されたのだと私に言った。

牧師は、私がそのことを知らされなかったことに不満があるのを知って、前もってその変更について、私に知らせなかったのは、申し訳なかったと言った。私の本心は、牧師になぜ事前に変更したことを知らせてくれなかったのか、理由を聞きたかったのだと思う。しかし当時は力が足りず、いつものように、聞きたかった言葉を呑み込んでしまった。そして、牧師にもう一押し聞けなかったことを後悔した。もっとも、牧師は他者への配慮が欠けていただけの話なのかもしれない。

その頃私は、あるキリスト教の集会に出席する予定だった。牧師たちは、自分の過ちを悔い改める必要がある時に、知らない場所に行ったりするのは良いことではないと私に言った。私は彼らの言い分に釈然としなかったが、自分の気持ちを抑えて、彼らの忠告に従った。私は集会への参加をキャンセルしたが、開催日が近づいていたため、参加費は返金されなかった。

教会には、同じように直前になってその集会への参加をキャンセルした人が、他に二名いた。そのうちの一人は、海外からの留学生だった。留学生のそのような費用は、教会が負担することになっていて、それは教会の方針だということだった。私はそれを聞いて驚いたが、牧師はいつも外国人を大切にしていたため、ある意味、理にかなっていることだった。

もう一人は、本人が本当に参加できるかどうかを確認せずに、牧師がその人に代わって参加申し込みをしたということだった。牧師は、それは彼の手違いのため、牧師がその費用を支払うと私に言った。

私だけが、費用の負担をしなければならなかった。それは大きな出費ではなく、安価なビジネスホテルで一泊するくらいのものだった。それでもまだ自分がその出費に関してこだわりがあるとしたら、大人気ない態度だと感じる一方で、嫌な出来事に加えて、費用の負担を私だけがしなければならなかったことが不愉快だった。

私は、それまで以上に感情的になった。教会の指導者たちが近くにいると、私は不機嫌になっていたと思う。

そのため、彼らは再び私を呼び出して、私の状態を尋ねた。牧師と協力牧師がそこにいた。私は、嫌な出来事の後、被害者としてきちんと扱われなかったと感じた気持ちについて、辛うじて少し話したような気がする。牧師は、私が参加できなかった集会の費用を支払わなければならなくなった時に、彼が私に、何か気に障ることをしたかどうか、私に尋ねた。そして、もしそうなら、彼は私に謝罪すると言った。牧師がこのように他人に譲歩することは、めったになかった。協力牧師が牧師に、私を落ち着かせるためにどうすればいいか、アドバイスをしたのかもしれない。支払った費用について気が済んだわけではなかったが、これ以上、執着するのは無意味だと思った。

また、私が行けなかった集会は、内容が難しいもののようだった。参加した人から、その概要を聞いた。講師の先生は祈りの重要性を強調し、神が毎日私たち一人一人に語られることを、正確に書き残していくことが必要だと語ったという。当時、私は毎日の祈りの習慣さえ身に付いていなかった。そのような教えに従うことができないのは、明らかだった。

誰でも参加できる集会だと言われていたが、実際は、おもに教会の指導者やスタッフ向けのようだった。とにかくその集会は、私が参加するようなものではなくて、行く必要もなかったと思った。

当時一番辛かったのは、誰にもあの出来事のことを言えないことだった。もちろん、当事者たちは、そのことについて話すことを禁じられていた。教会員の人たちの中には、私がいつもと違い、何かおかしいと気付いて、私を励まそうとする人もいた。しかし私は、その人たちに作り笑いをすることしかできなかった。

その時の孤独は、私が父からひどい仕打ちを受けた時の寂しさと似ていた。しっかりと理性を保っていないと、自分が電車の前に飛び込んで、自殺するのではないかという気がした。そのため私は、駅のホームの中央の部分を、気をつけて歩くようにしていた。

私はいつものように仕事に出掛け、子供たちに英語を教えた。落ち込んでいる間に、他にやることがあったのは幸いだった。何か他のことに集中しなければならない時に、嘆く余地はない。自分の痛みをあまり注視しないようにして、先のことは考えずに、日々を過ごした。

しかし、更に悪いことに、教会である出来事があった。私と年齢が近い教会スタッフになった女性が、突然、他教会の男性と婚約したのだ。牧師家族に奉仕する働きを免除された後、彼女は明るくなり、彼女が以前行っていた教会で一緒だった男性と再会したからだ。

以前の働きから解放された後も、彼女はまだ教会スタッフだった。教会の指導者たちはあの嫌な出来事の後、彼女に私と一緒に教会会計を担当するように指示した。

それ以来、私は会計作業をしている間、彼女に対して苛立つことがあった。その理由の一つは、私の精神状態が悪かったことであり、もう一つの問題は、お互いの相性が悪かったのだと思う。彼女は、私が次にやる事を指示する前に、何か先走ってやろうとしていた。すると私たちは、前の作業に戻らなければならなくなるのだった。

私は教会で起こっている全てのことに、不満を感じているような状態だったため、彼女にも怒りを表していたと思う。時々私は、彼女に厳しい言葉を発していた。すると彼女は私に、「あなたの気持ちが荒れていても、あなたを愛しているからね」というふうに答えた。そう言われると、私は更に苛立った。

ある日私は、彼女にもうすぐ結婚するのかどうか、尋ねた。彼女はそれを否定し、結婚の予定などはないと言った。しかし、少なくともその頃には、彼女の結婚話はかなり進んでいたに違いないと思われる。

実は私は、彼女がある男性と久し振りに再会するという場面を見ていた。彼は思いがけずその教会を訪れ、彼女に再会したのだった。私たち二人が礼拝後に会計の作業をしていた時だった。彼はまだ教会にいて、興味深そうに彼女の教会生活について、色々と尋ねていた。私は、私たちの作業が邪魔されているように感じた。

その後しばらくした頃に、彼女とその男性との婚約が発表されたのだった。私は頭を鉄の棒で殴られたような気がした。私はその日一日じゅう、ずっと項垂れていたと思う。彼女は私のところに来て、結婚について本当のことを私に言わなかったことを謝罪するとともに、言い訳もした。教会では、いつでも他の人に本当のことを言えるわけではないと彼女は主張した。

そうでしょうとも！　私だって、自分の苦しい状況について誰にも言えないために、大きな問題を抱えていたのだ。本当のことを言えないというのはよくあることで、普通は大人にわざわざ説明するようなことではないだろう。

彼女は、その日に婚約発表をすることになった経緯について、私に話した。私は彼女が何か子供をなだめるような言い方をしているように感じた。それは、私が教会で子供のように振る舞っていたこととは関係が無い。私は、彼女に見下されているような気がした。彼女にどう答えたのか、覚えていない。

その日、私の落胆はピークに達した。しかし私は、静かに耐え忍ぶことしかできなかった。これは私が幼い頃からの、苦しみに耐えるためのスタイルだった。私はただ、次の日の夜明けが来ることだけを願った。

彼女は結婚までの間、更に数ヶ月間、その教会に来ていた。ある祈禱会の時に、彼女は何か問題がある関係だった父親に対して謝罪し、お互いに和解することができたと語った。そして二人とも、とても幸せな気持ちになったと付け加えた。

彼女が私に当て擦りをするつもりだったかどうかは分からないが、私はその言葉を聞いて不快な気持ちになった。再び私は、両親を赦せない人間として、彼女を始めとする多くの人々から非難されているように感じた。両親を赦さない限り、私は決して祝福されることはないし、結婚もできないと言われているような気がした。その代わりに、私は困難な状況に陥っていた。あの頃は、自分が呪われているような気がしていた。しかし私は、どうすることもできなかった。

彼女の結婚式の日が近づいてくると、彼女は、彼女の新しい教会、新しい牧師、そして新しい教会の仲間を自慢し始めた。彼女と一緒にいるのが誰であろうと、教会がどれほど麗しいか、教会の人たちとの交わりがどれほど素晴らしいかなどと強調するようになった。

彼女の周りにいる人たちは、ただ頷いて「そうなの？」と言っていた。彼女はあまりの喜びで有頂天になっているのか、それとも、これからの結婚生活に何らかの不安を感じているからこそ、明るい未来を強調しなければならなかったのだろうか。彼女の振る舞いが不自然に思えたため、私はそのように考えてしまった。

彼女との出会いは、不幸なものだったかもしれない。時が来たら、もはや私は彼女の友達ではなくなるという私の「預言」は実現した。しかし、ただ一つ、私が彼女に感謝していることがある。それは、彼女がカウンセリングを学ぶことができるように、キリスト教に基づいたカウンセリングスクールを探してほしいと牧師に頼んだことだ。それで、私もその学校のことを知り、学び始めたのだった。それ以来、私はその学びから、相当の恩恵を受けている。

38

かすかな光

教会スタッフだった女性が教会を去った後、私は再び、全ての会計作業をすることになった。私はしばらくの間、一人で作業をしていた。しかし、教会の指導者たちは、他の人に会計を引き継いでもらうことにすると、私に言った。彼らは、私がもはや、その奉仕をするのに適していないと考えたのだろう。会計作業から解放されたのは、幸いだった。その決定がなされたのは、むしろ遅過ぎたように思われた。

私は教会から、聖書の言葉が彫り込まれた、木製の壁掛け装飾品を貰った。私はそれを日曜日の礼拝の時に、皆の前で受け取った。牧師は、この私への贈り物は何年もの間、会計をやってきた私の労力に対して、感謝を表すものだと言った。また、今は私がその奉仕をすることができない状況であるけれども、私が怠りなく奉仕をしたことに、教会からのねぎらいを表すものであると付け加えた。

このように、贈呈品で私に謝意を表そうというのは、協力牧師の考えだったと思う。教会スタッフだった女性の結婚式の後、彼はさすがに、私が気の毒だと思ったのかもしれない。感謝の言葉と贈り物を貰ったのは、悪い気持ちではなかったが、私はまだ深く落ち込んでいて、喜ぶことができなかった。

会計作業をしなくなってから、私は主任牧師の夫人と話す機会が減った。その代わり、ある主婦の人と一緒にいる機会が増えた。彼女は私より二十歳近く年上で、私にとって少し若い母親のような存在だった。私が落ち込んでいる間、彼女は度々、私に優しく話しかけてくれた。そして、私たちは次第に親しくなった。

彼女は私に、彼女のことを「お母さん」と呼ぶのを許してくれた。更に私は、彼女を「お母さんママ」と呼ぶこともあった。

ヒヨコとの奇妙な関係は、まだ続いていた。他の人たちには気付かれないようにしていたが、嫌な出来事の後の孤独に耐える時に、彼女に依存するのを止めることができなかった。

お母さんママと一緒にいる時は、私はまるで中高生のように振る舞った。私は彼女に、毎日の生活の中で起きたことなどについて、よく話をした。私の話を聞いてくれる人が必要だった。私は自分の母親と、気軽な会話をすることはほとんどなかった。そのためか、自分の気持ちを言葉に表すことがとても難しかったのだと思う。お母さんママとおしゃべりすることで、私が本当に感じたことや考えたことが、自分で理解できるようになっていった。

その教会で、まるで天使のようなこの二人の女性に出会えたことは、真に感謝すべきことだ。彼女たちとの関わりは、私の家での会話の経験不足を補った。数年間のこのような関わりの後、私はある程度、この社会に馴染むことができたという感じがした。

それ以外にも、私が以前参加した三日間のセミナーを主催したカウンセリングスクールが開講する、カウンセリング・ロールプレイクラスに参加することにした。私は偶然、そのようなクラスが週に一度、私が通える場所で行われていることを知った。他の人たちに言いたいことを話すことを通して、痛みから解放されたいと願う私の思いが、そのクラスへの関心を高めた。

私はまだ、自分の教会の指導者たちを恐れていた。そして、彼らに従順でなければならないと思っていた。他の教会の主催するクラスに私が参加することで、主任牧師を怒らせたくなかった。彼が本当に怒るかどうかは分からなかったものの、私は主任牧師の反応を恐れていた。

その時点では、私は自分が教会の指導者たちに支配されていることに、完全には気付いていなかった。私はいつも、自分より上の立場の人の顔色をうかがっていたが、それは私にとってとても自然なことで、考える間もなく、無意識にそういう行動を取るようになっていた。いつものように、教会の指導者からクラスに参加するための許可を得なければならないと思った。

許可を得たいと思った時、たまたま主任牧師は不在で、協力牧師だけが教会にいた。これは私にとって幸いだった。このような話をするには、主任牧師より協力牧師の方が楽だった。協力牧師は私がクラスに参加することを許可し、その私の希望を主任牧師に説明し、必ず認めてもらうことを約束すると言ってくれた。

私はそのロールプレイクラスで、カウンセリングを学び始めることができた。初めて教室に入った時は、とても緊張していた。私は他の多くのクラスメートに比べて、若い方だった。更にそのクラスは、カウンセラーを目指す人たちのための学びの場として設けられているものだった。そのため、私のように自分の問題を他の人に聞いてもらいたいだけの人は、その学びに参加するのに相応しくないように思えた。

このような学びに参加することは、私にとって大きな挑戦だった。それでも私は、参加することを選んだ。人とコミュニケーションすることは苦手だったが、以前、そのカウンセリングスクールが開催した、三日間のセミナーに参加した時の幸福感を思い出していた。また、私のような本物の心理カウンセリングのクライアントのような人間に対処することは、他の参加者の人たちにとって、良い学びの機会になることもあるだろうと考えて、自分もクラスに参加する意義があると、自分に言い聞かせ続けていた。

学びの第一段階は、クライアントを受容する姿勢で行う傾聴スキルの練習だった。私たちは、問題を抱えている人に対して、どうしたらいいのか、何かアドバイスをしたいという衝動を持ってしまうことが多かったが、クライアントにはアドバイスをしないように教えられた。

まず、クライアントの話を遮ることなく真剣に聞くことが、カウンセラーにとっての基本であるという。このような練習は、参加者に忍耐力を与える。同じように参加者であるクライアントは、相手に遮られることなく、色々なことを話していくうちに、徐々に自分の問題解決につながる道筋を見つけていく。私たち一人一人がカウンセラーとクライアントの両方の役割を経験し、その経験を通して大きな恩恵に浴することができる。

私は他の人たちに、自由に色々なことを話すのに慣れていなかった。最初の頃、クラスで何を話したか、覚えていない。しかし私は、少しずつロールプレイに慣れていった。言うまでもなく、中断されないで色々なことを話せるというのは、そうでない場合と比べると、はるかに楽だった。それは、非常に長い間、ほとんど自己主張ができなかった人間にとって、画期的なことだった。私の教会の二人の女性、お母さんママとヒヨコとの奇妙な関係とともに、私は一歩一歩回復していった。

時々、そのカウンセリングスクールを主催する教会の主任牧師のT牧師が、私たちのクラスに見えることがあった。彼は私たちのために、講義やカウンセリングのデモンストレーションを行った。質疑応答の時間もあった。

その教えは素晴らしかった。T牧師は雲上人のようだと思っていたが、彼は非常にユーモアがあった。更に、人間の本質というものを理解するために必要なことを、人々に納得させる手法は見事だった。彼が機知とユーモアに満ちた話をしている間に、私たちは新たな気付きが与えられ、励ましを受けた。

クラスに参加するようになってから、T牧師のことが少し身近になったと感じた。私は、お母さんママ、ヒヨコ、私、そしてT牧師からなる、私の想像上の家族を思い描いた。私には優しい母親、優しい妹、そして素晴らしい働きをしている父親がいることを想像した。いつも家にいなくても、そういう父親の存在は、私にとって意義深いものであると考えるだけでも嬉しくて、幸福感を得ることができた。

39

回復の道程

私がクリスチャンになって間もない頃、海外から二名の女性伝道者が、私たちの教会を来訪した。その伝道者たちは、礼拝時に霊的な関わりを通した働きを行った。その働きの間、カナダ人の伝道者は、会衆の中のある人が、その父親からの侮辱的な言葉のため、ほとんど自信を失った状態であると、私たちに語った。そして彼女は、神はその人をとても愛しているから、その人の胸に刺さった侮辱的な言葉のナイフを、引き抜かれようとしていると付け加えた。それから、彼女はそのために祈りを捧げた。

その直後、私は胸から喉にかけて、電気ショックのようなものが流れるのを感じ、何かを叫んでいた。礼拝堂にいた人たちは、私に何かが起こったことに気付いた。私は日系アメリカ人で流暢な日本語を話す、もう一人の伝道者に付き添われて、別の部屋に移動した。

彼女は、私に何が起こったのか、そして、それがどういう感じだったのかを優しく私に尋ねた。私は彼女に、その時私の経験したことについて、おどおどと答えるとともに、その場で思い出せる限りの私と両親との間の問題を語った。

彼女は私の話に注意深く耳を傾け、私の心の傷が癒やされるように祈ってくれた。また、私のために祈ることは、彼女にとっても祝福になるのだと言った。彼女は過去に、筆舌に尽くし難い、ある困難な状況のために、自分の娘と別れなければならなくなったことがあったという。最終的に、彼女は娘と再会することができたが、彼女の、その別離の経験によって引き起こされた痛みによるトラウマが消え去ることはなかった。彼女は、自分の娘に似たような状態である人のために祈ることを通して、彼女のトラウマが更に癒やされていくのだと言ってくれた。

そのような話は、聞いたことがなかった。霊的なショックを受けたこと以外に何もしていないのに、他の人の役に立つことができたのは、少し嬉しかった。また、神が私のことを忘れてはいなくて、奇跡的な出来事を通して憐れみを示されたことに感謝した。

しかし私は、自分の心に何か変化が生じたとは思えなかった。霊的なナイフが胸から取り除かれ、心の癒しのために祈りを受けたにもかかわらず、私の心はまだ重く、暗澹としていた。私は、恐らく自分の側の問題のせいで、トラウマから解放されなかったのだと自分を責めた。私の心は、恵みの雨を吸収して、潤うことができないような硬い土壌のようだったと言える。

ところが、私が自由に話せる機会を持つようになってから、次第に私の心が柔らかくなり、恵みを受けることができるようになったと思う。信頼できる人たちとおしゃべりするのは楽しいこと、そして、安全な場所にいる時は深刻なことを話しても大丈夫なのだと分かるようになった。

私は落ち着きを取り戻し、自分をもっと客観的にとらえて考える能力が湧いてきたようだった。周囲の環境への適応力も少しずつ改善し、暗澹とした気持ちも軽快になっていった。

自分の劇的な変化に初めて気付いたのは、家で洗った食器をふきんで拭いている時だった。それまでに感じたことのない、妙な感覚に襲われた。私の人生に対する態度が、心配性で取り越し苦労が多く、否定的、悲観的、臆病で怠惰であり、建設的ではないことに気付いたのだ。それはまさに、母の態度と同じようなものであった。

私は物心がついてからは、自分は決して母のような人間にはなるまいと思っていたのに違いないのだが、私の態度が、なんと大嫌いな母に似ていることが分かったのだ。私の驚きは、言い表しようのないものだった。

しかし、落ち着いて考えてみると、私は二十代後半までほぼ毎日、母と一緒にいたのだから、母に似てしまうのは仕方のないことだと思った。私の置かれた立場では、いつも母がしていることを見るのを余儀なくされていた。私の考え方や行動は、自分で意識することもなく、母のようになっていった。

「なんて癪に障ることだろう!」私は心の中で叫んだ。しかし同時に、それまでの私の人生が問題だらけだったのには理由があると知って、安堵したことも確かだ。母のような人にとって、社会に適応していくことは、非常に困難だろう。そういう人は、どのような人間関係であっても、避けようとしてしまうことが多いと思われる。

私が既に母のようになってしまったことは悲劇だったが、一方で、それは私が悪いのではなく、私が理由もなく除け者のようになったのではないことが分かった。私は生まれながらに呪われているわけではないという事実から、慰めを得た。

私は教会の祈禱会で、私の得た新しい自己理解を他の人たちに明かした。協力牧師は、少しでも前向きになっている私を見るのは初めてだと言った。それは、私がいつも否定的だったという意味だ。私は彼の言葉に不快感を覚えたが、私の実情は彼の言ったことに近かったのかもしれない。

その頃私は、家の近くで開催されるキリスト教の集会に、時々足を運んだ。ある集会のセッションで、アメリカ人の講師が、ある人たちに会場の壇上に登ってくるように促した。それは第二次世界大戦中、一九四五年三月十日に起きた、アメリカ軍による東京大空襲で、本人や家族が被害を受けた経験のある人たちだった。当時は一九九〇年代で、二十年以上前のことだ。家族や親戚を空襲で失った人たちは、今日よりも多かった。また、祖父母が戦争で亡くなった若い世代の人たちもいた。

何十人もの人々が、壇上に登った。私は自分の席から、壇上で何が行われているのかを見ていた。講師は、通訳を通して一人一人の体験を聞き、戦時中にアメリカが犯した罪を、一人一人に謝罪していたようだった。講師は泣いているように見えた。最後に彼は壇上で土下座して、会場にいる全ての人々に謝罪した。最初から最後まで、その一連の全ての過程にはかなり長い時間がかかった。私はその成り行きを見ていただけだったけれども、次第に妙な気持ちになっていった。

それより前の年の集会で、同じ講師が、広島と長崎の原爆投下による被災者に対して、同じようなことをしたと記憶している。私にとってそれらの出来事は、自分に関わりがあるように思えなかった。それらの都市は、私が住んでいる日本国内にあるものの、その場所は遠く、親戚や友人もいなかった。

しかしその時は、東京大空襲についての話だった。それは私の住む地域に近い場所で起こったことで、私にとってより身近に感じられるものだった。以前、母が言っていたことを思い出した。徴兵された母のお兄さんが戦争から帰ってこなかったことや、戦時中に農村地域に疎開した時に、地元の人にいじめられたと言っていた。私の父は中国の前線に送られ、連合国と戦った。父はめったに戦争について話すことはなかったが、一度だけ姉と私に、戦闘中に何人かの敵を殺したと言ったのを覚えている。

私は米国に対して、何ら敵意を持っていなかった。しかし私は、父や母の精神面が破壊された理由の一つが、あるいは戦争中の彼らの体験であるのかもしれないという考えに達した。細かい因果関係の成り行きはともかくとして、その講師は両親の代わりに、私に謝罪してくれたのだと思った。

私は微動だにせず、席に座っていた。そうしている間に、私の心の中の一部分が温もり始め、私は泣き出した。あの講師が、これほどまでのことをしてくれたのならば、何でも赦さないわけにはいかないと心の中で叫んだ。再び私の心は、少し軽くなった。

私が赦したのは父と母ではなく、彼らからの理不尽な関わりのために傷ついて惨めだった私自身だった。私が赦した自分自身というのは、傷ついて惨めさを抱えているために自分自身が嫌悪して認め難くなっていた、自分の一部分だった。私は、認め難くなっていた、その自分の一部分と和解したのだ。

私は人に傷つけられた場合、本人から直接謝罪してもらわない限り、私はその人を決して赦すことはできないと思っていた。しかしその集会を通して、私は自分の問題には無関係な人が謝罪する場合でも、功を奏することがあると知った。

赦すことによって、私たちは、憎しみから生ずる痛みから解放されることができる。そのため、クリスチャンは赦しの重要性を強調する傾向がある。しかし私たちは、他人から激しく痛めつけられるほどに、その人たちのことを赦すのは難しくなる。私を傷つけた人たちを脇に置いて、長い間、私自身に無視されてきた、自分のある部分を認めてあげることだけでも、価値あることだと思う。無視していた自分のある部分を、自分の一部として受け入れることができたことで、安心と幸福感を得たように思う。

私は、父と母を赦してはいなかった。しかし、まだ両親に対して「良い子」の振りをしていた。当時、両親の家の内部で開いていた英語教室のこともあって、両親との幾らかの関わりは、不可避だった。ある程度、心の重荷から解放された後、私は両親と和解しようとしなければならないと思った。なるべく彼らと一緒にいるように心がけ、たまには食事を共にした。しかし、私の見せかけは、長く続くことはなかった。

後になって、私は自分の力の及ばないことを、しようとしていたことに気付いた。父と母にとって良い子の振りをしていると、自分が本当に考えていることや、何をしたいのかが見えなくなってくるようだった。私は未だ不確実な状態にあった。

イエス・キリストは、人類を罪から救うために、十字架上で死なれたと言われている。私は別の解釈の仕方について、聞いたことがある。人々は、自分に悪いことをした憎む相手に復讐する代わりに、彼を刺し通して殺したのだという。イエスは、他の人たちに憎まれている人々の、身代わりとなったと言える。他人を憎んだり、他人から憎まれているのは誰だろうか？　私たちは皆、どちらのグループにも属する可能性があると言えるだろう。

私たちの罪のために刺し通された人の傷によって、私たちは癒やされたという聖書の言葉がある。

「まことに、彼は私たちの病を負い、私たちの痛みを担った。それなのに、私たちは思った。神に罰せられ、打たれ、苦しめられたのだと。しかし、彼は私たちの背《そむ》きのために刺され、私たちの咎《とが》のために砕かれたのだ。彼への懲らしめが私たちに平安をもたらし、その打ち傷のゆえに、私たちは癒やされた。私たちはみな、羊のようにさまよい、それぞれ自分勝手な道に向かって行った。しかし、主は私たちすべての者の咎を彼に負わせた。」（「イザヤ書」五三章四〜六節『聖書新改訳二〇一七』）

イエスの時代よりも前に書かれた、旧約聖書のこれらの言葉は、十字架にかけられたイエス・キリストを表していると言われる。ある映画を通して、私は二千年前に起こったその出来事を、追体験することになった。その映画の主人公の視点と自分の視点が重なったようだった。

ジュダ・ベン＝ハーは、ユダヤの貴族の家庭の若い男性である。ユダヤはローマ帝国によって支配されており、そこに住む人々は、帝国の圧政の下で苦しんでいる。ジュダは、母親と妹と共に暮らしている。彼にはメッサラという名の幼なじみがいる。メッサラはローマ帝国の将校となり、成功を収めた者として故郷に帰ってくる。

ジュダはメッサラとの再会を喜び、旧友の成功を称賛する。この二人の男性は、楽しい時間を過ごそうと一緒に出掛ける。彼らは馬に乗ってゆき、縦と横の線で形作られた、十字の形をした建物の壁を見つける。彼らは、イエスの十字架を連想させるような十字の中心に向けて、矢を放つ。

楽しい外出の後、メッサラはジュダに、メッサラのように成功を収めることができるように、ローマ帝国に協力すること、更には帝国の市民となることを強く勧める。メッサラは、帝国がどれほど強大で先進的であるかを強調する。しかしジュダは、怒りを込めてメッサラの誘いを拒絶する。彼は、彼の古い友人が、完全に変わってしまったと感じる。ジュダは、ユダヤがローマ帝国に圧迫されていたとしても、彼は彼の同族の人たちから離れるつもりはない。

ある日、ローマの将軍がユダヤを訪れる。彼と彼の部下たちは、ジュダの住居の前を通る道に沿って行進している。ジュダと家族が屋上から行列を見ている間、彼の妹が誤って屋根の縁から下の道に瓦を落とし、それが行進を阻んだ。

ジュダは、それは過失であって、故意に行ったものではないと主張する。しかしメッサラは、ジュダと彼の家族を厳しく罰する。ジュダは、船漕ぎ奴隷にされるためにガレー船に送られ、彼の母親と妹は、牢獄に収監される。

ジュダは他の囚人たちと一緒に砂漠を歩いていくが、彼は地面に倒れ、意識を失いそうになってしまう。ある人がジュダのもとに来て、彼に柄杓から水を飲ませる。水はジュダの命を救い、彼は再び立ち上がって、歩き始める。

彼は船漕ぎ奴隷として苦難に耐え、そのガレー船が他の船と衝突した時も生き延びる。彼は事故現場から脱出し、ローマの属州に住む貴族のもとで保護される。その貴族には相続人がいなかったため、彼はジュダに、彼の相続人になってくれないかと提案する。しかし、ユダヤに帰るというジュダの決意は固く、彼は無事、帰郷を果たす。

ジュダは、母と妹が死んだと聞かされる。メッサラに対する彼の怒りは、彼をメッサラと争うために戦車競走に駆り立てる。激しいデッドヒートの末、ジュダはメッサラを打ち負かす。メッサラはレースの終盤に戦車から落下し、瀕死の重傷を負う。

メッサラはジュダを自分の病床に呼び出し、ジュダに語る。「お前の家族は生きている。地下牢にいるんだ。お前は自分が勝って、闘いは終わったと思っているんだろう。そうじゃない。終わっていないぞ。俺はまだ、お前に憎まれるだけの価値はあるぞ！」地下牢にいるということは、ジュダの母と妹が、重い皮膚の感染症にかかっていることを意味する。ジュダは再び、深い悲しみに打ちひしがれる。当時は、その病気にかかった人々は、社会から完全に隔絶されていたのだ。

ジュダの家の女性の召使いは、彼の怒りを静めようとする。しかし、彼の怒りは収まらない。彼は彼女に、砂漠で死にそうになった時に水を飲ませてくれた人がいたために、自分の命が救われたが、いっそ、あそこで死んでいた方が良かったと語る。

それでもジュダは、彼の母と妹を捜しに出掛ける。彼は家族のいる地下牢を見つけ出したが、そこで女性の召使いに出くわす。彼女は、内密に陰で彼の母と妹を援助してきたのだ。召使いは、ジュダと彼の母と妹を町に連れ出して、今注目を浴びている、病気の人々を癒やし、人々に希望の到来を告げる男性のところに行こうとする。

彼らが町に着くと、予想もしなかった恐ろしい光景を目にする。注目の男性は、鞭で打たれ、ゴルゴタの丘に向かう坂道に沿って、十字架を負って歩いている。一行は仰天する。しかし、ジュダの母と妹は、ひどく痛み苦しんでいるに違いない男性の、憐れみ深い表情から、大きな慰めを得る。

ジュダは、その人が、砂漠で死にそうになっていた時に、彼に水を飲ませてくれた人と同一人物であることに気付く。男性がつまずいて倒れた時に、ジュダは男性に水を飲ませようとするが、役人に阻まれる。

ジュダは、丘の上まで付き従って行き、男性が十字架につけられて死ぬまでの一部始終を見届ける。そして、男性が十字架上で、「父よ、彼らをお赦しください。彼らは、自分が何をしているのかが分かっていないのです」と言うのを聞く。

男性が息を引き取った後、雷雨が発生し、激しい嵐になる。ジュダは、翌日の晴れた朝に帰宅する。嵐の間に重い皮膚の感染症から癒やされた母と妹、それに女性の召使いが彼を待っていた。彼らは皆、その男性、イエス・キリストによってもたらされた、良い知らせを分かち合い、喜びで満たされる。

私は、映画『ベン・ハー』のビデオを二〜三ヶ月の間に八回見た。私は、その頃には英語教室を閉じていた。収益を保つのが難しくなっていたからだ。私がしていたのは、協力牧師の夫人が出産を控えていたため、彼の家の手伝いに、度々行くことだった。実を言うと協力牧師は、彼の健康上の問題のために、私たちの教会に来るのを止めていた。彼の家を訪ねる以外に、特にやることがなかった。それで、私にはこの三時間以上の長い映画を繰り返し見るだけの時間があったのだ。

私はその映画に魅了され、次第にジュダに感情移入するようになった。私とジュダは非常に異なっている。彼は屈強な若者で、彼の憎しみの対象も、私のものとは異なる。しかし、彼の苦しみは、私の苦しみを呼び覚ました。人によって痛みは異なるものの、何か共通点があるのかもしれない。

ジュダが、十字架上でのイエスの死を見届ける間に、イエスが途方もなく大きな痛みに苦しむのを見て、私はある種の爽快感を持たざるを得なかった。その場面は恐ろしく、私は目をそらしたかった。しかし私は、自分の苦しみのある部分が、イエスが不当に罰せられたことで負った傷に吸収されたと感じた。

そのような回復過程を経て、私は少しずつ穏やかな人間に変わっていった。そんな頃、私は東北地方にあるT牧師の教会で開催されるセミナーのことを知った。そのセミナーは、「交流分析」を学ぶものだった。交流分析のことはあまりよく知らなかったが、そのセミナーに、なぜか非常に関心を持った。

私は従順な教会員として牧師を怒らせたくなかったが、私はそのセミナーに行って良いかどうか、彼に尋ねた。牧師は私に答えた。「あなたが本当に神によって、そこに行くことを導かれているのならば、たとえ私がいい気持ちがしなくても、私はあなたを妨げることはできない」彼はT牧師の教えを通して現れた私の変容を、認めざるを得なかったのかもしれない。

私は旅行に行けることに、とても興奮した。そして、お母さんママとヒヨコに「あたしは、つばさ（新幹線の愛称）に乗って、T先生の教会に行ってくるよ！」と言った。まるで本物の子供のように大喜びで、はしゃいでいた。二人は喜んで、私の旅行が祝福されるように祈っていると私に言ってくれた。私は旅行に出発したが、それは単なる旅行ではなく、私が人生の新しいステージへ向かうための旅立ちでもあった。

40 出立

大きな教会の入口の前に佇み、私は遂にT牧師の教会に来ることができたと思うと、涙が流れてきた。早速セミナーが始まった。講師は温厚な感じでやや年配のS教授だった。彼の講義は興味深く、私は一生懸命講義に付いていけるように頑張った。私が理解できる内容もあったが、理解するのが難しい部分もあった。それでも講義について、できるだけたくさんノートを取った。

セミナーは土曜日に開催され、翌日の日曜日はその教会の礼拝に出席した。東京や首都圏地域から来ている、馴染みの顔ぶれにも会った。その人たちはカウンセリング・ロールプレイクラスの仲間だった。教会の人たちも、親切で好意的だった。

厳かな礼拝に出席している間、私は、「あなたは自分自身を大切にしなさい。そしてあなたは、あなたに負担をかける人たちを、脇に置いておけばいいのです」という言葉が、私の心に刻まれるのを感じた。それは声ではなかったため、言葉が聞こえたわけではなかった。しかし、その言葉ははっきりとしたもので、それから何年にもわたり、私の心の中に常に留まっていた。T牧師の教会に滞在している間、私は素晴らしい時を過ごし、霊的にも満たされていた。

次の日曜日、私はいつものように、自分の教会の礼拝に出席した。牧師夫人に、旅行はどうだったかと聞かれた。私は良い時間を過ごし、新幹線で二時間ぐらいだったため、思ったよりも近かったと答えた。彼女は、「えっ？　二時間も？　それは全然近くないじゃない」と言った。このように彼女は、他の教会について肯定的な話を聞くと、度々否定的に反応していた。

牧師夫人は、教会員が別の教会に移ることを警戒していたようだ。しかし、私が通うのに片道二時間以上かかり、高額な新幹線の運賃を払う必要があるような教会に移るというのは、非現実的なことだった。牧師夫人は、普段はとても自信満々に見えるのに、おかしなことを言うものだと思った。

実はその頃、ヒヨコが他の教会の伝道師と結婚することが決まっていた。私は彼女を妬んで、「あんたを殺したい！　でも、可愛いから殺せない」などと悪いことを言っていた。私はまだ、自分が結婚できないという状況に悩んではいたが、ある程度、心が癒やされていた。それにヒヨコは、いつも私を支えてくれていたため、最終的には彼女の結婚を祝福することができた。

T牧師の教会への旅行から約一ヶ月後、私はセミナーで学んだことを復習した。セミナーで配布された資料や、セミナー中に取ったノートをもう一度読み返し、その時、分からなかったことを理解しようとした。難しい部分は何度も繰り返し読んだ。

私は、交流分析に基づく「ゲーム理論」に着目した。ゲーム的交流では、一つのグループが「コン」を提供し、別のグループが「ギミック」に誘われると説明している。コンは餌を意味し、ギミックは弱点のあるグループが誘惑される罠を意味するという。この交流は、二名以上の人の間で起きている。

それは建設的な関係ではないが、繰り返し同じようなことが起きている。毎回、これらの交流に関与する当事者たちは、同じような後味の悪さを感じることになる。S教授が、その気持ちについて、強調していたことを思い出した。「それは、だーい好きなんだけれども、イヤーな気持ちなんです。その感じがとても好きでも、同時に、それは非常に不快なものでもあるのです」私は、牧師や牧師夫人と話をしていると、同じような後味の悪さを感じることがよくあった。その感じは好きというわけではなかったが、後味の悪さがあるということは、私と牧師夫妻の間の交流は、ゲーム的交流である可能性があると思った。私は、夫妻に対して悪い感情を持った状況を思い出そうとした。

その少し前に、私はお母さんママに、牧師に対する不平をこぼした。牧師に自分のしたいことを言いたくても、躊躇してしまうということを言ったのだ。T牧師の教会に行っていいかどうか、尋ねようとした時だったかもしれない。彼女は私に言った。「あなたは、彼のあの不機嫌そうな顔を見るのが嫌なんでしょう?」「まさに、その通りだ!!」思わず私は彼女に答えた。そして私は、いつも考える間もなく無意識に、牧師の顔色を窺っていたことに気付いた。私は、自分がそのような習慣を持っていたことさえ、気付いていなかった。私は、牧師の耳に心地よくないと思われることを彼に話そうとする時に、トラブルが起きないようにしていたのだと思う。そのような私の姿勢は、私が小さい頃から、私と両親との間の交流が、ほとんど一方通行になっていたことから、出来上がってきたものと考えられる。それは当たり前なことになっていて、特に気に留めるべきものでもなかった。

テレビで、ある犬を見たことがある。飼い主が野菜の漬物を一切れずつ、フォークでその犬に与えていた。飼い主は、自分の犬が漬物を食べるのを見て喜んでいた。しかし、番組のゲストである獣医は、漬物は犬の健康に良くないし、実際に犬は漬物が好きではないと言っていた。獣医は、犬が漬物を食べるのは、それを食べると、飼い主が喜ぶからという理由だけで食べるのだと付け加えた。

なんて哀れな犬なのだろうと思った。しかし、そのテレビ番組を思い出してみると、私はその犬みたいに、飼い主が喜ぶことを盲目的にしてしまうようなところがあると気付いた。私はギミックに誘われるような、私自身の問題を抱えていた。できることなら、安心感、幸福、豊かさを持てるように望んでいた。牧師は、これから教会が大いに祝福されていくからと、私たちに強調していた。与えられた預言によれば、二〜三年のうちに、教会は五百人から千人の教会員数になると言っていた。

牧師は、私が数年以内に、それなりの給料が支払われる事務的業務を担当する教会スタッフになれるだろうと言った。私のような弱点を抱えた者にとって、そのような希望にすがることは、避けて通れないことだった。

牧師が来るべき祝福を強調すればするほど、私はまだ実現していない希望にしがみついた。

教会の指導者たちに対して悪い感情があっても、あと数年、教会に留まっていれば報われるのならば、その間は我慢しなければならないと思っていた。

牧師はまた、悪魔に私たちを攻撃する機会を与えることのないように、教会員は所属している教会の礼拝に出席し続けなければならないと強調した。彼は、牧師である自分のアドバイスに耳を傾けず、教会を去ったためにトラブルに巻き込まれている人たちがいるとも言っていた。その警告は私に恐怖心を抱かせ、決して教会を離れることはしまいと思った。

牧師の言葉は、もっともらしく聞こえた。しかし、交流分析とゲーム理論を学んだ後、私は牧師の言葉と、教会で起こっていることについて、改めて考えてみる必要があると思った。今も私は、彼が教会が大きく成長するという希望について大言壮語していたのか、それとも、そのことを確信する確固たる信仰を持っていたのか分からない。更に、彼が故意に私を騙そうとしたのかどうかも、知る由も無い。

ゲーム的交流では、他人に付け込もうとする人たちの状態は、多岐にわたっている。お世辞を言って顧客のプライドをくすぐり、高価な商品を買わせることに成功するセールスマンから、劣等感などのために混沌とした精神状態にあって、無意識に非現実的なことを他人に言ってしまう人まで、様々だと思われる。

更に、これらのゲーム的交流が、関与する人たちに与える影響がどれだけ深刻なものになるのかも様々だ。中には、日常的に発生しているが、些細な結末で終わっているものも多いと思われる。私がその教会で経験したゲーム的交流の場合は、私がそのゲームに関与している限り、私が自律した人間になることを阻むものだったと言える。

教会に来る人たちは、絶え間なく入れ替わっていた。ある時、夕方の祈禱会に出席していた人の半分以上が、半年で入れ替わっていることに気付いた。私は度々、教会が縮小していることに失望し、教会の成長をいったいどれくらい待たなければならないのかと思案した。教会が協力牧師を招へいした時、私はそれが、教会成長のしるしであることを期待した。しかし彼は、教会に三年ほど来ていたが、結局、来なくなってしまった。

それでも牧師は、まだ彼の教会が豊かに祝福されるという「壮大なビジョン」を持っているようだった。彼は、彼の新しい聖書勉強会を始めようとしていた。彼は自分で立てた計画を持っていて、誰がその勉強会に参加するのかを見込んでいた。私も参加するものと見込まれていたようだ。しかし私は、他の参加予定の人たち全てが男性だったため、参加することを断った。

当時、独身女性でいつも教会に来ていたのは、私とヒヨコだけで、ヒヨコはもうすぐ他の教会に移ることになっていた。私は、私よりも議論好きな男性の集団に、ただ一人の女性として、交ざり合いたくなかった。

牧師は、私が勉強会に参加するか否かは、私が決めることではないと言った。私には選択の余地がないということらしい。私はその牧師の発言に、かなりの不快感を覚えた。私はもはや、集会に必ず来るように言われて喜んでしまうような、過度に従順で愚かな人間ではなかった。

私は他にも、牧師の提案で気を悪くしたことがあった。彼は、私が既にT牧師の所で大分勉強したから、カウンセリングスクールを変更して、別の所で学び続けるのに最適な時期に来ていると私に言った。そして彼は、自分が卒業した聖書学校のカウンセリングコースで学ぶことを勧めた。

実際、そのコースに参加することは、大きな負担を強いられることが予想された。授業料はそれほど高くなかったかもしれない。しかし、コースに参加するには、仕事をすることなく、少なくとも半年間、外国のどこかの都市に滞在する必要があった。教会が私の授業料、滞在費、渡航費用などを支払うとは思えなかった。

最後に牧師は、私に「そこで勉強して、僕を助けて！」と言った。私は唖然とし、それがどういう意味なのか、訝しく思った。それは私に教会のカウンセラーになれという意味なのか、それとも「彼の」カウンセラーになってくれということなのか？　彼の本当の考えについて尋ねるのは、あまりにも馬鹿げていた。私はぞっとして、背筋が寒くなる思いだった。

いつも私は、牧師夫人のことを少し怖いと感じていた。彼女はとても自信があるように見えたし、他の人たちを上手に理詰めで説得し、従わせるのが得意だった。しかし、次第に私は、彼女は風変わりだと思うようになった。

彼女は度々、その場所に居合わせない人の悪口を言っていた。例えば、Aさんは試験の前だけ祈禱会に来るけれども、それは良い態度ではないとか、Bさんはとても厚かましいから、未だに妹さんにお金を援助してもらっているなどという話をしていた。実際は、Bさんは病気で働くことができなかったのだ。

私も悪口を言われる例外ではなかった。教会のある女性から、私が結婚できないことを憂さ晴らしするために、教会の数名の女性に毎日電話をかけて不満を言っていると牧師夫人から聞いたと言われた。牧師夫人は、私があの嫌な出来事を経験する前に、その話をその女性にしたようだ。私はそれを聞いて驚いた。そして、その話は真実ではなかった。私に関する不完全な情報が牧師夫人の脳内で繫がって、そのような話になったようだ。またそれは、その女性から聞いた話であって、実際に牧師夫人が彼女にどう言ったのかは分からない。

なぜ私がその話を聞いたかというと、その女性が数年もの間、私を無視し続けた後、その理由と共に、私にその話をしたからだ。彼女によると、その私についての牧師夫人からの話を聞いた時に、当時私が彼女に電話をすることはなかったため、彼女は私から嫌われていると思ったという。それから、彼女は私を無視し始めたのだ。馬鹿げた話のように聞こえるかもしれないが、そのような未熟で低次元の人間関係は、その教会のコミュニティの間では、度々見られるものだった。牧師夫人自身が、弱点を持つ人たちの間に混乱を引き起こしていたのかもしれない。

私が最後に教会の旅行に参加した時、ある宣教師夫妻が私たちと一緒に参加した。他の人たちが牧師夫人の指示の下で食事の準備をしている間、彼女は宣教師夫人にまつわりつくように付いて回っていた。そして彼女いた。

は、宣教師夫人に、自分の家庭内で起こっている問題について、不平をこぼしていた。二人は英語で話していたため、内容が理解できない人たちもいた。私は牧師夫人の態度が、無礼でずる賢いと感じた。遂に私は、教会の指導者たちが、何のために教会の働きをしているのか、その動機が何なのか、訝しく思うようになった。私には、教会で起こっていることは全て、見せかけの教会ごっこをしているように感じられた。私は、その教会を去ることを考え始めた。しかし、その考えを実行に移すのは、とても難しいことだと思っていた。

私が気掛かりだったのは、牧師家庭の子供たちのことだった。私は普段から子供たちと付き合うのが苦手だったため、その子供たちからも距離を置いていた。以前は、彼らが神の愛で満たされた両親や教会の人たちに愛されている幸せな子供たちだと思い、彼らがうらやましかった。

しかし、後になって次第に、私はそれが錯覚であることに気付いた。それは牧師と牧師夫人の、まことしやかな演出を通して、私の心の中で形作られていったもののようだった。牧師夫妻は度々、神が子供たちを通して働いているのを見て、どんなに感動したことか、などという話をしていたのだ。

実際には、牧師夫人は子供たちを無視する傾向があり、子供たちは母親に苛立っていることが多かった。また長男は、誰かが教会から姿を消す度に、怒りを表しながら、なぜ○○さんが教会に来ないのかと母親に尋ねていた。夫人は、その人が自分の友達の教会に行くようになったからなどと、息子を納得させようとしていたが、彼は母親の説明には、釈然としていない様子だった。

牧師家庭の子供たちに対する私の羨望は同情に変わった。彼らの状況が、私の子供の頃の体験と重なったのかもしれない。私は、自分が教会を去るのは、子供たちのために良くないことだと感じた。しかし、しばらくして、それは私が関与するような問題ではないと考え直した。私がその子供たちのために教会に留まるとするならば、偽善的で思い上がった行動になると思った。

ヒヨコが結婚する前に、私に不思議なことを言った。実は、彼女はその教会に来たくなかったという。来る前から牧師を知っていたが、彼を牧師としては受け入れ難いと感じていたそうだ。しかし、神にその教会に行くようにと言われたため、彼女はしぶしぶ、その教会に来たのだと言った。そこで私に会ったことが、彼女にとって大きな慰めになったという。私はそれを聞いて驚いた。私は、彼女の負担になっているだけだと思っていたからだ。時に、私たちは、その人にとって何が良いことなのか、分からないことがあるものだ。

彼女が結婚し、教会を離れた後、教会の雰囲気が変わった。礼拝の後、男性たちがキリスト教の教義について、議論をするようになった。私は、教会に行くのが嫌になっていった。私は何回か、無理やり、自分の足を教会まで歩くように仕向けた。そうしなければ、たどり着くことができない感じだった。

遂に私は、牧師にその教会から距離を置き、首都圏で行われているT牧師の教会の礼拝に行くことを考えていると伝えた。牧師はとても驚いて、ショックを受けたように見えた。そして、なぜ去るのかと私に尋ねた。私の気持ちを彼に理解してもらうのは、不可能だと思っていたため、私はただ、「説明できません」と言った。

彼は私に、誰かが私にとって「つまずきの石」になったのかどうか、尋ねた。私はそれを否定しなかったが、それが誰なのかは言わなかった。「そうですよ！　あなただって、そのうちの一人です！」私は、心の中で叫んだ。数年前、ある教会員との間に嫌な出来事があった時、私が教会を去っていても、不思議ではなかった。最後に牧師は、これからも彼を神の家族の一員と見なすように、私に懇願した。私はそれに同意して、彼と別れた。

牧師夫人には、私が教会から離れることについて、何も言わなかった。私は牧師よりも彼女の反応の方をもっと恐れていた。それとともに私は、彼女にこのことを直接言わないことで、彼女に屈辱感を与えたいという悪意を持っていた。彼女が実際、私の失踪にどう反応したのかは分からない。

遂に私は、最初の教会を去った。私は、指導者たちの顔色を窺うことから解放された。以前は、教会を離れることなど、とてもできないと思っていた。T牧師の教会で交流分析を学んだ後、私の感情的な姿勢が速やかに変わった。この決定を下すのに、ほんの三ヶ月しかかからなかった。

私はまだ、ヒヨコやスタッフだった女性のように、結婚が理由で教会を去った人たちをうらやましく思っていた。しかし私の場合は、自分が前に進んでいくために、自分で強い意志を持って決断する必要があることも分かっていた。

私は、その教会に約七年間行っていた。多くの人たちは、一～二年で去っていった。しかし、自分のニーズを知るために、そして自分に染み付いていた根深い否定的な習癖を克服するために、嬉しいことは限られていたものの、今でも私は、そこで過ごしたその年月が必要だったと信じている。

ある日、買い物をしている時、牧師夫人に出くわした。彼女は私に話しかけてきて、私が教会にいた時に来ていた人のことを話そうとした。彼女はその人の名前を思い出すことができず、やや緊張しているように見えた。自分がこのような小心な女性に何で付け込まれたのか、不思議に思ったほどだった。教会にいる間に私を縛っていた呪文が、解かれたように感じた。

後で聞いた話では、牧師家庭の子供たちは、不登校や非行など次々と問題を起こしたそうだ。それでも、牧師夫妻は教会の働きを辞めなかった。しかし、私が去ってから十三年後、牧師夫妻は自分たちの教会員によって、罷免されたという。何があったのかはよく分からない。しかし私は、驚くこともなく、然《さ》もありなんという気がした。

41 祈りの答え　I

教会を去る一ヶ月前、私は加工食品メーカーの受注部門で、パートタイマーとして働き始めた。午前中だけの仕事だった。電話、ファックス、オンラインで注文を受けるのが仕事だった。それは今思うと、インターネット・ショッピングの原型のようなものだった。

通常、翌日の店舗や卸売業者への出荷のための注文は、正午までに受け付けることになっていた。休日前や新商品の発売直後などは注文が集中し、多忙だった。私が仕事を始めたのは一九九〇年代半ばだった。商品が速く配送されることを知って驚いた。

仕事は、私には少し難しいのでは、と思うようなものだった。顧客と電話でコミュニケーションを取り、限られた時間内にパソコンに注文を入力し、更に、ほとんどの同僚は主婦だった。しかし概ね私は、その職場の状況に対処することができたと思う。

それは、私が霊的に癒やされていることのしるしでもあった。私は自分が周りの人たちの中で、唯一の独身女性であるということを、あまり気にすることもなかったからだ。私は同僚の何人かの人たちと、一緒に昼食を食べに出掛けるくらい親しくなった。

仕事は忙しい時も多く、私たちはお互いに協力し合う必要があった。それも私には幸いだった。仕事中に些細なことを考える余裕はなかったからだ。

その後、明確な説明もなく、私たちの労働条件が悪化したため、会社に対して不満を抱くようになった。しかし私は、自分の人生が次の段階に進むまで、その会社で働いた。

西暦二〇〇〇年頃には、「国内のあらゆる業界は景気が悪い」ということが吹聴されるように言われていて、特に理由がなくても、人件費を削減しようとする事業者が多かったと思われる。

以前の教会を去ってから、私は「宗教ごっこ」から解放され、自分の日常生活も落ち着いた。私の周囲には、宗教に対する説明のつかない熱狂は、もうなかった。

私は、首都圏地域で行われている、T牧師の教会の日曜礼拝に出席するようになった。通うのに、バスと電車を利用して、片道約二時間かかった。運賃を払ってまで礼拝に出席するなどということは、以前には考えたこともなかった。しかし私は、霊的な助けを必要としていた。そして私は、T牧師の教えが、現実的に役立つことを知っていた。

私は漠然と、私が本来あるべき姿になることを妨げている究極の障害があること、そして、それを乗り越えていく必要があることに気付いていた。私は既に、自分が最初に行った教会の指導者たちに従うことが、自分にとって相応しいことかどうか熟考した末、その権威を否定した。

再び私は、権威に関する大きな別の問題を抱えていることに気付いた。それは、私の両親に関することだった。自分の英語教室を辞めて以来、私は両親を避けるようになり、会う機会も減っていた。それでも私は、両親と一緒にいる時に、自分がどのように振る舞ったらいいか迷っていた。私は彼らに親切な、誰か他の人の振りをしなければならないという感じだった。そして、それは非常に不快なものだった。

それでも私は、両親を尊敬するのは大切なことだという考えに、強く支配されていた。聖書のモーセの十戒もさることながら、日本では、両親を尊敬する必要性を強調する、儒教の影響が根強くある。

特別な理由などなくても、両親を愛し、尊敬するのは、どんな人間にとっても自然で当たり前のことのように思われるけれども、私はそうすることができなかった。私は、両親から良い子ではないと繰り返し非難されてきた。その経験を通して、私は無意識のうちに、根深い自責の念を募らせてしまったのだと思う。

私が前の教会の指導者たちから別れたことで、両親との関係に関わる私の悩みは、よりはっきりとしたものになり、深くなっていった。私が教会指導者には従わないことを、いったん決意した後は、彼らから離れることは、思ったよりも簡単だった。彼らは私の家族でも、親戚でもなかったからだと思う。

しかし、両親というものは、誰にとっても特別なものであると言えるだろう。私が両親と和解できるように努力するべきかどうかについて結論を出すには、もうしばらく時間がかかることになる。あの牧師夫妻は、私の両親のミニチュアのようなものだった。その二組の夫婦の四名は、それぞれ性格も異なるが、皆、私との間の力関係という点では共通点があった。

教会での経験は、私の家庭内に存在していた力関係を客観的に見るための、またとない重要な機会にもなった。教会の指導者たちは、私に教会のためになることを何でもさせようとしたが、両親は私の服従を強制した。その二組の夫婦の目的は異なっていたが、それらは全て、私が彼らに従うように誘導することを目的としていた。私はそのような家庭内の力関係に馴染んでいたため、牧師夫妻の態度について、何ら疑問を持つこともなかったのだと思われる。

両親との関係について悩んでいる時に、T牧師のある説教を聞く機会があった。「多くの場合、あなたが選び取るべき道は、あなたが行きたいと願う方ではないことが多い」という内容だった。その言葉を聞いて、私は両親と和解しようとするにせよ、両親から離れるにせよ、どちらの選択も非常に難しいと感じた。袋小路に入り込んでしまったような気がした。

再び、S教授のセミナーに参加する機会があった。その時の講義の主題は「家族療法」だった。S教授は、家庭内で発生する感情的な問題を軽減し、解決していくための方法について解説した。一つの解決策として、「エンプティー・チェア」と呼ばれるものがあり、これは「ゲシュタルト療法」というものから来ているという。

それには、向かい合う二つの椅子を用意する。その療法のクライアントは、片方の椅子に座り、反対側の椅子にクライアントが問題を抱えている相手が座っていることを想定して、その椅子に話しかける。次に、クライアントは反対側の椅子に移動し、自分がその相手になったつもりになって、元の椅子から自分が語ったことに対して、その相手がどのような返答をするかを想像して言ってみる。このようにクライアントは、自分の椅子から相手の椅子に移動し、また自分の椅子に戻るというプロセスを、順番に何度も繰り返す。

この想像上の会話を相手と続けていくうちに、クライアントは、相手が問題についてどのように感じているかを理解することができ、それが解決に至る道標になる可能性があるという。

私の場合は、エンプティー・チェアでうまくいくものだろうかと考えた。二つの椅子を使用した私と父との間の会話、及び私と母との間の会話が成り立つことなど、想像もできなかった。エンプティー・チェアだけでなく、家族療法は自分の家族の協力を必要とする。私は家族療法を自らの問題に適用するのは非常に難しいと思った。

私は、質疑応答の時間にS教授に質問した。私は両親との関係を正常化したいのだけれども、両親との間に普通の感情的な繋がりを持つことが、非常に難しく思われることを述べた。そして、そのために家族療法が私の家族の問題を解決するのには、役に立たないのではないかと感じたことを訴えた。私は、解決にたどり着くために、何か他にできることはないかと思っていることと、自分がクリスチャンであるため、両親がイエス・キリストを信じることができるように願っていると付け加えた。

S教授からの明確な答えはなかった。しかし私は、この私と両親の関係について、どう対処していったら良いのか、手掛かりを得ることができた。私が質問した後で、S教授は私の状況に同情し、「あなたがクリスチャンだから、ご両親の魂の救いを願っておられることは、とてもよく理解できます」と語った。私は、その通りなのだと彼に答えたと思う。

しばらくしてセミナーが終わり、参加者全員が会場から帰ろうとしている時だった。私は、今までに味わったことのない感情を持ち始めていた。それまで認識することもなかった、忘れ去られていた自分の一部が叫んでいた。「私は両親がクリスチャンになればいいなんて、願ったこともない！　彼らが救われようと、救われまいと、私の知ったことではない！」

それが「本当の自分」のようであることに気付いた。本当の自分は、良い人の振りをしている自分自身に腹を立てているようだった。私は、本当の自分の存在を認めざるを得なくなった。私はずっと前に見失っていた、自分の一部を見つけ出した。S教授の共感が、私を本当の自分との出会いへと導いた。

しかしセミナーの後も、私は人間として、あるいはクリスチャンとして、誰にとっても不可欠な家族との関係を否定することが許されるものかどうか、結論を出せないでいた。私のような良心の呵責に悩みやすい人間にとって、家族との関係を否定することを正当化する理由を見つける必要があった。

歴史上には専制的な支配者がいるものだ。大勢の群衆が、そのような人物の熱狂的な支持者になってしまうことがある。しかし、支配者に従っていった人々が、最終的には支配者の誤った導きのために、悲劇に見舞われることがある。私は権威を帯びた全ての指導者が、従っていくのに相応しいわけではないと、自分を納得させようとした。それでも私は、この懸案の答えについて、確信を持つことができなかった。

そんな頃、またある出来事に遭遇した。五年前に私に乱暴しようとした、前の教会の教会員だった男から電話があったのだ。私はとても驚いて、身体が強張るのを感じた。

私は男と話したくなかったが、男は私が彼の話を聞かなければ、不公平だと主張した。私は男を怒らせてしまうことを恐れて、話を聞き始めた。

まず男は、彼の新しく立ち上げるビジネスにお金を投資することを、私に頼んだ。私は投資することを断ったが、それから男は、彼の以前の教会生活や家族のことなどについて、色々なことを支離滅裂に話し出した。最終的に、男は私に会えるかどうか、聞いてきた。私はまだ男を怒らせてしまったらどうなるだろうと、その結果を恐れていた。私は男に、T牧師の教会の礼拝でなら会ってもいいと答えた。その後男は、卑猥なことを話し始めた。私はもうこれ以上、男と話し続けるのは賢明ではないと感じ始め、電話を切るからと言って、受話器を置いた。

私は、男が私に何をしようとしているのだろうかと恐れた。未だに、私に嫌がらせをしようとしているようだった。どうしたら良いだろうと考えた時に、前の教会の元協力牧師に、この状況のために祈ってもらうことを思いついた。彼は、前の教会で、私とその男の間で起こった出来事について知っている、数少ない人たちのうちの一人だったからだ。

私は電話で彼に、何が起きたのかを話した。彼は、男が卑猥な話を始めるまで、私が話し続けたことを非難し、男の妻に、男が私に何をしたのかを知らせた方が良いと、私にアドバイスをした。

元協力牧師の提案を聞いている間、私は不快な気持ちになり、彼に対して、そして自分の状況に対して、腹が立ってきた。私は叫んだ。「なぜ私は、教会に関することで、こんなに嫌な経験をしなければならないのですか?」彼は私に、「あなたの状況は、よく理解できます」と答えた。しかし私は、理解されているようには思えなかった。

私は前の牧師に対する怒りもあらわにした。元協力牧師は私に言った。「あなたの前の牧師を赦さなければ、あなたも祝福されませんよ。今、彼に対して否定的な感情を抱いていたとしても、将来、彼に会うことがあったら、その時はいつでも、彼を祝福できるようでなければいけません」

私は、再び叫んだ。「前の牧師も、その男性も、そして私の父も、皆、私にとって同じです!」元協力牧師は、私に最後の提案をした。海外からの霊的な働きをする宣教師が、しばらくの間、彼の家に滞在していると いう。彼女の祈りはとてもパワーがあり、私も祈ってもらえば霊的な解放を受けることができると思うから、良かったら彼の家に来るようにということだった。

私は、そういうことが必要なのではないと確信した。私はこの会話の内容に失望し、言われたことは理解したと彼に言って、電話を切った。

その後、私は「前の牧師も、その男性も、父も、皆、同じ」と言ったことを思い出した。それはカウンセリングではなかったが、「本当の自分」がそれらの男性についてどう思っていたかを認識するに至った。彼らは私を搾取する傾向があった。しかし私は、彼らの要求を拒否するのに困難を感じていた。

私よりも力が強い男性に対する恐怖心と、私の根深い自責の念が私を無力にしていた。そのため、私は未だに、彼らに搾取されることを阻むことができないでいたのだ。私は自分の問題の多い態度を認めざるを得なくなった。それは元々、父の私に対する虐待的な関係から来ているのだけれども、それが私の家族の範囲を超えて、蔓延しているようだった。

彼らは、私の弱点を知り、付け込もうとしたのだろう。私の独身女性としての男性との関わりは、このような困惑をもたらす事だけで終わっていた。

私は、自分が可哀想になった。そして、男性に関わる私の運命に向かって激怒した。「こん畜生!!」私は、うめき声を上げた。私は、自分の不幸を嘆いた。五分くらいすると、私は我に返った。自分自身が、前とは別の人間になっていた。これまでに起きてしまったことは、変えることができないが、このありのままの自分自身を受け入れていかなければならないことを理解した。それは、喜ばしい時ではなかったが、私は自分が何を必要としているかを知る時でもあった。

私は、自分の進むべき方向に対する答えを得た。両親と和解しようと努力するよりも、両親の元から去る方が良いと感じた。もし子供たちが、無条件に両親を尊敬し、従わなければならないというのなら、有害な親を持つ子供たちは、その危害から身を守ることができないと気付いた。私が長年持っていた考え方は、マゾヒスティックなものになっていた。

前の教会では、私が両親を恐れているとすれば、それは両親に対する不従順の故の罪悪感から来ていると言われた。それを聞いた時、私は無力感を覚えた。しかし、現実は非常に異なっていることに気付いた。両親が私にとって有害だったため、私は彼らを恐れていたのだ。

私はT牧師に手紙を書いた。その男に対処するために、どうしたらいいかと尋ねるためだった。また、別の牧師が言ったように、男の妻にその出来事を知らせることも、解決に繋がるだろうかということも付け加えた。

約一週間後、私は返事を受け取った。それには、私が男が諦めるまで彼を拒絶すべきであり、彼の妻に真実を知らせるよりも効果的であるだろうと書いてあった。最後にT牧師は、私の問題の解決のために祈ります、と結んであった。

男の妻に真実を伝えることは、非常に難しいことに思われた。それは正しいことのように聞こえるかもしれないが、非常にデリケートな問題だった。もし私が、彼女の夫の行動を彼女に知らせていたら、再び妊娠していたと思われる彼女は、もっと苦しむことになっただろう。私は、それが解決に繋がることはなかったと思う。更にそれは、その夫婦の間により多くの波風を立てることになったと思われる。

私は、男の妻にはそのことを伝えなかったが、お母さんママとヒヨコ、そしてT牧師の教会の何人かの人たちに、そのことを打ち明けた。私はそれらの人たちから、慰めを得た。その男に関わる最初の出来事が起きた時、私はそれについて、誰にも話すことが許されなかった。それは、辛い体験だった。

私が教会を去ったため、私と牧師との関わりがなくなったことから、男はまた私に悪巧みをしても大丈夫だと思ったのかもしれない。私がもしその教会にまだ行っていたとしたら、男が私に嫌がらせをするのを防いだかもしれない。しかし、もうそこに行き続けるのに妥当な理由などなかった。

私はまだ、男が何をするつもりなのか、その行動を恐れていた。男は私が住んでいる場所も知っていたし、隠れて私を待ち伏せするのではないかと心配した。それで、日没前に帰宅するようにして、外出中は防犯ベルを持って歩いた。私は一〜二ヶ月の間、気持ちが休まる時間がなかった。

男は、ほぼ週に一度、電話をかけてきた。私はあまり話さないようにして、なるだけ早く電話を切るようにした。四回目か五回目の時、私は遂に勇気を出して言った。「何を考えて電話してくるのか知らないけど、私は、あなたとは決して付き合いません！　もうこれ以上、失礼な事をしないでください！」私は電話を切った。

その直後、再び電話が鳴った。私は受話器を取ったが、何も言わずに、すぐに電話を切った。その時、不快な電話が鳴ることは止んだ。更に一〜二週間の間、私はまだ嫌な電話がかかってくるのではないかと、少し恐れていた。しかし電話はなく、私の日常生活は、元に戻っていった。

男性というものに対する私の怒りは、元々、父との関わりから来ていた。しかし、その時の私の怒りは、おもに前の牧師に対して向けられていた。恐らく、もう親しい関係ではなくなっていたが、男が以前、前の牧師の弟子的な存在だったからだ。

私は、前の牧師に無言電話か嫌がらせの電話をしてやりたいという衝動に駆られた。「あなたの弟子はろくでなしだ！　私はさんざん迷惑してるんだ！　どうしてくれますか？」などと言ってやりたい気持ちだった。しかし、お母さんママは、それは良識のある人がすることではないから、そんなことはしないようにと私に忠告してくれた。それは、理にかなったアドバイスだった。

その代わりに、私は歌を聴いて怒りを発散しようと試みた。歌の題名は『アイ・ウィル・サバイブ』（I Will Survive）で、アメリカのオールディーズの歌だった。それは、不誠実な男性と決別する女性の感情を歌ったものだ。アップテンポな音楽と感情的な歌詞が、私の心の状態によくマッチした。その歌を何度も聴いて、その世界に浸り、慰めを得た。

父との関係について言うと、私は以前よりももっとあからさまに、父に対して顔を背けるようになった。父が私の態度の変化に気付いていたかどうかは分からない。結局、私たち二人は、人間としても、そして家族の一員としても、相互の関係を築くことなく終わった。

42　祈りの答え　II

嫌な電話が鳴り止んでしばらくすると、私が両親から離れることを決心するに至らせたもう一つの出来事を経験した。私の誕生日に、部屋の玄関のドアノブに紙の手提げ袋が掛けてあるのを見つけた。母からの「誕生日プレゼント」だった。袋の中にどんな贈り物が入っていたかは覚えていないが、添付されていた手紙の内容はよく覚えている。

それには、ある有名な作家が書いた本からの引用文が書かれていた。本の数ページをそのまま丸写ししたようだった。その文章を要約すると、「子供の頃に経験した両親との間の悪い思い出のために、大人になっても、まだ両親を恨んでいる人がいる。しかし、大人になってまでも、悪い記憶を忘れて親を赦そうとしない人は、狭量で見苦しい」といった内容だった。

この引用が、母の思っていることを表しているのは間違いなかった。それは、母の私に対する当て擦りだった。母から面と向かって責められるよりも、不愉快だったと思う。私は、母に関することでも、両親の家を去る理由があると感じた。その時私は、家を出る決心を、ほぼ固めた。その時以来、私の当面の目標は、私が両親の家から出ていけるように努力することに決まった。

手紙に関して言うと、母と母方の親戚から、約十年毎に合計三回、奇妙な手紙を受け取ったことがある。最初は、私が三十歳くらいの時だった。クリスチャンになって間もない頃で、母の妹である叔母から手紙が届いた。その叔母は、私が前に外国で撮った写真を見せた人だった。手紙には、こんなふうに書かれていた。「あなたは、お母さんに冷たい。お母さんにもっと優しくしなければいけません。両親よりもあなたのことを気にかけている人などいるでしょうか？　お母さんに対するあなたの態度について、どう思っているのですか？ 態度が変えられるかどうかを考えて、必ず返事をください」

　私は、親戚の人から、こんな手紙を受け取ったことにショックを受けた。それは私にとって苦い経験だった。しかし、クリスチャンであるということは、神が私の罪を赦してくださったことを意味する。その私の信仰が、その痛みを幾らか和らげるのに役立ったと言える。

　私は叔母に、母は可哀想なのかもしれないけれども、母に関しては、私にはどうすることもできない部分があると返事を書いたと思う。それ以降の私と叔母の間の手紙のやり取りは、なかった。

　何年も後になって、私は、母が自分で手紙を書く代わりに、自分の妹に手紙を書くように頼んだのだと確信するようになった。長年にわたる母の言動の観察と、私よりも叔母のことをよく知っている姉の意見から、そう思うようになった。

　叔母からの手紙を受け取った時は、本人自身が問題を抱えている家族のメンバーを叱責するために、他の誰かに頼んで手紙を書いてもらう人がいるということは、想像もできなかった。それはまるで、自分の過ちを他の人に明らかにすることであって、そんなことをする人は誰もいないだろうと思った。それに加えて、手紙を書くだけで、人の態度を変えさせることなど、不可能に近いことだと思われる。このような行動は恥ずべきことであり、面目を失うことだと私は信じている。

　しかし母は、どうにか自分の妹に、私に対する叱責の手紙を書かせることに成功したようだ。ただし、それは解決にはほど遠いものだった。それどころか、私が母を嫌いになる理由が、更に増えただけだった。

　母の奇妙な引用文が書かれた手紙を受け取ってから約十年後に、母から再び手紙を受け取った。当時、私は既に両親の家から引っ越していた。リーマン・ショック後の世界的な不景気のため、正社員として働いていた仕事を失った時期だった。

手紙は、他の人に迷惑をかけることがないようにと、私をたしなめるものだった。「迷惑をかける」というのが、何であるかは書いていなかった。それは経済的なことを意味していたのだろう。また、姉の夫、つまり私の義兄は社会のことをよく知っているから、相談するのはいいけれども、決して彼に頼ってはならないし、また他の誰にも頼ってはいけないと書いてあった。

母は、私からお金の援助を求められるのを避けようとしたのだろう。実際は、私が母にお金の援助を求めることなど、恐ろしくてできないことだった。両親は、いつも私よりも裕福だったが、どんな状況に陥ったとしても、それはできなかったのではないかと思う。私は、その嫌な手紙をびりびりと引き裂いて捨てた。母の言動は、全く理解できないものだった。

両親の家を出る決心をしてから、両親と顔を合わせるのが、余計に怖くなった。私の部屋は二階にあった。毎朝外出する時に、階段を下りて、両親が住んでいた一階の部屋の前の廊下を通り抜けなければならなかった。

普通は、その部屋の玄関のドアは開放されていた。ドアの前を通り過ぎる度に、母に気付かれないことを願った。私が廊下を通り抜けるのを察知すると、母は背後から私に語り掛けた。「よく晴れた、いい日だね。一日を楽しんでね」また、天気によっては「午後から雨が降るんだって。傘を忘れないでね」等々。それは、普通の日常会話のように聞こえただろう。

しかし、母の声を聞く度に、非常な不快感があった。私は振り向くこともせず、母に何も言わずに、急いでそこを去った。私は、母が自分の落ち度を度外視して、良い母親の振りだけをする態度が嫌いだった。また、母と私の間には、全く問題などないことを表そうとする演出にも腹が立った。

どういう状況だったのかは覚えていないが、ある時、また奇妙なことが起きた。母が突然、泣き始めて叫んだ。「私は、なんて可哀想な母親なんだろう！　こんなに心の冷たい娘がいて！」私はいつものように、黙っていることしかできなかった。母と一緒にいる時、母はいつも何か構えているような態度であったため、私は緊張し、寡黙になったのだと思う。母は、私のそのような態度について不平を言い、私は心が冷たいと言った。しかし、私から見ると、母の私に対する態度こそが、私を「心が冷たい」状態に導いていたと言える。母の奇妙な行動によって、私は長年にわたり、母に対する罪悪感を抱いてしまうことになった。

しかし私は、徐々に母に対する罪悪感を持つのは、無意味だということに気付いていった。母は演技をしているつもりではなかったかもしれないが、母が自分の本当の感情を表現しているとは限らないと思うようになった。私がカウンセリングや心理学を学べば学ぶほど、母が非常に感情的になっている時の母の正直さを疑うようになった。

母は、娘が優しくないと言って泣いたが、私は母が私と本当に良い関係を持ちたいと願っているとは思えなくなったのだ。後になって、私は自分が感じたことが正しかったと知ることができた。

私が最優先に取り組むべきことは、家賃の支払いを含め、独立して生活するのに充分な収入を得ることができる仕事に就くことだった。そのためには、かなりの努力をしなければならないことは分かっていた。若い頃から、両親に服従している限り、私は社会の中で、他の人たちに追いついていくことができなくなるという不安があった。その不安は、言葉では説明できないものだったが、本能的にそれを感じていた。私は、今こそ自分の運命を乗り越えるために、一生懸命努力する時が来たと思った。

私は、自分が仕事ができるようになるためには、どうしたら良いかと考えた。私は既に四十歳に近かった。年齢が上がるほど、良い仕事を見つけるのは難しくなる。世の中の景気も、依然として停滞していた。私のような専門的な仕事の経験がなく、それほど若くない人間にとって、良い収入になる仕事を得るのは、非常に難しいことのように思われた。

ＳＯＨＯとも言われる在宅業務の仕事であれば、年齢制限があまりないということを聞いた。在宅業務であれば、会社などの組織内で起きる人間関係の問題に巻き込まれることもないだろうと考えた。私は人付き合いが苦手だったため、私にとって都合の良いことに思えた。私は、在宅業務の仕事を目指すことにした。

私は、自分の英語力を活かせる仕事をしたいという願いを持っていた。私の英語力は、まだ専門職として働くのに充分ではなかったが、翻訳者を目指す価値はあると思った。私は通信教育で、更に英語を学び始めた。通信教育を受講するのは、学校に通うよりもお金がかからない。午前中しか働いていなかったため、退社後に勉強するようにした。

三年間で四つの通信教育を受講した。ビジネス文書ライティング、英語リスニング、基本的なテクニカルライティング、英語から日本語、日本語から英語への翻訳を学んだ。

文法の異なる別の言語への翻訳に取り組むことは難しい。また、似たような意味を持つ単語が幾つかあるため、それぞれの単語の独特なニュアンスを理解することも、ひと苦労である。

かなりの努力の末、私は翻訳者になるための試験を受けた。しかし、私の点数は、プロのレベルには到達しなかった。私は、その結果に失望した。

そんな頃、新聞広告で人材派遣会社の語学関係の求人を見つけた。仕事ができさえすれば、在宅業務でも会社などに出勤して働くことでも、どちらでも構わなかった。私はそこの試験を受けて、翻訳者として登録された。

私は他の二名の人たちと一緒に、ある仕事の面接を受ける機会を得た。私たち三名は、一つのチームとして仕事をすることが想定されていた。しかし私は、面接に行ったものの、仕事が実際にできるものかどうか、疑問を感じた。

通常、人材派遣会社のクライアント企業は、特別な理由がない限り、派遣会社の紹介するスタッフを不採用にすることは許されない。スタッフの技能が業務をすることができるレベルに達しているのならば、企業はスタッフを派遣社員として受け入れる必要がある。

しかしながら私は、チームの人数に不安を覚えた。三名というのは、少し多いように感じた。人数が二名に減る可能性はあると思った。

面接のあった週明けの月曜日、私は派遣会社からの電話を待っていた。就業に関する、次の行動要領についての連絡が来るはずだった。しかし、午後八時を過ぎても、電話がかかって来なかった。

私はどうしたのかと思い、派遣会社に電話した。担当者は、そのクライアント企業が他の二名だけを採用したと私に言った。私の不安は的中した。私は三名の中で最年長で、技能のレベルも低かったのだろう。

派遣会社の別の担当者が、その日のもっと早い時間に、その結果を私に知らせるために電話することになっていたようだ。その人は、私に残酷な結果を知らせることを躊躇したのかもしれない。

求職活動には良い時世ではなかった。派遣会社が選んだ応募者を、クライアント企業が断ること等、違法な事案も多発していた。そして、そのようなことは見過ごしにされていた。

ある意味私は、当時の求職者にありがちな不運を経験していたのに過ぎないのかもしれない。しかし私は、全てのエネルギーを使い果たしたと感じて、一～二週間は、疲労から立ち直れなかった。

その月曜日の直前、私は日曜日の礼拝でT牧師の説教を聞いていた。彼は、このように語った。「いつも私たちが願うように、物事が進むわけではないので、私たちは失望することがあります。しかし、私たちは、神が許された状況を受け入れる必要があるのです」

その日は、物事が計画通りに進めば、新しい職場環境に入ろうとしていたため、前向きで励ましになる話を期待していた。私は、このように語られたことが、実際の自分の状況にどう関係するのだろうかと不安を覚えた。後になってその話が、かなりの労力の末に訪れた、私の深い失望のための備えであったと気付いた。この話によって、私の痛みは幾らか和らいだ。

それからしばらくして、私は健康診断で、重度の貧血になっていたことが分かった。私のいい加減な食生活が原因だったかもしれない。私は勉強に専念していて、外食することも多かったが、食費も節約しようとしていた。

私は、時間をできるだけ勉強することに使いたかったため、普段は自炊をしなかった。お金をあまりかけないで外食していたため、私は栄養不良に陥ったのだろう。結局、その時の私の心身の状態では、集中力が要求される仕事をすることは困難だったかもしれない。姉がプルーンエキスの瓶を幾つかくれたのは、有り難かった。

私は普通の学生よりも、二十歳も年上の学生のようだった。自分が目指す技能を習得しようと、若い人たちのように盲目的に頑張る傾向があった。

時々私は、本来ならば、ずっと前にやっておくべきことをしていると感じることがあった。それは「アダルトチャイルド」が持ちやすい、典型的な傾向の一つだと思われる。

英語の専門職に就くために、一生懸命頑張る力はもうなかったが、在宅業務ができるようになること以外の考えはなかった。

新聞や雑誌で、幾つかのテープ起こしの通信教育の広告を見つけた。自分の母国語である日本語を使う仕事を目指す方が、現実的だと思った。

私は、通信教育の一つに申し込んだ。その講座は、思っていた以上にかなり難しいものだった。カセットテープを繰り返し何度も再生しながら言葉を拾うのに、かなりの時間がかかった。不明瞭な音声を聞き取る訓練は、教育の一部だったが、聴解不能の部分が多かった。

およそ一年の間、私は寝食と働くことを除いたほとんどの時間を、通信教育の課題に取り組むことに割り当てた。しかし、受講期限内に添削課題を提出することができなかった。受講期限を延長するために、追加の受講料を払わなければならなかった。

通信教育を終えると、プロとしてテープ起こしの仕事をするのに充分な技能を持っているかどうかを判断するための試験を受けた。作成原稿は二日以内に会社に送る必要があり、内容は非常に難しかった。私は、辛うじて制限時間内に原稿を作成し、送付した。

結果は、ショッキングなものだった。私は再びの失敗に、がっかりした。自分はまたも呪われているのではないかという気がした。同時に私は、その会社に対して激しい怒りを感じた。そして、通信教育のパンフレットに、「中卒レベルの教育を受けた人なら、誰でも修了できる」と書かれていたのを覚えていた。

私は、パンフレットの誤解を招く恐れのある説明について、その会社に電話で苦情を申し立てた。そして、問題があると思われる説明文を書き直すように求めた。なぜなら、短大を卒業した私が、それ以上できないぐらいの努力をしても、試験に受からなかったからだと主張した。私はまた、この不況の時代に、仕事の機会を得るために資格を取得しようと一生懸命努力している人々は、藁にも縋る思いで、こうした通信教育を学んでいるに違いないと付け加えた。

数年後、私はその会社が、本当に疑わしいものであったことを知った。詐欺で摘発されたのだ。それは、西暦二〇〇〇年頃、消費者の保護に対する関心が高まってきた時だった。

私と同じ通信教育に挑戦したものの、テープ起こしの仕事に就けなかった人がかなりいたのだと思う。それらの人たちの中には、その会社の通信教育に関わる問題を、消費生活センターに報告した人たちもいたことだろう。

テレビのニュース番組によると、その会社は通信教育を受講したうちの三千人に一人にしか、仕事の機会を与えなかったという。その会社の目的は、ただ通信教育用の教材を販売して利益を上げることのようだった。私は、企業の商品やサービスに問題がある時に報告することができる、役所の機関があることを知った。

私は同じような通信教育を提供している会社の中から、疑わしい会社を選んでしまった。私は運が悪かった。しかし、テレビでそのニュースを見た時には、既に別の会社の教育を受けて、テープ起こしの仕事を始めていた。疑わしい会社の試験に落ちた後も、私はどうしてもテープ起こしの仕事ができるようになることに、こだわっていた。在宅業務の仕事を目指す間に、苦い経験を繰り返していたにもかかわらず、私は自分の将来の職業に関して、他の考えを持つことはなかった。私は、柔軟に物事を考えることができなくなっていた。

私は学校に通って、テープ起こしの技能を学ぶことにした。四ヶ月間通学して、ようやく自宅でテープ起こしの仕事を始めることができた。将来に対する不安も、少し解消された。

在宅の仕事ができるようになって、私は両親の家を出ることを、本気で考え始めた。経済的に問題なく自立できるかどうかは、まだ分からなかったが、両親の家を出ると決めてから、既に五年が経っていた。

私は、両親と同じ建物内に住むことが、とても不快だったし、不意に彼らと顔を合わせてしまうことを恐れていた。両親をできる限り避けようとしている自分の行動が、卑劣だと感じるようになった。それは、説明することのできない、妙な感覚だった。私は既に四十代半ばになっていた。私が最も恐れていたのは、思い切った行動を取らずして、年齢を重ねることだった。

両親がもっと高齢になった時に、私に頼ろうとするかどうかは分からなかった。私たちの間には信頼がなかったため、両親が私に対して更に苛立ったり、怒ったりすることも考えられた。私にとっては、どのような状況になったとしても、対処していくことが非常に難しいと思われた。

私が最優先にするべきことは、親の反応を気にする必要がない環境で自分を育んでいけるように、少しでも自分が安心できて、良い状態に身を置くことだった。

私はパートタイマーの仕事を辞めて、倉庫や工場が多い郊外でアパートを探し始めた。そのような地域では、アルバイトを探すのにも都合が良いと思われた。在宅のテープ起こしの仕事に加えて、倉庫などで働くことができれば、私は生活していけると考えた。

馴染みのない地域に、アパートの部屋を見つけた。家賃は、私の住んでいた地域の部屋よりも、かなり安かった。自分でアパートを借りることを決めたのは、私にとって大きな挑戦だった。

次に、両親に私が引っ越すことを伝える必要があった。その状況は、私が十五年前に外国に行った時と、非常によく似ていた。あまり早く伝えると、両親にその計画を妨害される恐れがあるため、実際の引っ越しの一週間前に、両親に話した。

父は驚いた様子で、引っ越しの手配を取り消すように、私に言った。父は私がしようとしていることについて、文句を言った。一人で暮らすのは危険だとか、私がこの家にいる限り支払う必要のない家賃などを支払うのは愚かだなどと言った。

私は、父に答えた。「お父さんは、いつも他の人にガーガー文句ばかり言うけれど、お父さんの言うことなんか、何の意味もない！」よくぞこんなことを父に言えたものだと、自分自身に驚いた。父は、数秒間沈黙していた。それは父に対する些細な復讐に過ぎなかったが、私にとって、思いがけなく報復を果たすことのできた機会となった。

私は引っ越すことを主張し、既に不動産会社との契約も終えていることを伝えた。母は泣き出して、自分は私に何も悪い事をしていないのに、私が幼い頃から自分を恨んでいたと嘆いた。

父は、引っ越す理由を私に尋ねた。私は、「お父さんも、お母さんも嫌いだからです！」と言いたかったが、そんなことを言えるはずもなかった。その代わりに、私は自分の部屋の床の一部が緩んでいることを父に話した。それは本当で、足で踏みしめると沈んでしまう部分があったのだ。

修理すれば直るであろう部屋の不具合を引っ越しの理由にするのは、おかしなことに思われた。どうやら詭弁を弄する人と一緒に話をしていたために、私も同じようになってしまったのかもしれない。それでも、うまく収まったということだ。

父は私に、予想もしなかった質問をした。私の教会の先生たちは、私の引っ越しについて、何と言っているのかと聞いてきた。私はその質問に驚いたが、心の中で苦笑した。私は父に、先生方は私の意志を尊重してくれていて、何をした方がいいとか、しない方がいいなどのアドバイスをすることはないと答えた。父は何年もの間私を無視した結果、私のことなど、何も分かってはいなかったと思う。どうすればいいのかも、分からなかったのだろう。

父の最後の質問は、私が経済的に自活してやっていけるのかどうかということだった。私はそのことについて、確信が持てなかったものの、「はい」と答えた。そして、私が引っ越すことが決まった。

父は、私が幼い頃は仕事がとても忙しかったため、私のことをあまりよく覚えていないと私に言った。私は、小さな頃からの父との間の悪い出来事を思い出していた。しかし私は、父にそれらのことについて、何も言うことができなかった。

父はまた、姉が結婚した時や子供が生まれた時に、姉とその家族にかなりのお金を供与したが、私にはあまり与えていないと私に言った。私は、父が私にお金をくれるのではないかと期待した。すると、一般的な正社員の月給くらいのお金をくれた。それは、結婚披露宴を開く費用に比べると、はるかに少なかった。私は、嬉しさと悲しみの入り交じった気持ちで受け取った。

引っ越しの当日は、その地域では珍しく、清々しい雪の日だった。母だけが戸口に現れて、私を見送った。母は手を振って、とても嬉しそうに見えた。私は、母のこんなに喜んでいる表情を見たことがなかった。

恐らく、私が母の娘として母を慕うことがなかったのが、母にとって腹立たしいことだったという事実にもかかわらず、母が望んでいたのは、母自身が何も手を下すことがなくても、都合よく私が母の視界から消えることだったのではないかと、私には思えた。母の涙は偽物だということを確信した。

43
試行錯誤

引っ越した日、私は簡素で小さな部屋に落ち着いた。遂に私は、長年にわたって持ち続けていた不快な感情から解放された。

転居してから約半年の間、私は前よりも活動的になり、元気を取り戻していた。それまでに経験したことのない、自由を謳歌したからだと思う。引っ越し前に、火照《ほて》りのような更年期障害を感じるようになっていた。しかし、驚いたことに、引っ越し後にそのような症状は治まった。

実は、苦い経験をしたにもかかわらず、私は再び英和翻訳の勉強を始めた。大量の不明瞭な日本語を聞いた後になって、ラジオ放送で流れていた英語が、以前よりもはっきりと聞き取れるようになっていた。内容の一部しか理解できなかったものの、自然な抑揚のある話し言葉として聞こえたのだ。

私はディクテーションの練習をしながら、英語の単語を聞き取るために、一生懸命努力してきた。英語の聴解力はある程度向上したが、自然なスピードで話される実践的な英語は、私にとっては理解できない外国語だった。しかし、自分の耳が変化したことに気付いたことで、再び英和翻訳を勉強する気になった。

その時私は、テレビ、映画、インターネットの分野の翻訳を学ぶ映像翻訳の学校を選んだ。そのような技能を習得するのは非常に難しいと思われたが、学費はそれほど高くなかった。まずは週一回の基礎クラスを受講し始めた。

引っ越してから最初の半年は、自宅でテープ起こしの仕事をしながら、時々、倉庫で日雇いの仕事をして働いた。それとともに、新しい分野の翻訳を学び始めた。私の新しい人生は、順調に進んでいるように思われた。

しかし、季節が移り変わり、暑くなり湿度も高くなってきた。私は体調がすぐれなくなって、再び火照りを感じるようになった。その上、嫌われものの害虫が、部屋に度々出没するようになった。古い家に棲みついていることが多いようだ。虫の出現で、更に私は不快になった。

また、テープ起こしの仕事でも、私は問題を抱えていた。ある学校法人の労働組合と使用者との間の団体交渉の内容を記録する仕事を請け負ったが、音源がかなり不明瞭だった。性能の良くない小さなカセットテープレコーダーが、その話し合いのキーパーソンから離れた場所に置かれていたのだと思われる。団体交渉の他の出席者たちは、時々感情的になっていて、その言葉を聞き取るのも難しかった。

多くの場合、仕事は地方自治体の議会の議事録を作成することだった。そのようなケースでは、会社が議会の案件の草稿などの資料を、私たちに供与することも多かった。それが議事録作成に役立った。また、議長が議会の進行役を務めるため、全体的に秩序立った進行がされていた。その団体交渉のテープ起こしは、議事録作成と比較して、はるかに時間がかかった。

また、その会社はＩＳＯ（国際標準化機構）九〇〇〇の認証を取得していた。それに基づいて、会社はテープ起こしの請負者に、チェックリストの提出を課していた。全ての聞き取りが不明瞭な部分を、カセットテープの経過時間に従って、書き留めなければならなかった。チェックリストに多くのことを書くのに、かなり長い時間がかかった。その上、自分の原稿が校閲後に返却された時に、校閲に従って原稿を修正する必要があった。

報酬は音源の長さによって決まっていて、例えば、一時間当たりで六千円ならば三十分で三千円となっていた。聞きづらさについての考慮はなかった。私は仕事の初心者だったため、決められた報酬額は低かった。

他の請負者の中でも、その団体交渉の仕事を引き受けようとする人はいなかったのだと思われる。私は、同じ団体交渉の継続のケースを引き受けることになってしまった。会社の社員が、私に頼み込んできたからだ。

テープの音質は、以前のものと変わっていなかった。再度、全ての作業を完了するのに非常に長い時間がかかった。報酬を時給に換算すると、百円にもならなかった。

私は、他の仕事を全くすることなく、丸々一ヶ月の間、その仕事に取り組んだ。私は腹が立って、悔し泣きをした。普通のもっと楽な仕事の場合、時給換算すると九百円前後だった。それは、一般的なアルバイトの時給とほぼ同じくらいだった。仕事を始めた次の年と、その次の三年目に、自分の報酬が上がることを望んだが、昇給はなかった。

また、その頃は市町村合併特例法に基づいて、市町村の合併が頻繁に行われていた。そのため会社は、顧客数の減少に伴う受注件数の落ち込みに直面していた。

地方自治体の議会は、三月、六月、九月、十二月の特定の月に集中している。それらの月と月との間、しばらく仕事のない期間があったが、その期間が以前よりも長くなっていった。

日雇い労働について言えば、繁忙期を除くと仕事の機会はあまりなかった。自分の体調もあまり良くなかったため、結局、その仕事もしなくなってしまった。

地方自治体以外の仕事も多くある、他のテープ起こしの会社の仕事ができないだろうかと考えた。そこで、ある会社の発行した中古教材で練習した後、その会社の試験を受けた。しかし、私は合格できなかった。テープ起こしの仕事に加えて、映像翻訳の勉強にも行き詰まっていた。懸命に勉強したものの、私の技能はプロのレベルに達しなかった。私は仕事の機会を得るために、何度か試験を受けたが、仕事に結び付くことはなかった。

テープ起こしや翻訳の仕事ができるよう頑張るほどに、それが私を袋小路に追いやった。どうしたらいいのか、分からなくなった。自分が失敗者であるという落胆の思いが、更に強化されただけのように思われた。私は自分が愚か者だと感じた。

お金に関することは、いつも私にとって大きな問題だった。一方で、私には最初の就職先で働いていた時に蓄えたお金がまだ残っていた。数十年前は、預貯金の金利が現在よりも高かった。長期間の貯蓄では、利息も多く付いてきた。それで助けられた部分も多かったが、私は自分の生活力の欠如を知っていたため、倹約は必須だった。

私は在宅業務の仕事ができるようになること以外は、他に何の考えもなかった。理屈に合わない思い込みだったかもしれないが、職場での人間関係の問題に巻き込まれることは無いと思っていた。実際は、在宅業務の仕事であっても、この種の問題が起きないわけではない。

私の振る舞いはぎこちなく、周囲に適応できなかった。視野を広げて、それまでにやったことのないことに挑戦するのは、難しいと思われた。しかしながら、生計を立てるために、馴染みのないことでもやってみようとする必要もあった。

私のささやかな挑戦が失敗した一つの例がある。引っ越してからしばらくした時、夏の御中元の時期に、大手小売店の接客部門で働く期間限定のアルバイトをした。しかし私は、働き始めて何日か後に解雇された。私の仕事振りが、時間がかかり過ぎて効率的でないと判断されたようだった。それは、ほんの短期間の仕事だったが、私はショックを受け、がっかりした。

更に年を経る間に、同じような問題に遭遇したことがあった。もっと正確で迅速に仕事をしなければ解雇すると、私が働いていた倉庫の会社から警告を受けたのだ。それも、異なる会社で二度起こった。

そのような会社ではもう働きたくなかったため、私は二度とも自分から仕事を辞めた。私は手抜きをしたつもりはなかったし、頑張って仕事をしていたのだが、会社からクレームを付けられてしまったのだ。

私のぎこちなく不器用な行動のために、そうなったのだろうかと考えている。しかし、警告を受けるのはいい気持ちではないが、私にとって、それらの会社で働くことは、最初から多くの点であまり快適なものではなかった。それらの倉庫の在庫管理の方法などが、私には向いていなかったのかもしれない。しかしながら、自分が速度や効率を要求される作業が苦手であるということは、否定することができないと思う。職場での不適応から来る問題に対しては、自分がアダルトチャイルドであることを言い訳にすることが、私のせめてもの慰めだった。

私は自分の適性、得意な技能や能力、興味のあることなどを考慮して、自分が社会の中のどのような部分に属したらいいのか、考えることもできなかった。多くの人たちは、成長する間に自己理解と社会常識を身に付けて、自分の個性を考えながら、社会の中で自分に相応しい場所を見つけようとするのではないだろうか。私は社会常識も自己理解も欠けていたため、どうしたら良いのか分からなかった。仕事ができるようになるために頑張ったが、それはあまり成功しなかった。そして、その結果に深く失望した。

しかしその頃、私には他の選択肢がなかったと思う。今になっても、自分が若かった頃にこうすれば良かったなどという他のアイデアは、思い浮かばない。そのため、私は後悔することもない。まともな発育段階を経てこなかった人間として、在宅業務でのキャリアを追求しても、多くの収入を得ることができなかった。しかし、新しいことをやってみる価値は大いにあったと信じている。少なくとも、私の限られた視野は勉強することで広がり、知識が増え、色々なことに関心を持つようになった。

在宅業務を追求した場合の問題点も考えられる。パソコンの画面やキーボードと向き合いながら、学習の課題や業務原稿の内容のことを考えていると、つまみ食いをしたり、お茶やコーヒーを飲む機会が多くなるという悪い習慣に陥った。考える時間が長くなればなるほど、おやつを食べる回数も増えた。もし私が、本当に在宅業務のプロになっていたら、カロリーの過剰摂取のため、健康に問題を抱えていたかもしれない。

また、自分ではあまり気になっていなかったが、首や肩の凝りも激しくなっていた。肩凝りなどが激しくなっても、それに慣れてしまうと、人はその痛みを感じなくなってしまうと聞いたことがある。それは正しいのだろう。私は痛みを感じなかったため、凝りをほぐすための手当てもしていなかった。

私は、学習の課題や業務に取り組むことに専念していたために、自分の体調を考慮する余裕がなかった。それが、私の更年期障害が長期間にわたった要因だったのかもしれない。

私は未だに、他のことを考慮することなく、達成しようと心に決めたことを盲目的に追い求める傾向があった。それは、重症な「アダルトチャイルド」が持ちやすい、一つの典型的な傾向なのだろうと思われる。今、私は当時の自分を客観的に振り返り、自分の運命を克服するために多大な努力をしている、「チャイルド」を賞賛する。しかしながら、当時の私は、遂に収入を得るために別の方法を探すことを余儀なくされることになる。

44 オフィスワークの再開

私は、再びパートタイムのオフィスワーカーとして働き始めた。電気通信会社からの業務委託を請け負う会社で仕事をすることになった。当時は、電気通信事業の規制緩和があって間もない頃だった。その会社は、新規のサービスの販売促進を開始した。私を含めて約四十名が、新しい契約者を登録するための事務処理を行うために雇われた。

最初に私たちは、正社員の人から、仕事はかなり忙しくなると言われた。しかし実際には、私たちの事務処理の量は、私たち全員に行き渡るのに充分なほどはなかった。手が空いている時間は、日毎に長くなっていった。

業務開始から三ヶ月後、会社は私たちに通達した。「各自が毎週二〜三日、交代で休むようにして、仕事の量が作業人数に合うように調整する」と言われた。また、そんなに頻繁に休みを取りたくない人は、その人が別のセクション、すなわちコールセンターに異動できるかどうかを、会社が検討するということが付け加えられた。

私は異動したいと申し出た。その後、コールセンターで料金支払いのための口座振替の手続きの不備、例えば不鮮明な印鑑の押印のために金融機関から戻ってきてしまった申込書を再度提出してもらうことなどを、顧客に連絡する仕事をすることになった。

私は、人と話すことは苦手だったが、その仕事に一生懸命取り組んだ。やりたいと思わないことをやらなければならない時は、何も考えずにただやってみるというのは、長年学習してきたことだ。あれこれ考え過ぎると躊躇してしまうことがある。時々、英語対応の顧客担当者が不在の時、私は代わりに、そのような顧客からの電話に応対することもあった。

異動してから半年が、あっという間に過ぎ去った。その後、私はまた別の問題に遭遇した。会社から突然、解雇を言い渡されたのだ。私は困惑したが、戸惑いながらも上司に自分の仕事振りに問題があるからなのかどうかを尋ねた。彼は、私の解雇は私の側の問題ではなく、会社側の理由によるものだと答えた。それを聞いて、少し安心した。

実際、同時に他の何人かの人たちも解雇されたり、別のセクションに異動になったりした。別のセクションに異動した人たちも、業務内容が以前のものと非常に異なっていたため、新しい業務に慣れるのが難しかったようだ。そのため、結局、会社を辞めていった人たちもいたという。

会社は事業の縮小を実施していた。新規サービスの契約を充分獲得できていなかったため、そうなってもおかしくはなかった。その時は二〇〇五年前後だった。同じ業界の企業の間には、常に激しい競争がある。更に、技術革新によって、人々が使用する製品も常に変化し続けている。

私が勤めていたその会社は、固定電話のサービスを提供していた。当時は、携帯電話の普及は進んでいたが、ほとんどの家庭は、まだ固定電話を使っていた。現在ではスマートフォンが主流となり、固定電話を持つ家庭は少なくなっている。そこで働いていた頃を思い出すと、電話機の変遷にも驚かされる。

その仕事を辞めてから数ヶ月後、私は保険会社の派遣社員として、ファイリングの仕事を始めた。過去に発行された保険の給付金に関する文書を調査するために、多くの派遣社員が雇われた。当時は、保険会社の給付金支払漏れのケースがあるということが問題となっていて、その関連のニュースが広く報道されていた。そのような疑惑の持たれた会社は、膨大な量の文書を再確認する必要があった。その保険会社は、二百人以上の派遣社員を雇った。

私は、各案件を審査する別の部門のために文書を準備するセクションの所属で、出力装置で大量の文書を印刷する仕事だった。私たちは十人ほどのチームとして働いた。

基本的に作業は単純なもので、ストレスを感じるようなものではなかった。私たちの役割には、事務所から保管場所に大量の文書を移動することも含まれていた。それは肉体労働のようだった。同じチームの中には、自分が少し付き合いづらいと感じた人も数名いたが、何とか波風立てずに交流することができた。

その再調査の仕事は六ヶ月で終わる予定だったが、二年近くまで延長になった。その間に、私たちの仕事はデータ入力に変わった。プロジェクトが進捗し、終わりが近づくにつれて、手が空いてしまう時間が増えていった。

私たち一人一人に、パソコンの端末が割り当てられていた。私は何もすることがない時に、簡単な描画ソフトを使って、太陽系、家や庭、大聖堂などの絵を描いた。色彩に富んだ色々な絵を描くのは楽しかった。暇つぶしをする間に、パソコンの使い方も、更に少し学ぶことができた。

その仕事は、私が今まで経験してきたものの中でも簡単な方で、給料も悪くなかった。実際、時給は前の電話関連の会社で働いていた時よりも高かった。そこでのファイリング業務は、学生がやるアルバイトのようだった。その上、プロジェクトの終了時に雇用契約も終わるという会社の都合による離職のため、労働者の自己都合による退職の場合よりも、私たちは早く失業保険を受け取る資格が与えられた。このような良い話は、あまりないのではないかと思う。とにかく、魅力的な職場環境に長く居られることはないと思う方がいいようだ。

そこで働いている間、私はまだ更年期障害の健康不安があり、活動的ではなかった。しかし私は、その仕事の期間終了後に、別の仕事を探す時に役立つと思われる二つの資格を取得した。

一つは、海外貿易の実践的な知識を学ぶための短期セミナーに参加し、もう一つは簿記学校で国際会計を勉強した。そして、貿易実務検定と国際簿記・会計検定を受験した。私は、それらの初級レベルの試験に合格した。

私はもう在宅業務の仕事を得ようとは思わなかった。景気が良くなってきていたため、正社員の仕事を探そうとしていた。

仕事を辞めた後、就職活動を始める前に英会話教室の夏季コースに通った。色々な国の文化に関するクラスなど、様々な授業があった。受講料も手頃な価格だった。日本にいながら、ミニ留学のような日々を楽しんだ。

秋の初めになって、私は仕事を探し始めた。公共職業安定所の提供するプログラムに参加することにした。それは、求職者が仕事を見つけるのをサポートするものだった。具体的には、求職者を支援する専属の職安の担当者が、求職者が就職に至るまで、その求職者に適する求人を紹介してくれるというものだ。

私は、担当者が勧めてくれた幾つかの会社に応募した。そのうちの一社の面接試験を受けることになった。その会社は、私の住んでいるアパートに割と近い場所にあった。工業用製品の部品メーカーで、輸出業務を担当する社員を求人していた。私はその仕事に就くための面接を受けに出掛けていった。

驚いたことに、私は採用された。私を含めて、求職者にとってはちょうどいい時期だったのかもしれない。景気は、その数年前及び数年後よりも良かった。新しい職業生活に対して不安を感じながらも、希望していた正社員の仕事を、遂に見つけることができて嬉しかった。

45

生涯の記念

今でも、なぜその会社が私を採用したのだろうと思う。実際、その仕事や職場環境は、私には対処するのが困難だった。入社後、意外なことを知った。残業の制度は存在しているものの、誰もが残業をすることは想定されていなかった。

私は、貿易事務の経験がなかった。私の仕事は、出荷の手配、納期の確認、見積もり依頼に対する返答、顧客からの技術的な問題等に関する質問への回答などだった。勤務時間内にそれらの業務を終わらせるのは、私にとって難しいことだった。

残業に関する不文律に気付いてからは、必要な時には終業時間直後にタイムカードを押して、仕事に戻るようにした。時間の不足を補うためには、そうするよりほかはなかった。

会社は家族経営で、その役員たちを満足させるのは、非常に難しいと思われた。各部署の会議が、月に一度開催されていた。役員は出席しなかった。

役員がいないのは気が楽だったが、ある時会議中に、ある人から役員の一人が私について、あることを言っていたと聞いた。その役員は、私が会社にかかってくる電話に出ようとしないと言っていたという。それは、ある程度は本当のことだったかもしれない。私はいつも時間が足りなかったため、仕事中も時間を節約したかったのだ。ちょうどその職場に居心地の悪さを感じ始めていた頃でもあったため、その役員の言葉はショッキングなものだった。私は思わず涙を流してしまった。

しかし、概ね管理職の人も含めて、他の社員の人たちは私に協力的な感じだったため、ひとまず安堵した。

それ以降、私はもう一度気を取り直して、できるだけ一生懸命働こうとした。私が電話に出ようとしないと言われたため、もっと電話に出ようとした。その後、管理を担当する別の役員宛の電話を取った。それは一種のセールスの電話で、私はその電話にまともに回答した場合、どのような結果になるか、予測できなかった。その担当役員は外出中だったため、私はその電話をかけてきた人から、会社の管理担当者、すなわちその役員の名前を聞かれた。私はその名前を伝えた。するとその人は、後で改めてその管理担当者に電話すると言った。

その役員が戻った時、私は彼が外出中にかかってきた電話について伝えた。すると、彼はそんな電話の相手に名前など教えるなと言って、私を厳しく叱責した。それ以来、電話で管理担当者の名前を尋ねられる度に、「申し訳ありませんが、担当者の名前はお伝えできません」と言うようにした。

他にも、私はその役員に厳しく叱られたことがあった。どういう状況であったかは覚えていないが、彼から私の仕事をする能力が欠けているということを指摘された時に、私は彼に、私に限界があることを理解して頂きたいと懇願したような状況だったと思う。それは、彼には口答えのように聞こえたのかもしれない。その日、私はずっと泣きながら家にたどり着いた。

その役員の席は、私の席のわずか三メートル後ろにあった。私は仕事をしている間、いつも緊張していた。役員が席にいるかどうかを見るために振り返ることさえできなかった。私の些細なおかしな行動でさえ、私に対する彼の怒りを引き起こしてしまうのではないかと恐れていた。

父との悪い関係が、私と職場の役員たちとの関係に、悪影響を与えた可能性もあるだろう。比較的温厚な役員もいたが、それでも私は、彼に心を開くのが困難だった。概ねその仕事は、私が取り組むのには難し過ぎたと思う。

家の外で仕事をするようになってから、日曜日の礼拝にあまり出席していなかった。T牧師の礼拝の会場は、私が引っ越した後遠くなり、次第に礼拝に行く回数が減っていた。その会社の社員になってからは、ほとんど礼拝に行かなくなった。普通は、私は週末を休息に充てていた。また、出勤する土曜日もあった。平日は、仕事から来る緊張のせいか、あまりよく眠れなかった。週末は家に居るようにして、睡眠時間を補った。

そこで働き始めて数ヶ月後、自分にできることは、日々の仕事をこなしていくことに専念するだけであると共に、この仕事に関する私の将来については不確かであると感じていた。何か非常に悪いことが起きて、私がそこで働くことができなくなったら、それまでのことだと思った。

私は辛うじて日々の日常生活を送っている状態で、思い切ったことをするのは難しいと思われた。しかし私は、もっと会社に近い、別のアパートにどうにか引っ越すことができた。当時の私の収入は、一般的なパートタイム労働者よりも少し良かった。私の新しい部屋は、以前の部屋よりも少し広くて新しかった。私には達成感があった。

金曜日や土曜日の仕事帰りに、近くのショッピングセンターで、色々なお店を見て回って気分転換することもあった。ジューススタンドで見た、南米アマゾン産のアサイーベリージュースに興味を持った。当時は、この果物はあまり知られていなかった。飲んでみたいと思った。

私は時々、そのジュースを飲んだ。色は濃い紫色だけれども、味はあまりない。アサイーにはポリフェノールが多く含まれていると言われ、その成分が健康に良い影響を与えていると感じた。

とにかく、私の仕事の日々は続いていった。私が最も気掛かりだったのは、一人の役員のことだった。自分に席が近い役員ではなく、私が電話に出たがらないと言った役員の方だ。この役員は、役員の中で最年少だったが、現社長が退任した後には、社長の地位を引き継ぐことになっていた。

ある日、管理職の一人が解雇された。最年少の役員は、その管理職が会社を裏切ったため、今後は社内の誰もが、彼と連絡を取ることは許されないと言った。その管理職と会社の間で、何があったのかは分からない。

私は、最年少の役員と特に接点はなかった。当時の私の印象は、彼は人の粗探しが得意で、実業家としては世間知らずで繊細な感じがしたということだけだった。

管理職の解雇の後、最年少の役員の存在感が大きくなって、その奇妙な力が社長の力を超えているように思えることがあった。その役員は、気に入った社員には親切だったけれども、私は彼に見下されていることを知っていた。

私は、いつか彼に追放されるのではないかと考えるようになっていた。会社に長く留まろうとするよりも、彼に深く傷つけられる前に仕事を辞めた方がいいと思った。

時代が変わった。リーマン・ショック後、経済情勢が悪化した。会社は、管理職ではない一般社員は、今後、週三日のみの出勤となることを発表した。

私は、週に三日で自分の仕事をどうこなしていったらいいのか、分からないと思った。私は直属の上司に、限られた日数でどう仕事をしていったらよいか相談した。その後、彼は私と一緒に社長室に行った。そして、私の仕事は週に五〜六日でする必要があると社長に進言し、私がこれまで通りの日数で働き続けることができるかどうか、社長に尋ねてくれた。

しかし、社長はその進言を退けて、その二人の私の上司の話し合いは、私の退職に向かっていった。会社は、もう私を必要としていないのだと感じた。それで終わりだった。しかし同時に、私は安堵していた。その時が予想していたよりも、少し早く来ただけのことだと思えた。私は、そこで一年半働いた。それが私の限界だった。

私には男性との関係に根深い問題があると気付いた時に、自分が結婚できるように祈ることを止めた。しかし、経済的な不安から逃れるために、会社の正社員などの、充分な収入を得ることができる仕事に就きたいと願い続けていた。

長く続けることはできなかったが、その仕事を通して、一度は希望が叶った。それは、私の多くの試行錯誤の末の、神の憐れみだったのかもしれない。

仕事を辞めるのは少し残念だったが、会社を去るのにはちょうどいい時期だったと思われる。その後、他にも普通には考えられないような理由で、会社を辞めた人たちがいたことを聞いた。

別の管理職の人は、彼の管理職の地位を剝奪され、アルバイト並みの待遇になって、数ヶ月後に会社を辞めたという。最年少の役員に気に入られていた人たちでさえ、小さなミスのために解雇された。驚いたことに、私に席が近かった厳しい役員も、私が辞めてしばらくして辞任したと聞いた。私は最年少の役員が、その厳しい人が居るのが嫌なために、彼を辞めさせたのだろうかと考えてしまった。

その会社で勤務していた時を思い出すと、今でも複雑な気持ちになる。一方で、会社の敷地内から他の人たちと一緒に、近くで開催されていた花火大会を見たり、珍しく雪の積もった日に皆で雪搔きをしたりと、社員としての良い思い出もある。雪の日には、誰もが子供のようにはしゃいでいた。

会社には、クリスチャンの女性上司がいた。彼女は私を、公的にも私的にも支えてくれた。有り難いことだった。その後、彼女が行っていた教会に行く機会があり、それが私の新たな教会生活につながった。

その会社で起きた、私にとって重要な出来事の一つは、「宇宙人（Extraterrestrial, ET,：地球外生命体）」の概念を授かったことだ。それは霊的な経験だったと言える。

ある日、何らかの理由で会社の食堂に大勢の人がいた。普通は、営業担当者は外出していて、昼食時に不在なことが多かった。そのため、テーブルの席が埋まってしまうことはなかった。しかしその日は、いつもは不在の営業担当者も社内にいたため、全ての席が埋まっていた。テーブルの端だけが、椅子を移動して席に着くことができたため、私はそこに座ろうとした。

同僚の一人が私と席を交換すると言ってくれたが、私はそのテーブルの隅にある椅子に座ると主張した。それが何となく気に入っていた。すると、ある言葉が頭に浮かんできた。「これは宇宙人の席だから、私の席なんだ！」

私は新しいアイデンティティを獲得したようだった。宇宙人は変わっているから、「地球上の日常生活」の問題に対処するのは不器用でうまくいかないかもしれない。また、宇宙人は地球上の社会に溶け込むのに苦労するかもしれない。しかし私は、宇宙人のような人がいてもいいのだと感じた。

ある缶コーヒーブランドの、テレビコマーシャルのシリーズがある。いつも同じキャラクターが、コマーシャルに登場する。彼は「宇宙人・ジョーンズ」で、地球を調査中なのだ。この場合の地球は、「日本」を意味する。アメリカの俳優が、宇宙人を演じている。

ジョーンズは、他の作業員がきちんと仕事をしている間に、建設現場の鉄骨にヘルメットをぶつけてしまう作業員など、色々な「どじを踏む」キャラクターとして登場することが多い。一方で、彼の超人的な力が、人々を驚かせることもある。彼はぎこちなくて変わっているように見えるため、人々は彼をからかう。それでも彼は、真面目で称賛に値する者のように思われる。

コマーシャルの最後に、彼は仕事の疲れを癒やすため缶コーヒーを飲んで、喜びに浸る。彼の心の声を語るナレーションは、「このろくでもない、すばらしき世界」と言う。このコマーシャルシリーズには多くのエピソードがあり、彼の役割は様々だ。しかし、彼の朴訥《ぼくとつ》とした誠実さは変わらない。

私の宇宙人の概念が、ジョーンズのキャラクターに繋がった。架空のキャラクターであるものの、自分と何か共通点がある人を見つけたことが嬉しかった。それ以来、社会生活で問題を抱えやすい自分の傾向から来る悩みが軽くなった。

時々私は、宇宙人のように不器用で、社会に溶け込むことが苦手な人がいてもいいのだと考える。宇宙人キャラクターの概念は、ユーモラスで好感が持てると思う。その想像上のキャラクターは何度も私を励まし、私の自己受容を増した。

46　新しい教会生活

会社を退職した後、私は公共職業安定所に就職活動のため、時々通っていた。私は求人情報に基づいて、何度か企業に履歴書を送った。しかし、良い反応を得ることはなかった。景気は停滞していて、仕事を見つけるのは非常に困難だった。

ある意味、私の就職活動の目的は、失業保険を受給することだけだったと言っていい。失業給付を受けるためには、毎月、求人に応募したという記録を職安に提出する必要がある。私は、退職後すぐに失業保険の給付を受けることができた。それは、退職理由が会社の事業縮小という雇用者側の理由であったためだ。

当時、アルバイトやパートタイムの仕事が得られたとしても、その給料は、私が貰っていた失業保険よりも少なかったのではないかと思う。更に、私の失業給付期間は三ヶ月間延長になった。私は、全部で九ヶ月間給付を受けた。他の多くの求職者も、給付期間が延長になっていたようだ。それほど景気が悪かったということだろう。

一方で、私は失業しているものの、失業給付を受けているために、気楽な生活を送っていた。そんな頃、アパートの近くの教会の日曜礼拝に出席し始めた。以前の会社の元上司が、私を誘ってくれたからだ。そこもペンテコステ派の教会だった。自分が教会に戻るのに、ちょうど良い時だと思った。

私には、他の選択肢もあった。それは、T牧師の礼拝に行くことだった。しかし、電車やバスを利用して遠くまで通うのに、交通費もかかってしまうと思った。毎週、日曜礼拝に行く代わりに、月に一度のT牧師の実際のカウンセリングを参観する、「公開カウンセリング」というセッションに参加するようになった。

何十名かの人たちが、そのセッションに参加している。毎回、二〜三名が自ら進んでT牧師のクライアントになる。私は、今でもそのセッションに参加し続けているが、そこから多くのことを学んでいる。自分がクライアントでなくても、カウンセラーとクライアントのやりとりを通して、自分自身がカウンセリングを受けていると感じることがある。

それは、私が自分の問題に対処していくための手掛かりを見つける助けとなることもある。質疑応答の時間や、他の参加者やクライアント本人からの感想やコメントを聞くのも興味深く、注意深く聞く価値がある。私は「公開カウンセリング」に参加するようになってしばらくした後、再びカウンセリング・ロールプレイクラスにも参加し始め、今に至っている。

私が通い始めた教会については、自分に合っているかどうかと考えた。私が最初に行った教会が同じペンテコステ派だったため、そのような教会には馴染みがあった。私はその教派の教会の良い点とそう思えない点について、自分なりに意見を持っていた。私が最初の教会で経験した問題は言うまでもない。それ以外にも、真面目でクリスチャンのあるべき姿になろうとするのは良いことなのかもしれないが、私はその教えが、理想的であろうとすることを強調し過ぎていると感じることがある。

それでも、その教えに慣れている教会に行くのは、都合がいいと思った。教会で起きる出来事に対して、どういうスタンスでいれば良いのかを考えやすいだろう。また、そこで起きることの結果を想定し、それに対する自分の態度を決めることも、ある程度、楽にできると思われた。

色々な教会に行ってみることは、必ずしもうまくいくとは限らない。それぞれの教団・教派のキリスト教組織の特色があり、また、それぞれ個々の教会にも、独自の雰囲気がある。私たちがそこにいる限り、私たち一人一人は、多かれ少なかれ、その教会に合わせて適応する必要があるようだ。

教会は霊的な場所であり、仕事をする場所ではない。したがって、利害に関わる問題が起きることはないはずである。しかしながら、教会に典型的に見られる問題があると思われる。愛に満ちた神への信仰のために、教会の人々の相互の間に過度の依存と期待感があるように思う。そして、それは時に教会の会衆の間に問題を引き起こすようだ。

日本では、クリスチャンは多くない。そのため、クリスチャンの同じ仲間へ期待する思いは、クリスチャンが多い他の国々よりも大きいかもしれない。

仕事を辞めてしばらくしてから、私は個人的にＴＯＥＩＣ（Test of English for International Communication：国際コミュニケーション英語能力テスト）の高得点を取ることを目指した。その試験で高得点を取ることを目的とした通信講座を受講した。一度だけ、九九九点満点のテストスコアが九〇〇点をわずかに超えたことがあった。概ね私は、失業給付を貰いながら、自分がやりたいことをするという、楽な生活を送っていた。

翌年、私の新しい教会の年配の牧師夫人が、子供たちのための英語教室を始めた。私は彼女に、その教室のために何かできることがあれば手伝いますと言った。そうする必要はなかったのだが、私は自らそうすることを申し出た。私は当時働いておらず、他にも何かしているわけでもなかったからだ。

失業保険の給付期間は、既に終わっていた。私は仕事を探す必要があった。そのため、私が指導者としてクラスを受け持つことは、相応しくないと思われた。牧師夫人と女性の教会スタッフが指導者になった。

私は教室の受付、会計、毎月の月報の作成、また時々、クラスでビンゴなどのゲームをすることがあった。更にクリスマスやイースターが近くなると、パーティーのための準備をする必要があった。最も労苦したことの一つは、お菓子やプレゼント、部屋の飾り付けやパーティーで使う装飾品や道具を作るための材料を揃えることだった。予算が限られているために、このような特別な行事の経費を最小限に抑える必要があった。私は百円ショップを見て回り、買い物をするのに、多くの時間を費やした。

教室運営は、利益が多いものではなかった。牧師夫人は、副収入を得るためにその仕事を始めたのだが、教材を提供する会社に、教室の規模にしては高額のロイヤリティを支払わなければならなかったのだ。

英語教室の運営に関わる以外に、私は英語教育に関連する二つの資格を取得することを目指した。英語学習者のアドバイザーになるためのワークショップに参加し、小学校英語指導者の認定を得るために通信教育を受講した。これらの資格を取得したものの、あまり活かすことはできなかった。

当時、公立小学校における英語活動を推進する政策が取られていた。英語のネイティブスピーカーばかりでなく、日本人の指導者の需要も多いと言われていた。しかし実際には、日本人指導者の求人は多くなかったようだ。私は一度だけ、その仕事の面接を受ける機会があったが、うまくいかなかった。

私が唯一したことは、実用英語検定の会話テストの合格を目指す人の練習相手になることだった。このテストは、英語検定一級に合格するための、最終段階のものだ。その人の英語力は、私よりも勝っていたが、私は「英語学習アドバイザー」として、練習相手になることを引き受けた。半年くらい、そのようなことをやったが、それは興味深い経験だった。

しかし私は、自宅で子供たちの英語教室をしていた時を除いて、継続的で系統だった英語教師になる機会がなかった。もし自分が若かった頃に、私が四十代以降になってから身に付けた英語力を持っていれば、状況は違っていたかもしれない。しかしながら、自分が抱えている弱点のために、私が英語教師になるのが良かったかどうかは、何とも言えない。

約二年の間、私の唯一の役割は、教会の英語教室に関わる作業をすることだった。毎月の報酬は、小学生のお小遣いと同じぐらいだったと思う。求職活動はしていたが、アルバイトも含めて求人は少なかった。また、応募しても、うまくいくことはなかった。

このような時期に起きたのが、二〇一一年三月の東日本大震災だった。この震災によって、経済情勢は更に悪化したようだった。そんな頃、教会で英語教室の作業をしていると、最初の教会で、日曜日の午後、一人で教会の会計をしていた時のことを思い出した。どちらの状況も、非常によく似ている気がした。私は自分に問いかけた。「何やってるの、あなたは？　いつも誰かに搾取されているんじゃないの！　悔しいと思わないの？」しかし、私にできることは、その状況に耐えることだけだった。

孤独を味わいながら、英語教室に関わる作業を始めて二年くらい経った時、牧師夫人と教会の女性スタッフと一緒に、教室の運営について話し合う機会があった。

私は感情的になって、その二人からの充分な協力がないままに、クリスマスやイースターのイベントのために色々な物を準備するなどの細かい作業をしたことや、自分の経済状況についてまで言及し、不平不満を言い表してしまった。二人は私の怒りに驚いた様子で、言葉を失っていた。その後、何かが変わったということもなかったが、不満をあらわにした後は、気持ちがすっきりした。

自分がある役割を果たすことが本当は嬉しくないのに、問題なくやっている振りをするのは良くないことだと分かっていた。最初の教会に行っていた時に、私はそれを痛いほど思い知らされた。自分の英語教室の役割を教会にお返ししようかと考えたが、引き継いでくれる人がいないことは明白だった。その役割に対する私の不満のおもな理由は、それが私の抱えていた古い心の傷を疼《うず》かせたということだ。その他に、その役割を遂行することができない理由があるわけではなかった。

結局、英語教室が最終的に閉鎖になるまで、私は教室の運営に携わった。教室は十年間続いた。その間、他に仕事をしていないこともあれば、仕事に疲れていた時もあった。

最も苦心した作業は、月報のために小さな記事を書くことだった。教材を提供する会社が、各教室が独自の月報を作成するためのＡ４サイズの書式フォームを提供していた。英語教室と教会行事に関する情報を記入する以外に、何か他のことを書く必要があった。大きな空欄ではなかったが、何を書き込んで埋めたらいいのか、悩んでいた。

最初の一〜二年の間、私は毎月、空欄に何を書いたらいいだろうと、色々考えていた。その時々に話題になっていた社会現象などについて、何かを書いていたと思う。

その後、記事を計画的に書く方法を思いついた。主題を選んで、それを一〜二年続くシリーズにした。例えば、聖書に登場する動植物（ライオン、葡萄、聖ペテロの魚、乳香、その他）、AからZの文字で始まる英語圏の国（オーストラリア、カナダ、イギリス、インド、アイルランド、アメリカ合衆国、その他）、AからZの文字で始まる聖書に登場する人物の名前（アブラハム、カイン、ダビデ、ゼカリヤ、その他）である。

聖書の登場人物の名前の日本語の発音は、英語とは異なる。中には、かなり異なっているために、同じ名前だと認識しづらいものもある。例えば、John（ジョン）は「ヨハネ」、Matthew（マシュー）は「マタイ」などだ。このような一般的な英語の名前が聖書に由来することは、日本ではあまり知られていないようだ。この名前に関する記事は、興味深いものになるだろうと思った。

私はどうにか、より効率的で容易な方法で記事の欄を埋めることができた。その十年間は、教室の月報を作る以外に、頭脳労働をする機会があまりなかった。この作業が、私の思考力が鈍らないように活かし続けるのを助けた。もし私が、長期間にわたって記事を書くことがなかったら、今取り組んでいるこのような回想録に自分の経験を記述することは、もっと困難なものになっただろう。今思えば、英語教室の役割を途中で投げ出さなかったのは、幸いだった。

47
吸血鬼

そんな頃、以前の会社で元上司だった人の娘さんから、パートタイムの学童保育指導員の仕事をしてみないかと言われた。私は子供を含めて人と関わることが苦手なため、自分がその仕事を相応にやっていけるかどうかは分からなかった。しかし、私は仕事を見つける必要があった。また、仕事を探そうとしてもうまくいかず、応募しようと思えるような仕事も限られていた。

私はその仕事に応募して、補助指導員として採用された。学童保育指導員は皆、パートタイマーだが、多くの指導員はフルタイム勤務で、その人たちが「指導員」と呼ばれる。私を含めて、短時間勤務で週に四日だけ働くのが「補助指導員」である。

私が配属された学童の教室に「吸血鬼」がいた。前もって私は、ある恐ろしい指導員がいて、同僚の指導員を追い詰めたために、その人は仕事を辞めざるを得なくなったということを聞いていた。私は、その指導員のことを危惧していた。同じ不幸が私を襲ったことを理解するのに、それほど時間はかからなかった。

教室には他に三名の指導員がいて、皆女性だった。一番年長の人は、私が「吸血鬼」（Vampire：以後Vと記載）とニックネームを付けた指導員だった。彼女は私より十歳ぐらい年上で、六十代半ばだった。そして、とても自惚れが強いように見えた。

仕事は毎日、児童が学校から帰る時間よりも、一～二時間早く始まった。普通はこの時間帯に、学童の職員はクリスマスやこどもの日などの行事の準備等の、教室のために何かをする時間だった。または、教室運営の改善するべき点などについて話し合う時間でもあった。しかし、私が配属された教室は大きく異なっていた。

Ｖ以外の指導員は、一人は中年で、もう一人は若かった。Ｖとその二人は、頻繁に楽しそうにおしゃべりをしていた。それは常に雑談やうわさ話であり、教室の運営とは無関係のものだった。

Ｖは私がおしゃべりに加わらないことに、気を悪くしたようだった。彼女は同僚と色々な話をすることで、互いのことをもっと知る必要があるのだと主張した。そして彼女は、私があまり話さないことが不愉快だというようなことを言った。

雑談しながらの指導員としての仕事は、とても気楽なものに見えたが、本来の放課後の児童への指導業務に加えて、教室やトイレを掃除する必要もあった。私はＶに良く思われなかったため、既に緊張していた。そのため私の行動が、更にぎこちなくなっていたかもしれない。

Ｖは私に「嫁いびり」のようなことをした。彼女は声を荒げて、「もっとキュッキュッと力を入れて、流しをこすってきれいにしなきゃダメじゃない！」などと私に叫んだ。私に対する彼女の粗探しはしばらく続き、彼女たちのおしゃべりの時間が、Ｖが私を尋問する時間になってしまった。

彼女は、私が独身で子育ての経験もないことから、学童の職員として無能であるとレッテルを貼ったのだろう。また、彼女は恐らく、私が彼女の八つ当たりの対象として、ちょうどいいと感じ取ったのかもしれない。

Ｖは、私が学童できちんと役割を果たせることなど決してないと主張した。また、私が全くその仕事をする資格がないにもかかわらず、なぜ私がそこで働くなどということを考えたのか、理解に苦しむと言った。彼女は眉をひそめて、絶えず私に文句を言った。

彼女の「演説」は芝居がかっていて、理想を語っているようだった。学童保育の仕事は崇高なものであって、その職員には大きな責任があると強調した。また、もし大地震が襲った時には、私は子供たちを助けることなどできないと付け加えた。当時、東日本大震災は、私たちの記憶に新しいものだった。

Ｖは正義の味方、そして悪党と戦うスーパーヒロインのように振る舞っていた。私への尋問は一～二ヶ月続いた。私は、何を言っても彼女には伝わらないことが分かっていたため、あまり話さないようにしていた。

ある時私は、他の二名の指導員も私が無能だと思うかどうか、尋ねてみた。Vが私を尋問している間、その二名はあまり話すことがなかったからだ。二名はVの意見に同調し、私がもっと良い働き手にならなければならないと私に言った。Vは私をいい気味だというふうに眺めた。二名はVに追従しているようだった。

私は、その職場の力関係を知った。どうしたら良いのか、分からなかった。学童の教室は、最小限の職員で運営されていた。自分が無能だと見なされていても、いきなり仕事を辞めることを躊躇した。また、その仕事を辞めたとして、別の仕事が見つかるかどうかという不安もあった。

夏休みの時期がやってきた。それは学童の教室で、年間を通して最も忙しい時期だ。子供たちは朝から教室に来て、午後六時か七時くらいまで留まる子供たちもいた。時々、学童の職員は、子供たちをスイミングプールに連れて行くこともあった。夏休みの間だけ雇用される、短期の職員もいた。

そのうちの一人は経験豊富で、子供たちを楽しませる方法をよく知っていた。最初は、Vが彼女を気に入っているように見えたが、ある時、Vの彼女に対する態度が変わった。Vは彼女がしたことについて文句を言い始め、彼女に辛く当たった。Vがそのような有能な職員を嫌ったことは、予想外だった。結局その職員は、すぐにもっと良い仕事を得て、教室を去っていった。

実際、その教室では、普通ではないことがたくさん起こっていた。夏の間、子供たちと職員は、午後に昼寝をすることになっていた。子供たちは落ち着かず、度々眠らないことがあった。彼らは互いにおしゃべりをしたり、立ち上がって跳ね回る子供さえいた。Vは、よく子供たちを叱っていた。しかしある意味、私はVが子供たちに舐《な》められているという気がした。

子供たちに対するVの態度には、一貫性がなかった。教室では、追いかけっこは禁止されていた。しかし、彼女自身が子供たちを追いかけていることがあった。彼女には、何人かのお気に入りの男の子がいた。そして、ティータイムの休憩時間に、その子たちが指導員の席に来て、彼女と話すことを許可していた。しかしある時、彼女が何らかの理由で、お気に入りの男の子の一人に、腹を立てて叫んだ。「お前は、いつもしてはいけないことばかりする悪だ！　休憩時間に私の所に来たり、何でそんなことばかりするんだ！」それはたわごとで、彼女自身が来ることを許可していたのだ。

私が児童虐待なのではないかと感じたことも、何度かあった。どのように「吊し上げ」の状況に発展していったのか記憶にはないが、ある男の子が部屋の中央に立っていた。その子は、時々暴力的になることがあった。Vは部屋にいる全ての子供たちに向かって声を上げ、「○○（男子の名前）は厄介者だから、どこか別の所に行ってほしいと思う人は、みんな手を叩いて！」と叫んだ。

拍手と歓声が起こった。勤務中だった中年の指導員は、子供たちと一緒になって同じことをしていた。こんな光景は、見たくなかった。私にできることは、項垂れて下を見ることだけだった。

吊し上げの喧騒はしばらく続いた。最後にVは男の子に、「お前は、どうしようもない奴だ！　ちゃんと心を入れ替えなければ、どうにもならなくなるんだからな！」と叫んだ。彼は、身がすくんでしまったように見えた。

また、男の子にしてはおしゃべりな、ある男の子がいた。Vはよく彼をからかっていた。ある日Vは彼に、女の子用のTシャツを着て髪飾りを付けるよう強制して言った。「お前みたいなおかしな奴は、女の子のものでちょうどいい」彼女は、そこにいる全ての子供たちに、彼の格好を見るように言った。すると子供たちは、彼を嘲笑した。彼がその時、本当はどう感じていたのかは分からないが、彼がそのことを気にしているようには見えなかった。彼の方が、Vよりも上手のように思われた。彼が傷ついているようには見えなかったが、このようなことは許容されるものではないと思う。

子供たちへの接し方に関わる問題だけでなく、教室の運営管理も腐敗していた。私の勤務シフトは午後二時から七時までで、他の職員は午後一時から七時までになっていた。しかし毎日交代で、二人の職員が午後七時より早く五時か六時に帰宅し、残った一人が午後七時まで留まった。

午後五時を過ぎると、教室に残っている子供の人数も少なくなる。それでVは、職員も二人で充分だと考えたのかもしれない。その職員たちは、早く仕事を終えているにもかかわらず、午後一時から七時まで六時間働いたと報告していた。彼女たちは、役所からお金を横領していたのだ。Vは他の二人の職員に、そうするように指示したのだと思う。

忙しい夏休みの時期が終わった。その頃Vは、私を批判するよりも、無視するようになっていた。彼女は、自分が他の二人の職員と雑談している間、建物の外側の通路や階段の掃除などをするように、いつも私に指示を出した。それは、私にとって幸いだった。Vの突然始まる私への攻撃を恐れながら、彼女たちの無駄話を聞く必要がないからだ。

秋が深まる頃、新しい職員が、思いがけずその教室に配属されてきた。しかし、配属後しばらくして、彼女は教員になるための教育実習に参加するために、約一ヶ月間、教室を離れることになった。

Vは、もう一人の職員が来たため、私を教室から追放するのに最適なタイミングだと思ったのかもしれない。また、新しい職員が不在の間に、私を排除する行動を取る方が、都合が良いというふうに考えたのではないかと思う。

ある日Vは、前の週の土曜日に子供たちが絵を描いていた時、私が子供たちを指導しなかったと批判した。その土曜日は、私とVだけが同じ時間のシフトに入っていた。彼女は私に何も言わなかったが、私は緊張していた。

絵を描いている子供が二人いて、私が彼らの後ろにいたのは、本当のことだ。Vは、私が何もせずに彼らの後ろに留まっていたのは不気味だったと私に言った。実際は、私が彼らのために何か手助けをしたとしても、

Vが私を批判するのではないかと恐れて、何もできなかったのだ。私が何かを彼らにしたとしても、彼女は私が彼らをうまく手助けしていないと非難するだろうと確信していた。

その時、Vの二人の追従者は、以前よりも攻撃的になり、私を批判した。彼女たちは私に言った。私はその時気付かなかったのだが、外遊びをしていた時に、私の後ろで転んだ子供を助けなかったことや、数名の子供たちが学童の教室の範囲を越えて、立ち入りが許されない建物の部分に行ってしまった時、私が彼女たちに助けを求めなかったことなどに言及した。

最初は、彼女たちが何のことを言っているのか、分からなかった。しばらくして、私は数日前に起こったことを思い出した。何人かの子供たちが廊下を通り抜けて、建物の中の別の場所に行ってしまった。私は彼らを教室に連れ戻した。それほど長く時間がかかったわけではない。

私は既に無能であるとレッテルを貼られて、多くの批判を受けていたため、他の職員に助けを求めることなどもってのほかだと思っていた。私は唖然とし、返す言葉もなかった。同僚の職員たちの言葉が、私の心に響くことは全くなかった。

また私が、遊戯室で騒いでいる子供たちを静かにさせることができなかったことも批判された。しかし私の見解では、そもそも状況は制御不能になっていた。私がその部屋に入る前に、子供たちは既に騒いでいた。

その教室の子供たちは、落ち着かないことが多かった。Vが子供たちに対して度々していた、一貫性のない叱責が子供たちを不安定にし、それが学級崩壊のようになった理由の一つだったと思われる。全ての同僚が、色々な問題を私のせいにしているようだった。

若い職員は、他の人のアドバイスに謙虚に耳を傾けて態度を変えるように私に勧め、それが人のあるべき姿であると主張した。私は彼女に何も言い返さなかったが、この若い女性は、本人よりも三十歳年長の人に、何を言っているのか分かっているのだろうかと感じた。

その晩、私は仕事を辞める決心をした。もうそこで働くことは不可能だと思った。それは追放されるも同然だった。私のことが、無条件に問題だと思われているようだった。

翌日、私は三人の同僚に、私の理解力が足りないせいか、彼女たちが私に言ったことを理解して従うことができないため、仕事を辞めることにしたと伝えた。私はそこで、更に二週間働く必要があった。困難な時だった。お腹が痛くなり、よく眠れなかった。

私がすぐに仕事を辞めることになったにもかかわらず、Vは執拗に、私に喧嘩を売ってきた。ある時、彼女は私に、何か言いたいことがあるかと尋ねてきた。なぜそのようなことを、彼女が言ったのかは分からない。私はしばらく考えた。Vは私の父に似ていた。その二人は、ある意味、雄弁だった。二人の主張は論理的で、辻褄が合っているように聞こえた。しかし、その物言いには詭弁が含まれていた。そういう人たちは、相手を巧みに追い詰めようとする。そのため、注意深く冷静にその話を聞かないと、騙される可能性がある。

他の二名の中年と若い職員は、Vの言葉に騙されたところもあるのかもしれない。また彼女たちは、Vを怒らせることを恐れていたというのも、Vに追従した理由だろう。

しかしながら、その教室で起きていたことは、普通では考えられないことが多かった。騒々しい教室の状態や勤務時間中の職員たちの楽しそうな無駄話、適切ではない子供たちに対する態度やお金の着服などである。また、新入職員を明白な理由もなく、尋問し続けていたのだ。

私は、仕事に従事する者は職場で起きていることが妥当なものであるかどうかを判断する必要があると考える。何かが相当におかしいと感じるのならば、その問題に対処するように努めるべきだと思う。

私はVに色々言いたいことはあったが、一つのことに絞った。彼女から受けた様々な批判の一つ一つに反駁することが、うまくいくとは思えなかった。彼女の反応は予測できず、私はそれを恐れた。

私は彼女に、私が「危険思想」を持つ人間だと言われたことに言及した。それは事実だった。私が子供たちに甘過ぎると彼女が批判した時、このような言葉を使ったのだ。彼女はそんなことは決して言っていないと否定し、もし言ったのだとしたら、いつ、どのような状況の時に言ったのか、執拗に私に聞いてきた。

私は彼女に、その時の詳しい状況を話した。そして私は、彼女の口から出た言葉をそのまま語った。「あなたは独身で、子供を育てたこともなく変わっているから、危険な思想の持ち主だ！」私は、これで状況説明を締めくくった。この「危険思想」に関することは、数日の間、彼女の中で燻っていたようだった。

彼女は執拗に、そんなことは言っていないと主張した。私は、その言葉が私の頭にしっかりと張り付いて残っていると伝え、彼女がその言葉を言っていないと一〇〇％確信していると証言できるかどうかを尋ねた。それは、私の彼女に対する「尋問」だった。

彼女は「危険思想の持ち主」のような言葉は、彼女にとって非常に時代遅れの言葉に聞こえるため、この言葉が彼女の口から容易に出てくることは考えられないと答えた。仕舞いには、彼女はある程度の遺憾の意を表したが、私がその言葉に引っかかった理由は、私が独身であることに対する劣等感によるものだと言い張った。更に彼女自身は、人が結婚していてもいなくても、そんなことが気になることは全くないし、彼女の独身の娘たちにも満足していると付け加えた。しかし実際は、彼女が自分の未婚の娘たちのことが心配で仕方がないと人に言っていたということを、友人から聞いたことがある。

彼女は常に、話題を変えたり詭弁を弄したりして、議論の相手に勝ちたいと思っているようだった。そのような人と議論することは、無意味で虚しいものである。

私がVと口論している間、若い職員は項垂れて下を見ていた。彼女は、心の中で私を叱責しているように感じられた。「なぜあなたは、偉い指導員の先生に口答えするの？　不道徳だわ」こんなふうに言っているように思われた。私は、Vへの忠誠心を彼女がどれだけ示さなければならないのだろうかと考えてしまった。

口論の最中、私はこの教室に来て以来、Vから尋問されているような気がしていたと、思わず彼女に話した。

彼女は「尋問された」という言葉に反応したのか、私を睨み付けた。私は「怖ーい！」と叫んだ。すると、彼女は私を軽蔑するように、彼女でさえも、出来の悪い相手に対しては厳しくなることがあると言った。彼女は、自分が容易に怒りやすいことにも気付いていないようだった。

彼女はまた、ある奇妙なことを私に言った。彼女のお気に入りのある男の子は、他の子供たちが本を読む時間に、彼女から自分がやりたいことをするのを許されていた。状況はよく覚えていないのだが、ある時私は、彼に他の人たちと同じことをするように指示をして、彼に本を読ませた。彼は、私の指示に従った。

Vはこの件を持ち出して、私に言った。「彼はあなたが怖かったから、言うことを聞いたんだ」彼女は、私も怖いのだと言いたかったようだ。自分が怖かったのかどうかは、どうでもいいことだろうが、人を威嚇することが、人を従わせる唯一の方法ではないと思われる。

私にこの仕事を紹介してくれた友人から、私の職場の問題について、労働組合のリーダーに相談してみないかと言われた。そして私は、その組合のリーダーと友人と一緒に、自分の状況について話す機会を持つことができた。

リーダーは私に、学童指導員の相談役に、教室で私に何が起こったのかを話してみることを勧めた。またリーダーは、私が別の教室で働くことができるかどうか、役所に尋ねてみると私に約束してくれた。リーダーや友人が、私を支援してくれたことは有り難かった。その会話の中で、他の教室で働いている同僚の中には、Vに対して、かなり否定的な感情を持っている人たちもいることを知った。

その後リーダーから、職場での人間関係の問題が異動の理由としては認められないことから、私の異動は承認されなかったと聞いた。

次のステップとして、相談役に会う約束をした。私は彼に、Vの「嫁いびり」のような行動から、「危険な思想の持ち主」の発言に関わる話まで、教室で起こったことを大まかに伝えた。

以前、その相談役が私たちの教室を訪れた際に、Vは彼に言った。「父親しかいない男の子がいるのだけれど、その子が将来、好きな女性と交際することがうまくできないのではないかと思うと、気の毒だ」ということだった。彼女は、上司などと一緒の時は、優しくて良い人の振りをするのが得意だった。しかし、そのような物言いは、例えば「その人は、障がい者だから可哀想だ」と言っているようなものであり、奇妙に聞こえたかもしれない。

私の話の後、彼はその教室での私の困難に、深い同情を覚えると言った。彼は、他の職員の側の話は聞いていないため、まだ不確実な部分はあるが、適切な時期に、同僚のことを尊重するように、当該職員に忠告することを約束してくれた。

また、私が別の教室に異動して、再び補助指導員として働く気持ちがあるかどうかを聞かれた。しかし、それが可能であるかどうかは、彼にも分からないということだった。私は、その質問に対して「はい」と言うのを躊躇した。絶え間ないバッシングを受けた経験が、自分が同じ仕事を続けることを許さなかった。

結局、私はその仕事を辞めた。しかし、職場で自分が経験したことを上司に伝えることができたのは救いだった。本当は、児童虐待と思われる事柄や、お金の着服の件についても言いたかった。しかし、無能だとレッテルを貼られ、職務経験も浅い私の立場で、これらの問題にも言及してしまうと、物議を醸すことになり兼ねない。私は、不平不満を言うだけの人と見なされてしまうことも考えられた。

私よりも後に配属された新しい職員は、私が辞めてしばらくして、仕事を辞めたと聞いた。彼女は、お金の着服の問題が気になっていたようだ。良識のある人が、あのような職場に留まることはないだろう。

Vは、私が辞めた三ヶ月後の翌年の春に仕事を辞めた。彼女が自発的に辞めたのか、それとも退職するように促されたのかは分からない。若い職員も同時に辞めて、転職したと聞いた。

後になってお金の着服の問題は、役所と全ての学童の職員に知られることになった。教室に唯一残っていた中年の職員は、他の同僚たちからそのことを責められて困っていたと聞いた。また役所は、全職員に「同僚を不当に扱うことはしません」という旨の誓約書を提出させたという。

これは比較的記憶に新しい体験であり、その七ヶ月間の仕事のことは、今でも私にとって痛みを伴う記憶として残っている。賢明でプロ意識があると期待されるであろう年配の職員が、新入職員に深く依存し、八つ当たりの対象としている一方で、彼女の「追従者たち」はやみくもに、彼女の好き放題を許していた。

これは、普通には起こらないことのように思われるかもしれない。しかし実際は、社会の至る所で同じようなことがあるだろうと思われる。私にとって、それは両親に侮辱されていた、以前の私の人生の再現のようだった。毎日私は、状況が改善されていくようにと祈っていた。この仕事の経験の収穫は、日々の祈りの習慣を身に付けたことと、たくさんの奇妙な人間関係を観察したことだと言っていいだろう。

48 社会の縮図

学童の教室勤務を辞めてから、何ヶ所かの倉庫で働いた。体力に自信がなかったため、週五日働くのは無理だと思った。そして、職場の繁忙期のみの短期間の仕事を選んでするようになった。ある程度、自分の都合で勤務時間や日数を調整することができた。

小冊子を出荷する倉庫で働いていた時、私たち臨時作業員は、棚から商品を集荷するのに、いつも走って集めるように急き立てられた。倉庫の監督者の一人が、いつもメガホンを握って、「さあ走って、速く集荷してください！」と私たちに叫んでいた。

その指示を無視して、走らなかった人たちもいた。会社が作業員に走るよう強制することなど、合理性もなく無理だと思われる。そのため、指示通り厳密に従わなければならないとは思わなかった。しかし私は、仕事にうまく適応するのが難しいことがあるために、解雇されることを恐れていた。監督者たちが繰り返し怒鳴り、まるで私たちを奴隷のように扱って時間を無駄にするよりも、私たちと一緒に商品を集荷するために走った方が良いのではないかと考えながらも、できるだけ走ろうとした。

私はその仕事に対して、複雑な気持ちがしていた。商品は重くないのだが、集荷する商品のリストを受け取る場所から商品棚まで、何度も何度も動き回らなければならなかった。時計の針が一分進むまでの時間が、物凄く長く感じられた。何度か集荷を繰り返しても、時間が少ししか経っていないことに気付いては、疲れを感じたものだった。一方で私は、体重が減ることも期待していた。

約一年の間、私は数ヶ所の倉庫で働いた。通常、商品の集荷作業は、倉庫の仕事の初心者がすることが多い。

様々な種類の商品や集荷場所があった。広い集荷場所から大きな物を取ってくるのは、大変だった。

短期間の作業員として働いた後、日用品を扱う倉庫で仕事をすることになった。その会社は、事業拡大のため大量募集をしていた。大きくて重い商品があまりなく、商品の集荷場所もそれほど広くなかったのは幸いだった。大きな商品を集荷しながら、長距離の移動をしなければならなかった他の職場よりも、働きやすかった。

作業員は二つのグループに分かれていた。事業拡大の前から仕事をしている人たちと、私も含めて、事業拡大に伴い雇用された人たちがいた。

数名の監督者や事務職員を除いて、正社員はいなかった。非正規労働者である作業員の多くは一日八時間、週五日の勤務で、「レギュラー」と呼ばれていた。私も含めてそれ以外の人たちは、一日八時間、週に三〜四日の勤務で、「スポット」と呼ばれていた。私はスポットだったため、いつまでそこで働けるのか分からなかった。しかし結局、私はそこに三年以上居ることになった。

作業員の人数も多く、中には変わった人たちもいた。妄想を抱いているように思われる女性が、スポット作業員の中にいた。実際彼女は、非常に奇妙な行動を取ることが多かった。

私は彼女に、「妖怪」というニックネームを付けた。妖怪は、商品集荷の作業中に、ある男性作業員が彼女を追いかけてくると文句を言っていたという。彼女は監督者に、その男性について苦情を申し立てたらしい。監督者は、それを真に受けてしまい、男性にその迷惑行為について問い質したそうだ。男性はそれを完全に否定し、たとえ自分がそういうことをするとしても、それに値するだけの魅力的な相手を選ぶだろうと付け加えたという。私は、妖怪が魅力的だったとは思わない。

一方で妖怪は、職場に自分の彼氏がいるように振る舞っていた。彼女は、好きな男性の「彼女」の振りをしていた。彼女の確信に満ちた演技は、その男性も彼女に合わせて「恋愛関係」にあるように振る舞うことを仕向けられているようだった。彼女が恋愛していることを演じていたのか、それとも彼女にとっては、自分を愛してくれている彼氏がいるということが現実だったのかは、私には分からない。しかし、その男性にとっては、拷問のようなものだったに違いない。

妖怪と女性の同僚たちとの間にも、多くの問題が起きた。しかし彼女には、自分が問題を引き起こしているという認識はないようだった。妖怪はある女性と親しくなり、二人は一緒になって、まるで子供のように興奮してはしゃいでいた。しかしある日、妖怪は些細なことで突然その女性と絶交し、他の何人かの人たちに、親しかった女性のひどい悪口を言い始めた。

妖怪はまた、彼女が気に入った女性と親しくなり、いつも一緒にいたいと思っているようだった。何人かの女性が、妖怪との付き合いに苦労したと聞いた。妖怪は仕事を終えた後、倉庫の外で同僚と話し始めると、彼女たちを簡単に帰宅させなかったという。私たちは残業することもあり、終業が午後九時か十時頃になることもあった。夜中の十二時を過ぎるまで、妖怪に「さようなら」を言うことができなかった人もいたようだ。

更に妖怪は、別の女性を繰り返し罵り虐待した。例えば、その女性がエレベーターの中で妖怪と二人きりになってしまった時など、他の人たちには分からないように、激しい言葉の攻撃を受け、それがしばらく続いたという。妖怪が彼女のことなど、よく知っているはずもないのだが、突然、攻撃の対象になってしまったようだ。

妖怪は、彼女がふしだらな女性だから、職場で数名の男性を追いかけ回していると、何の根拠もなく主張していたらしい。その女性は、妖怪からの攻撃が肉体的な暴力行為に発展するのではないかと恐れていた。

彼女は監督者に妖怪との間の問題について訴えたが、効果的な対策が講じられることはなかった。彼女だけでなく、妖怪からの被害に遭っていた他の人たちも、その問題について会社に訴えた。しかし、解決に至ることはなかった。

妖怪は、良い働き手ではなかったと思う。私たちが一斉に商品の集荷をしている間、私も他の人たちも、彼女が時々、集荷場から姿を消すことに気付いた。彼女は仕事をサボっていた。主任監督者も、私たちが商品を集荷する間じゅう、腕組みをして私たちをじっと監視していたのだから、それを知らないはずはなかった。

私たちの多くは、妖怪が辞めることを望んでいたが、それが実現するまでにはかなり長い時間がかかった。結局、彼女はその倉庫の仕事を辞めることになったのだが、それは彼女が商品を検品する時に決められた手順を無視したために会社から警告を受けて、腹を立てたことが理由らしい。彼女はそこに一年以上留まった。あのような女性が、思いのほか長期間にわたり、仕事にしがみつくことができたのは不思議なことだ。とにかく彼女の退職は、多くの作業員にとって、ひと安心できることではあった。

付き合うのが難しい人は妖怪だけではなく、他にもいた。私は過去の複雑な人間関係の経験から、付き合うことが厄介になりそうな人を見分ける能力を、ある程度身に付けていたと思う。妖怪を始め、そういう人たちと初めて会った時に、私は何か言い知れぬ不安を感じて、あまり近づかないようにした。後になって実際、それらの人々が作業員の間で問題を引き起こすことになった。

良識があって人にも配慮できる振りをした、女性のレギュラー作業員が入ってきた。彼女は如何にも自分が新入りであって、前からいる他の人たちに対して敬意を払っているように振る舞っていた。

しかし彼女は、いつも昼食時のグループ内のおしゃべりの主導権を握りたいと思っているようだった。彼女は同僚に対して、雄弁に色々なことを話した。それは、時には機知に富んでいて、面白そうな話に聞こえた。彼女は一方で、彼女はこれまでの人生について話すことも多かった。かつての見合い相手の、裕福だけれどもけちな男性についての話などを語り、周囲の人たちの注目を集めようとしているようでもあった。

しばらくすると、彼女は親しくなった同僚たちの内の何人かと不仲になり、彼女の昼食時の話題は、その人たちに対する不満に変わった。その人たちの望ましくない行動や仕事振りについての彼女の言い分は、理にかなっているように思われた。しかし同時に、彼女の言い方は攻撃的で一方的でもあり、情け容赦のないものに聞こえた。

彼女は、それらの同僚の有るまじき行為と思われることについて、監督者に知らせたこともあるようだ。彼女に「よくぞ言ってくれた！」と言った人もいたが、同僚の多くがもはや彼女と親しい関係ではなくなったため、彼女の状況は悪化していった。そして彼女は、私が思っていたよりも早く会社を辞めた。

もう一人、考えられないような作業員がいた。彼女は二十代前半で、会社が新しく導入した午後からのシフトで仕事を始めた。出勤してくる時、彼女はいつも笑いながら小さなエレベーターホールと事務所のドアを通り抜けていたため、私たちは彼女が来るのがすぐに分かった。彼女は、いつも自分が芸能人のような注目の的であるかのように振る舞っていた。

私と同じように、彼女のことを変わった人だと思う人たちもいた。しかし、しばらくするとその人たちは、彼女は見た目よりもまともだと私に言った。私はその意見には同意しないで、彼女から距離を置いた。

程なく、彼女は交際相手を探すために仕事を始めたらしいことが分かった。彼女は、副監督者の一人にモーションを掛け始めた。副監督者も非正規労働者であって、給料も私たちより少し多いくらいだっただろう。彼は、あまり高給取りではないということだ。しかし、彼が職場のリーダーとして指揮を執る姿が、彼女には素晴らしく見えたのかもしれない。

休憩時間に入ると、彼女は早速彼に近づいて行き、何か楽しそうに彼に語り掛けた。仕事の後も、彼女は彼を追いかけていた。二人が一緒に道を歩いているのを見た時、私は自分の目を疑った。彼は彼女に対してよそよそしい感じではあったが、彼女が付いて来るままにさせていた。彼女の彼への接近はしばらく続いた。

その後、彼らはカップルになったと聞いた。それ以来、彼が職場で指示を与える時に、彼女に楽な仕事を与えるなど、彼女との関係が仕事に影響することもあったようだ。

また、彼女が彼と同棲するために、程なく彼の家に引っ越すらしいということが噂になった。彼女は、少し前にレギュラー作業員になっていたが、突然仕事を辞めた。副監督者である彼にとって、自分と特別な関係を持つ人が職場に一緒に居ることが、ストレスになっていたのかもしれない。

これほど、理解に苦しむような人間関係を職場で見ることになろうとは、予想もしていなかった。もし私がもっと若い頃に彼女に出会っていたら、彼女のことをとても羨ましく思ったことだろう。彼氏をいとも簡単に作ってしまうなど、自分には到底できないと思うようなことができてしまう陽気な若い女性に見えたからだ。しかし、彼女のような状態が羨望の対象であるとは、もはや思っていない。

他にも付き合うのが困難な人たちがいた。その中でも突出していると感じた人がいた。実際、私が以前の職場の学童保育教室で遭遇した「吸血鬼（V）」に似ていた。そのため、私は彼女に「吸血鬼Ⅱ（Vampire Ⅱ：以後VⅡと記載）」というニックネームを付けた。

幸いなことに、私が彼女より年上だったせいか、彼女からの攻撃の直接的な対象にはならなかった。それでも私は、度々彼女に不快感を覚えた。そして彼女は、誰に対しても攻撃的だった。

彼女は既に五十代前半だったが、自惚れが強い若い女性のようだった。彼女は説得力があるように見えたが、自分の都合で議論を吹っ掛けて、他の人たちを攻撃するのが得意だった。一方で彼女は、ちょうどVのように、必要な時には思いやりがあって親切な振りをしていた。

VⅡは、いつも職場のボスであるかのように振る舞っていたいようだった。彼女は時折、個人的に自分のお気に入りの作業員のグループを作り、彼女がそのボスのようになって自分のやり方で作業の指示を出していた。それらが職場の規則に従っていなくても気にしていなかった。

彼女にはVと同じように、二名の忠実な「追従者」がいた。私は、彼女と彼女の追従者の一人が規則に反することをしたために、副監督者から叱責されているのを目撃したことがある。その後、彼女はしばらくの間、聞こえよがしにその副監督者が近くにいるところで、叱責されたことについて不平不満をぶちまけていた。そのためか、彼はもう彼女を叱責することができなくなってしまった。

実際、VⅡは威圧的で恐ろしかった。他の作業員たちは、彼女が指示することは理屈に合わないと思っていたのだが、彼女を恐れていたため、その指示に従わざるを得なくなっていた。彼女はリーダーではなかったし、他の人たちに対する何の権限もないはずだった。しかし彼女は、いつも偉そうにしていた。また、子供を叱るように自分が気に入らない人たちを厳しく叱りつけていた。

そして、事件が起きた。誰かがVⅡに、ある女性が他の人に「あの人（VⅡ）には注意した方がいい」と言っていたと伝えたらしい。私たちだって同じようなことをお互いに言っていたため、それは何も特別なことには聞こえなかった。しかし、VⅡは激怒して、そのことを言っていたという女性をトイレまで追いかけていった。そしてVⅡは、その言葉はどういう意味なのかと厳しく彼女を問い詰めたという。彼女は何も言えず、どうすることもできなかった。VⅡは彼女に叫んだ。「あなたのような人には、絶対に友達なんか、できやしないんだから！」

その女性作業員はくずおれて、その日に仕事を辞めた。彼女は何が起こったのかを会社に訴えた。しかし会社側は、VⅡがどのような人であるかを既に知っていたにもかかわらず、何も解決策を見出すことができなかった。VⅡが他の人を退職に追い込んだのは、これが初めてではなかったのだ。

VⅡのような人にとって、「友達がいない」というのが嘆かわしいことのようである。そして、他の人たちを攻撃する時に、この侮辱的な言葉を使う傾向があると思われる。しかし、このような人たちから有無を言わせずに付き合うように仕向けられて、友達の振りをしているだけの人たちは、彼らの本当の友達と言えるのだろうかと思う。

私は、何ヶ所かの倉庫での仕事の経験を通して、作業員はまるで品物のように扱われていると感じた。作業員の人事管理に従事する正社員は最少人数に抑えられていて、問題を解決していく力も限られていると感じる。VⅡは非常に強く見えたが、私は、彼女の弱点も見たと思う。VやVⅡのような人は、両側から自分自身を支えてもらうために、少なくとも二名の追従者を必要とするようだ。追従者たちからのサポートを得た後に、そういう人たちは攻撃的になり、やりたい放題に何でもしてしまう力を得ると思われる。

しかし、そういう人たちが、追従者との関係を維持することができるかどうかは分からない。追従者が自分に対して忠実であるかどうかを、常に確認しておく必要がある。Vの場合は職場で一番年長で、しかもVと追従者の二人と私しかいない時が多かったため、楽だったと思う。

一方でVⅡの場合は、彼女が安心して職場に居られるようになるには、より困難があっただろう。彼女は無意識に、職場に多くの敵になり得る人たちがいることを知っていたに違いない。そのため彼女は、彼女のお気に入りの人たちを、近くに引き寄せておく必要があったと思われる。

不思議なことに、彼女は追従者ではなく、職場の他の人たちと昼食を食べていた。彼女のランチメイトは、時折変化していた。私は、彼女が一緒に昼食を食べてくれる人たちに、高級なお菓子などをプレゼントするのを見たことがある。

彼女はまた、クリスマスプレゼントやバレンタインデーの義理チョコを、お気に入りの男性の同僚に贈ることに熱心だった。お気に入りの人たちに贈り物をあげるという彼女の作戦は、その人たちから見捨てられたら困るという不安から来ていたのではないかと思う。

彼女の追従者の一人が、会社の別の作業場所に異動した。そのため彼女は、その追従者の代わりに、彼女のお気に入りの副監督者に依存するようになった。彼女はまるで幼稚園の先生にまつわり付く園児のように、彼にすがっていた。彼女は彼をとても頼りにしていたせいか、彼が視界からいなくなると彼女は不安になるようだった。彼女がこう叫んでいるのをよく聞いたものだ。「彼はいるの？　どこへ行っちゃったの？」普通は、このようなことは職場では認められないだろう。しかし副監督者は、そのまま彼女のしたいようにさせていた。普通ではない人からの嫌がらせの被害者になるのは不快だし、私はもうこれ以上、いじめの対象にはなりたくない。しかし、そういう人たちから好かれることも良いことではない。お気に入りになった人たちは、常にその「ボス」を怒らせないように注意しなければならなくなる。

実際、お気に入りになってしまった人たちの多くは、その状況に困惑していると思われる。その人たちは、「ボス」に好意を持っているから一緒にいるというよりも、「ボス」に従順であるよう強いられていると言える。

別の作業場所に異動したVⅡの追従者の一人が仕事を辞めた。後になって、彼女はVⅡとの関係に、実は悩んでいたと聞いた。ほぼ同じ頃、私も仕事による肉体疲労が激しくなったため、その倉庫の仕事を辞めた。VⅡは、更に一～二年その仕事を続けた後に辞めたという。また、彼女と同じ作業場所に留まっていたもう一人の追従者は、彼女が辞める前に彼女と喧嘩別れしたということも聞いた。

49
使命

まだ倉庫で仕事をしていた時、ある郵便局で「産業カウンセラー養成講座」に関するチラシを見つけた。それが私の関心を引いた。私が働いてきた様々な職場では、倉庫だけではなく他の職場でも、自分自身を含めて働く人たちの間に多くの問題が起きてくるのを見てきた。

私はT牧師の学校で、カウンセリングや心理学を学んでいた。しかし、自分がカウンセラーになれるとは思っていなかった。私の自信の無さがその理由の一つだったが、それに加えて、大学院を卒業して心理学の修士課程を修了した人だけが、カウンセラーになる資格があると聞いたことがあった。

しかしその時、その養成講座で勉強すれば、自分も一種のカウンセラーになるための資格を得ることができる可能性があることを知った。講座に申し込むために、特に必要な資格要件はなかった。講座の期間は、約一年だった。受講者は、自宅で理論を学ぶと共に、週末に開催される十五日間の実習授業に出席する必要があった。

受講料は、当時の私の月収よりも高かった。そのため、その時は受講する余裕がなかったが、およそ一年後に自分の状況が変わり、私は講座に申し込むことができた。

その頃、母に認知症の症状が出始めたため、母が家計の管理をすることが難しくなったのだ。そして、姉が実家の家計の管理を手伝い始めたことから、私にまとまった額のお金を与えてくれた。姉は私に、「このお金は余っている分だから、好きなように使っていいよ」と言った。思いがけず、臨時収入を得ることができたのは幸いだった。

　当面の間、お金の心配がなくなったため、安堵した。私は、最後の頼みの綱だった郵便局の簡易生命保険を解約して受け取ったお金を使い果たそうとしているところだったのだ。しかし私は、そのお金を使う必要もなくなって、産業カウンセラー養成講座を受講することもできた。

　実際に受講を始めると、仕事と勉強を並行して取り組むのは、体力的に厳しかった。また、同じクラスの人たちは、皆、私とは違っていた。私のような非正規労働者は誰もいなかった。何人かの人たちは、会社の人事部門で仕事をしていて、他の人たちも真っ当な職業に就いていた。

　クラスには十四名の受講生と二名の指導者がいた。若い受講生も数名いたが、中高年の人たちも多かった。それでも、受講生の中で自分が最年長だったかもしれない。

　最初は、自分が場違いな所にいるように感じて緊張した。何年も前に同じ状況に遭遇していたら、私は恥ずかしさのあまり、すぐに教室を出て行ってしまったかもしれない。しかしその時は、冷静さを保つことができて、少し変わった宇宙人みたいな人間が、普通の人たちの中にいても大丈夫だと思うことができた。

　クラスの人たちは、親切で思いやりがあった。カウンセラーを志す人たちだったからかもしれない。全てのカウンセラーとクライアントは、T牧師のカウンセリング・ロールプレイクラスと同じように、クラスメート同士で役割を担った。ちょうどその頃、T牧師のクラスがある月曜日に、私は会社から必ず出勤するように言われていたため、T牧師のクラスに行けなくなっていた。そのため、自分の職場で起こっていることを養成講座で話すことができたのは良かった。

　私は、異なる業界間の格差を感じることもあった。例えば、システムエンジニアのような頭脳労働者が鬱状態になり、最悪の場合、仕事を辞める人もいるということは、典型的な職場での精神衛生上の問題の一つだ。そのような精神衛生上の問題が、なるべく起こらないように努める必要があることは言うまでもない。

一方で、倉庫のような職場で起きている問題は、一般にあまり注目されていないと思われる。そのような職場のほとんどの労働者は正規職員ではなく、その多くは、自分自身の生計を立てるのに辛うじて充分な収入を得るだけの状態であるだろう。また、その状態に満足できなくても、他のより良い仕事を得る機会に恵まれなければ、現状に留まらざるを得なくなると思われる。

会社の運営管理が不充分なためか、中には普通ではない同僚からの理不尽ないじめや嫌がらせに遭遇する人たちもいる。私は、そのような話をクラスメートに話した。

私は、何とか養成講座を修了し、産業カウンセラーになるための資格試験を受けた。しかし、筆記試験で不合格になってしまった。一方で、私のクラスメートのほとんどは、技能試験と筆記試験の両方に合格した。私は惨めな気持ちになり、それとともに、肉体労働を続けることが難しくなっていた。

その頃、会社で業務の効率化がなされ、私たちは以前よりも多くの商品を持ち運ぶ必要があった。遂に私は、その倉庫の仕事を辞めざるを得なくなった。

それから三ヶ月後、私は別の倉庫で働き始めた。しかし、当時のこの自分の決定を思い返すと、それは正しい選択ではなかった。二ヶ月間、仕事に耐えていたが、会社から仕事振りが悪いとクレームを付けられて、不快な気持ちで仕事を辞めた。倉庫の作業員として働き始めて以来、蓄積していた肉体疲労から、完全には回復していないことも分かった。

次の産業カウンセラーの資格試験が、五ヶ月後に迫っていた。試験に合格したいのならば、その準備をする必要があった。自分の経済面も気掛かりだったが、筆記試験の勉強を再開した。

再び試験に落ちたくなかったため、一生懸命に勉強した。そして、何とか合格することができた。私は二度と惨めな思いをしたくなかった。また、自分の経済面も守られて、ひと安心した。

そして、次は何をするべきかと考えた。もし私がプロのカウンセラーになりたいという強い意志を持っていたならば、そのような仕事の機会を探したことだろう。しかし、私にはカウンセラーとしての仕事を探すのに、充分な決意とエネルギーがなかった。

正規職員として働いた経験は限られていて、人を監督するような立場になったこともない。私のように一定の責任ある仕事を任された経験が乏しく、一般的に定年退職に至る年齢をもうすぐ迎えようとしている人間が、責任ある立場の仕事をこなせるものかどうか疑問に思った。

結局私は、再び倉庫などの作業員の仕事を探し始めた。作業員の仕事で困難を感じていたにもかかわらず、自分にできるのはそういう仕事しかないと思った。その理由は、それが最も簡単に得ることができる仕事の一つだと思われるからだ。私は幾つかの求人に応募した。しかし、うまくいかなかった。私はその結果に落胆し、本当に自分は役立たずだと感じた。

しかし、しばらくして、私は新しい考えを持つようになった。倉庫での仕事を始める前に、私はあるSNSに入会し、自分の書いた英文の添削をしてもらうことができるようになっていた。倉庫で働いている間、私は自分の書いた文章を添削のために提出することが、ほとんどできない状態だった。

しかし、いつの日か添削のための文章の提出を再開できることを期待しながら、会費を支払い続けていた。会費を支払う毎に、英文の添削文字数と交換することができるポイントが溜まっていった。

私は、「自分史」を書いてみようという考えを持っていた。大分前のことになるが、ある時私は、自分が経験してきたことを日本語で書いたことがある。しかし、それから年月が経って、私の価値観や人生観が変わり、更に様々な出来事を経験してきた。英語の添削サービスに利用できるポイントを活用するために、いっそのこと、自分史を英語で書いてみようではないかという考えに至った。

その年のT牧師のカウンセリングスクールの新春特別セミナーの講師は、実践的な心理療法家であり、実存主義心理学の専門家のM教授だった。私はその先生は、真面目で優秀な人なのだと思っていたが、講義は面白くてわくわくするものだった。

M教授の指導の下、参加者がチームになって踊ったり、会話をしたり、叫んでいるうちに、私たちは明るい気持ちになり、解放されていった。私は、自分自身が子供のようになっているのを感じた。お互いにコミュニケーションを取りながら、人間関係に大切なものを理解するための、巧みな手法だったと思う。

M教授の実践的な講義に強い印象を受けた私は、その後、更に三回、彼の講演を聴きに行った。彼は、私たち皆、一人一人がその人生における使命を持っていること、そして私たちが老年期に入ろうとしているならば、自分自身の使命であると信じることに取り組むのを躊躇すべきではないと、繰り返し私たちに語った。彼の言葉は、私を自分史の執筆に取り組むように促した。

文章の下書きを書くのに、約二年かかった。私の懸念材料は、いつものように自分の経済のことだった。しかし、ただ心配しているよりは、作業に取り掛かった方がいいと考えた。その間に、姉が母の家計から再びお金を与えてくれた。それで私は、執筆に集中することができた。

思い出したくないことを書く時には、不快な気持ちになった。しかし、嫌なことでも書いていくと、出来事や関係者に対する怒りなどの否定的な感情が、幾らか軽減されたと感じた。それは確かに癒やしのプロセスだった。

別の言い方をすると、おもに両親からの不当な扱いによって、私の心の状態が不安定になったことに対する復讐の道具であるとも言える。この問題を抱えたことによって、私は独身のままでいることを余儀なくされ、また、これといったキャリアを積むこともできなかった。しかし、執筆を通して自分の感情を表現することで、私の気持ちは楽になっていった。それは、一種の昇華だと言えるのかもしれない。

私がもし自分史を書くとするならば、両親が亡くなった後にするべきことだろうと思っていた。記述の内容が、存命している人たちを言い表すには、やや過激なのではないかと感じられたからである。しかしながら私は、父と母の二人がまだ生きている時に執筆を始めた。

感情的なことや複雑な状況を英語で書くのは、とても困難だと思われたが、私はどういうわけか、例えばどのような職種であっても、再び勤め人になることよりも、実現可能なことだと感じていた。

書いていくうちに、仕事を始めとして、日常生活の中で起こってくる様々な事柄に対処していくことが、私にとってどんなに難しかったのかを認識した。私の自信と社会性の欠如は、幼い頃から私の人生に深い影を落としていて、私のぎこちない行動は、容易に解消されるものではないだろう。

私は自分の弱点に気付いた時、それらを克服しようとした。しかし、私たちが幼い頃や若い頃に習得しておく必要のある社会性の欠如を全て補うことは、非常に難しいと思われる。

私が仕事に従事していた時や仕事を探していた時には、自分が仕事に関わる問題に対処するのが苦手であることを認識していなかった。しかし無意識のうちに、どこかで分かっていたのだとは思う。

私が仕事をしなくなって、この回想録を書き始めた後に、このことをはっきりと認識したのは、私にとって幸いだった。仕事をしている間にこのことに気付いてしまったら、仕事のやる気も低下し、更に憂鬱になっていたに違いない。

50
終章：両親との別れ

この下書きを書き始めた頃には、私は既に六年間両親に会っていなかった。その最後に会った時、私は姉と一緒に両親を訪ねた。訪問の目的は、私が両親の家に残してあった幾つかの物を、自分のアパートに持ち帰ることだった。私は、ひとりで両親に会うだけの充分な勇気がなかったのだ。

両親は私に、「よく来たね」と言った。しかし私は不快な気持ちで、両親に何を言ったらいいのか、そしてどう振る舞ったらいいのか分からなかった。母は、「アパートの近くにコンビニはあるのね？　それはいいわ、便利な所で」などと無意味なことを聞いてきた。

父は、私に姉と仲良くしろと言って、姉に、自分と私が一緒に写る写真を撮らせた。私は父と一緒に写りたくなかったが、抵抗することはできなかった。その写真がどう写っているのか分からないが、少なくとも、私は微笑んではいない。両親の家にいる間、私は最初に彼らに「こんにちは」と言い、無意味な質問に対して「はい」と答え、そして最後に「さようなら」と言っただけだった。

私は、以前そこに住んでいた時と同じように緊張した。私の両親は、私とそのような偽りで上辺だけの関係を持つことで満足しているようだった。私は、本当に言いたいことを両親に言うことは、決して許されないことを悟った。その時私は、もう彼らに会うまいと決心した。父を見たのは、これが最後の機会となった。

この訪問より更に三年前、父は心筋梗塞で倒れた。その時は、ちょうど私が正社員として働いていた会社を辞めた直後だった。私は病院にいる父を見舞おうかどうしようかと躊躇したが、母、姉、そして姉の家族と一緒に病院に行った。同行した家族が父に語りかけ、励まそうとしている間、私はどうしたらいいのか分からなかった。

その後に、私は父に「早く良くなってください」とだけ言った。私は不快な気持ちで、本当はそれを言いたくなかった。しかしその状況が、私に別の行動をとることを許さなかったと思う。

実を言えば、私は父が早く亡くなってくれることを望んでいた。もし父の資産が残っていれば、私はその中から、幾らかのお金を貰えるかもしれないと思ったからだ。しかし父は、更に十年間生き延びた。その年月の間、気持ちが塞ぎ込んでいると、私は「くたばれ、じじい！」と心の中で父を呪った。それは祈りではなく、つぶやきだった。私はこのような不平不満をこぼす時には、神の名を使うことを恐れた。

私は、果たして父の死後に彼の財産が残るのかどうかと考えながら、最悪のケースを想定した。父が亡くなる時までに経済情勢が悪化し、お金の価値が急落した場合、父が資産を持っていたとしても、その価値は著しく低下してしまうと考えた。

また私は、父が亡くなる前に自分が死んでしまうことも想定した。本当に最悪の場合、私は相続も何も受けられず、馬鹿を見ることになると思った。私は、そのようなことが決して実現することがないように望んでいた。

結局父は、私が父との間に起きた極めて重大な出来事について、下書きを書き終えた直後に亡くなった。私はその死を、翌日になってから姉からの電話で知らされた。姉はその出来事を、すぐに私に知らせる必要がないことを知っていた。

私の甥と姪は、彼らの母である私の姉がその晩滞在していた祖父母の家に駆け付けたという。父は倒れて意識不明になり、救急車で病院に運ばれて死亡した。私の姉だけが、父の死の床に寄り添って看取ることになった。母は年を取るにつれて更に怠惰になり、父の世話を姉に任せていた。

その状況は、父が最初に倒れた時に似ていた。姉とその家族は、それぞれ父親や祖父に愛着を持っていたが、私は父の死を知ってほっとしていた。しかし、その時はまだ、父のお金が残っているかどうかは分かっていなかった。

私は自分の家族のメンバー同士の関係について、複雑な思いを抱いていた。父は利己主義で、特有の奇癖があったと思う。父が他人の所有物を目障りだと感じると、その持ち主に何も言わないで捨ててしまうことも度々あった。姉はそのことを知っていたが、それでも父親に愛着を持っていて、父が亡くなるまで世話をしていた。それは大変な労力が要ることだったと思う。その姉の労苦には、感謝している。

誰もが、その家族構成の中での立場というものがある。それは各々のメンバーの力と、お互いの関わり方によって決まってくるものだと思う。時には、あるメンバーが意識することもないままに、不利な役割を果たすことを強いられる場合がある。

父の遺影を見た時、父は三次元の世界から二次元の世界へ行ったのだと感じた。父に関わる事柄は、終わったのだ。特に何かを感じるということもなかった。私は、冷静にその事実を受け入れただけだった。

父の遺言に書かれていたことについて、言及する必要がある。「父親として、下の娘に対して、精神的にも物質的にも、充分に面倒を見てあげることができなかった。その償いとして、残った資産を家族で分配する時に考慮して、彼女に多くの部分を取らせてくれるように」という内容のことが書いてあったのだ。

父が私に対して、後悔の思いがあったことを知ったが、私との関わりについて、父が実際にどのような気持ちであったのかは分からない。私は父を完全に赦すには至っていないが、それでも悪い気持ちではなかった。そして幸いなことに、私は父の資産から、幾らかのお金を受け取ることができた。

私は父の通夜だけに列席し、告別式には行かなかった。私が葬儀に列席するのに、ある問題が発生したからだ。通夜の前日、母が突然、私に電話をかけてきた。私が実家を出てから後は、母が電話をしてくることなど、ほとんどなかった。また、珍しく電話をしてくることがあっても、母からだと分かると、私は思わず反射的に電話を切ってしまうようになっていた。

通夜の前日に母からの電話があった時、私はいつもと同じことをした。私は母に何も言わなかった。そして、私が電話を切る直前に、母がパニック状態に陥ったことが分かった。母は自分の夫の死を私に知らせて、私を葬儀に列席させようとしたようだ。もし私が葬儀で母と顔を合わせたら、どうなってしまうかと考えた。母が私を見たら、動揺するのではないかと心配になった。

私は姉に電話して、私と母との間で起こったことを姉に話した。私が母の目の前に現れることで、母の気持ちが変に刺激されることがないように、姉と私は、私が通夜だけに列席することに同意した。

私は、通夜が始まる直前に斎場に到着した。そして、通夜の儀式が終わった直後にそこを出て、母に気付かれないようにした。私は父の死に顔を見る機会もなく、通夜の後の列席者のための食事会にも参加しなかった。何年も会っていない親戚の人たちに、何を言ったらいいのか、どう振る舞えばいいのか分からなかったため、私にとってはその方が好都合だった。それに、集まった人たちが亡くなった人を悼む葬儀の場所に私がいることが場違いだと感じた。私は、そこにいる他の人たちと同じ気持ちではなかったと思う。母に会わないようにするために、翌日の告別式には行かなかった。


私の人間関係は豊かではないが、短期の契約を含めて二十ヶ所以上の職場で仕事をしたことがある。これまでの間に、私は十人以上のいじめやハラスメントをする人たちを見てきた。今日、パワーハラスメントは、職場で取り組むべき課題になっている。しかし以前は、職場でよくあることとして、見過ごしにされてきたのだと思う。

胃潰瘍を患っている人が、前日にその病気で欠勤したために、その上司から叱り飛ばされるのを目撃したことがある。私は、上司の叱責が、その人の病気を悪化させてしまうのではないかと心配になった。

もう一つの奇妙な話がある。私が働いていた会社に、上司と部下の二名の男性だけで構成された小さな課があった。その二人が同時に職場にいる間、その上司は彼の部下に対して、際限なく悪態をつき、罵り続けていた。その年長の男性が、よくもこれほどたくさんの悪口雑言を思い付くものだと驚いた。

その課と私が所属していた課との間には、仕切りがなかった。私たちにも直接、激しい言葉が聞こえていた。その上司の男性は、そのことを全く気にしていないようで、他の人たちと一緒にいる時は、普通の人のように見えた。

その会社の正社員によると、その部下の立場の社員は、上司からの暴言のため、三年毎に次々と入れ替わっているのだということだった。当時は仕事を探す場合、一つの職場での実務経験が最低でも三年必要であって、そうでないと、応募の際に求人している企業から信頼されないという考えが一般的だった。

私は更に何回か、女性によるいじめも見てきた。また、「吸血鬼」のような人がいると、その部屋を支配する磁場のようなものが歪んでいる気がすることがある。そういう人たちは職場ばかりでなく、教会にもいた。あまりよく知らない人で、その人が本当にいじめをするかどうか分からなくても、その人がいることで、部屋の空気に何か違和感があると、私はそこから逃げたくなったことがある。

そういう人たちは、母に似ていたと思う。しかし、ある意味では、その人たちは母とは非常に異なっていた。彼女たちは外向的で社交性に富んでいて、他の人たちを従わせたいと望んでいるようだった。一方で母は、母のことをよく知らない人たちには、親切で控えめな老婦人に見えていたようだった。

しかし、いじめをする人たちと一緒にいる時と同じように、母と一緒にいると空気が歪んでいると感じていた。私は、外向的ないじめをする人たちは社会の中で目立ち、人と交流するのが好きなのだと思う。彼女たちは家族以外の人をいじめの対象にしているようなのだが、母は内向的であったがために、欲求不満の解消の標的を自分の家族にしていたのではないかと思う。

姪を含めて、私の家族が皆、母の標的になった。しかし私自身が、母からの攻撃のおもな対象になっていたと思う。母は、他のいじめをする人たちと比較して、話し好きでも雄弁でもなかった。しかし、母自身が歪んでいたためか、母の言葉はねじれていた。例えば、母は私に「とても宗教家とは思えない！」と言ったりした。どうやらそれは、私がとても残酷だから、母は、私がそうあるべきはずの優しいクリスチャンだとは到底思えないということを、遠回しに言ったもののようだ。

母は、何もしたくない時が多かった。どうしても、やりたくないことをしなければならなくなった時だけ、母は仕方なくしていたようだ。まだ私が若かった頃、アルバイトをしていた会社で社員旅行に参加する機会があった。釣りをした人たちが、家に持って帰る魚を皆に分けてくれた。

家に帰ると、私はお土産に魚を貰ったと母に伝えた。父がそれに気付いて、その晩の夕食に魚の天ぷらを作るように母に言った。父が台所を出た直後、母は私に激怒した。母は、私が生の魚を持ってきたおかげで、魚を切り身にして揚げなければならなくなったことで私を責めたのだ。母は少しの魚だけを調理し、大部分は捨ててしまった。母は魚を下ろすことはできたが、それをしたくなかったのだ。

母は、何であっても自分に問題が降りかかる可能性があるものを、全力を尽くして避けておきたかったのだろう。そういう人にとっては、家族を持つこと自体が大きな問題になってしまうに違いない。

私は一度だけ、父の死後、母に会った。父が亡くなってから約一ヶ月後、再び母は私に電話をしてきた。私はいつものように、そのまま電話を切ろうとした。しかし母は、私にとても大事な話をする必要があるから、言うことを聞いてくれと主張し、私の都合の良い時に母を訪ねてくるよう私に頼んだ。その後、母は「お父さん、死んじゃった！」と言いながら、泣きじゃくった。それから、母は電話を切った。

その電話があってから約二ヶ月後、私は気が進まなかったが、母の家に行った。姉も一緒にそこにいた。実際、母は私に会いたくないような感じだった。後で聞いた話では、私が行く前に、母は姉に「(私が) 何で来るの？」と言っていたそうだ。私は長時間滞在しなかった。私が帰る時、姉は母に、私に何か話したいことがあるのではないかと聞いてくれた。すると、母は首を横に振った。

それは、驚くことではなかった。それより二ヶ月前に、母が私に何を言いたかったのかは分からない。しかし、私たち二人は、お互いに真面目な話などしたことはなかったのだ。どういう話であっても、母と話し合うことは不可能だったと思う。

姉の話によると、母は夫の死後、自分の家屋が私の姉夫婦に奪われるのではないかと恐れていたという。二ヶ月前に母は、私と結託して自分の財産を守ろうと思ったのかもしれない。母は認知症になっていて、考え方も歪んでいた。母が企んでいたことは謎である。

この時の訪問が、私が母と会う最後の機会になるかどうかは分からなかったが、結局、母はその日から七ヶ月後に、私と二度と会うことなく亡くなった。私も、姉とその家族も驚いた。母は九十代前半の高齢者としては健康で、姉は医療従事者の人たちから、母は百歳くらいまで生きるのではないかと言われていたという。

その頃の姉は、将来にわたって発生するであろう母の介護や世話に関わる様々な問題や必要なお金のことを心配していた。その状態が更に十年も続いたとしたら、それは姉にとって、大きな負担となったことだろう。しかし私は、母は精神的な脆弱さのため、生きたとしても、あと数年なのではないかと感じていた。

母は、私の最後の訪問から二〜三ヶ月後に転んで骨折した。そして、リハビリのための病院に入院中、食道がんと診断された。医師からは、母の余命は半年くらいだと言われたという。しかし母は、診断後三ヶ月で亡くなった。母が夫を亡くした後、母の健康状態は急速に悪化していったようだ。母は、夫の死後、わずか十ヶ月で亡くなった。

両親は仲の良い夫婦ではなかったと思うが、母は父にかなり依存していたようだった。母は近所の人たちとの付き合いも、父に任せていた。それに加えて、何十年もの間、慣れ親しんで当たり前になっていた母の日常生活が、突然終焉を迎えたのだ。母は夫の死後、自分がどれほど夫に頼っていたのか、気付いたのかもしれない。母は唯一無二の支えを失って、その現実に途方に暮れたのだと思われる。

母のように、自分にとって煩いの種になりそうなことを、何でも避けて通ろうとする生き方に慣れてきた人にとって、人生の最晩年を迎えてから精神的に自立するのは、非常に難しいことに違いない。

母の気難しくて理屈に合わない言動が、家族にとってより明らかになっていった。それは、姉と母の妹である私の叔母を、とても驚かせたようだった。母の軽度の認知症を考慮しても、母の言動は姉や叔母にとって、考えの及ぶ範囲を超えていたようだ。姉や叔母は、過去に母の言動がどこかおかしいと感じたことがあっても、母の性格に問題があるとまでは思っていなかったようだ。母について何かおかしいと感じても、その都度忘れてしまっていたのだろう。

父が亡くなる前、母の未熟さは、私以外の家族の間では、うまくカムフラージュされていたようだ。私が母の性格の問題を幼い頃から知っていたのは、私が家族の中で一番年少だったため、容易に母のいじめの対象になったからだと思う。

その一方で、入院していた病院の医療従事者の人たちに対して、母は優しくて良い人のように振る舞っていたらしい。母は死ぬまで、身内以外の人たちに対しては、「良い人」を演じていたようだ。なぜ母がそのように振る舞ったのか、はっきり分からないが、母は他の人たちから批判されることを毛嫌いしていたのだと思う。そのため母は、批判されることのないように、何の落ち度もない完璧な人の振りをしなければならなかったのかもしれない。

実際の母自身は、母が装っていた人格とは非常に異なっていた。母は自分がどれほど怠惰で無責任であるのかを、人に知られることを恐れていたのだろう。母は人の言葉で傷つけられることのないように、いつでも逃げ込める目に見えないシェルターを身の回りに構築し、身を守ることに成功していたと思われる。しかし、そのシェルターが、母が人々との間に親しい関係を築くことを妨げていたとも言える。

私たちは皆、一人一人に欠けた部分があるのだと思う。まず、自分自身がそれに気付いて受け入れることができれば、私たちは寛容さを身に付けて、他の人たちにも心を開いていくことができるのではないだろうか。自分の至らぬ点を全力で隠し通そうとするよりも、そのように生きる方が、はるかに楽なのではないかと思う。母はどのような状況であっても、いつも責任逃れがしたかっただけなのかもしれない。そのため、私を虐待したつもりはなかったのかもしれない。しかし母は、私にとても悪いことをしてきたため、無意識のうちに私を怖がっていると感じた。母が私に会いたがっているとは思えなかった。私は、母の見舞いにも行かなかった。

私は、母の告別式に列席した。その時は、既に新型コロナウイルスの感染拡大が起きていたため、葬儀に列席したのは、姉と姉の家族、そして私だけだった。疎遠になっている親戚の人たちに、何を言ったらいいかなどと心配する必要もなかった。

母の死に顔を見た時、表情が無いせいか、今まで見た中で一番まともな母の顔だと思った。生きている間、母の顔には、いつも不安や心配が表れていたのだ。

火葬の前に、私は母と別れることに悲しみを覚えるのではないかと不安になった。私が子供の頃、母が私に最も近い人だったというのは確かだからだ。私たち二人が一緒にいた時は、お互いに何も言わなくても、母が感じていることが自分にも分かったことを覚えている。母が何を考えているのかは分からなかったが、母の情緒面は、手に取るようによく理解していたと思う。それはあたかも、私が母の一部になってしまったようだった。

しかし私は、火葬後の骨を見ても、特に何も感じることはなかった。これで両親に関わることは、全て終わった。私は、両親を赦してはいないと思う。しかし私は、両親に対しての愛着もないためか、彼らに対する私の憎しみと怒りのエネルギーも限られているようだ。そのため私は、父の時も、母の時も、別れることに対して感情的にはならなかった。

職場や教会で、自分に似ている数名の女性と出会ったことがある。彼女たちは、恐らく両親から不当な扱いを受けたためか、僻《ひが》んだ思いを持っているようだった。彼女たちは人々に不適切なことを言ってしまう傾向があり、その言葉は、いじめと見なされてしまう可能性もある。そのような人は、恵まれている人に対して、責めるような気持ちを込めて、「私は惨めだから、あなたのようにうまくいくことなんかないのよ」などと言ってしまうことがある。

私はそういう人たちに同情を覚える。しかし、自分がかつてそうであったように、劣等感に支配されている限り、その人生も悲惨なままになってしまうだろう。そういう状態であるならば、私は安全で落ち着いた場所でサポートを受けるのがいいのではないかと思う。

私は様々な経験を通して、非常に重要なことを学んだ。それは、他の人から言われる言葉が不適切なものであれば、それを真に受ける必要はないということだ。状況が変わることがなく、不当に自分を責める人たちから逃れることができなかったとしても、そのことを知っていると、幾らかの支えになる。かつて私に悪いことをした全ての人々は、もはや私の視界から姿を消し、どこにも見出すことができない。

私は自分の家族を持つこともなく、仕事でキャリアを積むこともできなかった。そのことで惨めな気持ちになることもあった。しかし、私が家族の世話や要求の高い仕事をすることがあったとしたら、自分の力不足のために、対処していくのが非常に困難だったと思う。今は、重症なアダルトチャイルドのサバイバーとして、穏やかに暮らすことができていることに感謝している。

あとがき

二〇一八年五月に、この本の執筆を始めました。当時は、英文から書き始めたのですが（英語題 "The Monologue of an Extraterrestrial"）、英文で回想録を書くなど、とても難しいことだと思う一方で、うまく説明はできないけれども、必ず完成することができるに違いないという確信があって、六年余りの年月をかけて、日本語版も完成し、出版することになりました。

日本語版の執筆も、表現等に苦慮しましたが、一定の完成度のあるものになったと感じています。

これまで私を支えてくださった、トータル・カウンセリング・スクールの方々を始め、お世話になった諸教会の方々、友人、知人の方々、家族に深く感謝しています。

この執筆が本という形で完成できたことは、奇跡であるとともに、私の人生のこれまでの経緯を考えてみると、ある意味、必然的にできあがったものだと感じています。

この六年間のことを思い巡らすと、新型コロナウイルスの感染拡大を始め、様々な驚くべき出来事が起こってきています。私も地上を歩む限り、自分が今生きている意味を考えつつ、希望へとつながる光を見上げて歩んでゆきたいと考えている、今日この頃です。

終わりに、出版の機会を与えてくださった東京図書出版の方々、この本に関心を持ってくださった方々に感謝申し上げます。

二〇二四年　四月

至論明恵井

至論　明恵井 (じろん　めい)
1958年東京生まれ。

宇宙人の独り言

2024年 7 月23日　初版第 1 刷発行

著　　者　至論明恵井
発 行 者　中 田 典 昭
発 行 所　東京図書出版
発行発売　株式会社 リフレ出版
〒112-0001　東京都文京区白山 5-4-1-2F
電話 (03)6772-7906　FAX 0120-41-8080
印　　刷　株式会社 ブレイン

ISBN978-4-86641-757-8 C0095
Printed in Japan 2024